KB000716

소리와
그 소리에 관한
기이한 이야기

소리와 그 소리에 관한
기이한 이야기

1판 1쇄 펴냄 2019년 4월 22일
1판 2쇄 펴냄 2021년 4월 12일

지은이 심혁주

주간 김현숙 | **편집** 변효현, 김주희
디자인 이현정, 전미혜
영업 백국현, 정강석 | **관리** 오유나

펴낸곳 궁리출판 | **펴낸이** 이갑수

등록 1999년 3월 29일 제300-2004-162호
주소 10881 경기도 파주시 회동길 325-12
전화 031-955-9818 | **팩스** 031-955-9848
홈페이지 www.kungree.com
전자우편 kungree@kungree.com
페이스북 /kungreepress | **트위터** @kungreepress
인스타그램 /kungree_press

ISBN 978-89-5820-592-0 03800

책값은 뒤표지에 있습니다.
파본은 구입하신 서점에서 바꾸어 드립니다.

소리와 그 소리에 관한 기이한 이야기

티베트어 수업이
들려준
삶과 죽음의
끝없는 속삭임

심혁주 지음

궁리 KungRee

시작하며

◈

1

살아 있다는 것은 무엇일까? 누가 나를 알아주는 것인가? 소유와 물질을 과시하는 것인가? 아니면 뜨거운 피인가? 큰소리로 지식을 파는 것인가? 그런 거라 생각하는 사람도 있을 것이다. 나는 살아 있다는 것의 본질을 '소리'와 '냄새'라고 이야기하고 싶다. 살아 있는 생명체는 움직이고〔動〕, 움직이기 때문에 소리〔聲〕를 내고, 소리를 내기 때문에 냄새〔齅〕를 발산하고 그리고 타자를 만나기 때문이다. 자신만의 소리와 냄새를 가지고 말이다.

3년 전, 티베트에서 기운이 없는 노을을 바라보는데 머릿속에서 뭔가 떠오르더니 좀처럼 가라앉지 않은 적이 있었다. 그때 나는 누구신가요? 하고 물었다. 그 떠오른 무엇은 대답을 하지 않고 빙빙 돌더니 오히려 나에게 묻는다. 당신의 머릿속에는 무엇이 가득한가요? 나는 잠시 멈칫했다가 나도 모르게 대답했다. 티베트. 그건 아마도 티베트일 거예요.

매일 35억 명의 사람들이 디지털의 불빛으로 고개를 숙이는 시대가 되었다. 서로 다른 인터넷 언어를 쓰고 서로 다른 기계를 자랑한다. 디지털은 환하고 빠르고 효율성을 무기로 한다. 그 저항할 수 없는 황홀함을 맛보는 대신 우리들은 무엇을 내주고 있을까. 생각해보면 빛, 물, 불, 전기, 배, 비행기, 인터넷, 우주선이 인간의 삶을 보다 편하고 빠르게 만들었다는 것은 부인하기 어렵지만 그것 때문에 인류는 거기에 상응하는 무언가를 내주어야 했다는 것 또한 역사적 사실이다.

1부에서는 디지털의 포로가 된 내가 소리의 친구로 살고 있는 티베트 라마승들의 이야기를 담았다. 물질과 소유, 속도와 빛나는 것을 향해서만 두 팔을 벌리고 박수를 치는 혀의 세상에서 그들이 소중히 하는 귀의 세상을 이야기했다.

2부의 이야기들은 오랫동안 가슴속에 품고 있었던 상상이자 실화다. 실화를 바탕으로 상상한 것이다. 각각의 이야기들은 알을 품고 있는 닭처럼 적정한 온도를 유지하며 오랜 시간을 기다렸다. 그동안 알을 깰까, 생각한 적도 있었지만 그때마다 노란 병아리를 생각하며 햇볕을 향해 붉은 볏을 세우고 가슴을 떼지 않았다. 지금 와서 생각해보면 좋아했기 때문인 것 같다. 하지만 그들의 이야기를 세상에 내놓기로 마음먹고 막상 글을 쓸 적에는 몸이 아플 정도로 힘들었다. 한 번도 이런 글을 써본 적이 없어서 글 속의 주인공들을 온전히 드러내지 못하면 어쩌나, 하는 불안 때문이었다. 문자는 언제나 진실 밖에서 서성이기 때문이다.

글의 내용은 팔딱거리는 인간과 감탄스런 자연을 묘사하는 현재가 아니라 지난날로 돌아가 죽어가는 혹은 이미 죽은 사람과 그의 가족 그리고 그를 둘러싼 관계를 끌어올리고 싶었다. 글 속의 주인공들이 가지고 있었던 소리와 냄새의 내면으로 들어가고 싶었다. 해서 나는 이 글을 쓰는 동안 티베트의 초원과 야크를 그리워하며 그곳에서 사는 사람들의 선함, 평화로움, 사랑, 진실, 유머, 노래, 춤 등의 일상과 거기서 나오는 소리와 냄새를 내내 생각했다. 설령 아픔과 상처의 소리와 냄새가 난다 할지라도 말이다.

필연이든 우연이든 나는 티베트로 종종 간다. 설레기도 하고 두렵기도 하다. 다칠 수도, 죽을 수도, 예기치 못한 곤경에 처할 수도 있지만 그래도 가야 할 시간이 오면 발랄하게 받아들인다. 설산에서 날개 달린 하마를 볼 수도 있고 그동안 보지 못한 붉은 호수를 볼 수도 있다는 이루어질 수 없는 기대를 가지고 말이다. 그러나 사실은 무엇보다 그곳의 소리와 냄새가 그립기 때문이다.

티베트로의 여행은 보이지 않는 존재의 소리를 듣고 냄새를 맡는 시간이다. 깊은 골짜기에 숨어 있는 불교사원에 들어가면 더욱 그러하다. 하늘에 점처럼 박힌 사원 안에서 나는 돌담 밑으로 가앉는다. 고개를 올려 구름을 본다. 그럼 기분이 말랑해진다. 밤에는 별과 달을 번갈아 마신다. 기분은 낮보다 더 좋아진다. 그러다가 라면처럼 쪼글한 이마의 주름을 가진, 하지만 사슴의 미소를 지닌 라마승 할아버지가 붉은 치마를 살랑이며 다가와 내 옆에 앉으면 설렌다. 가만히 앉은 그에게서 어떤 소리와 냄새를 맡을 수 있기 때문이다. 혹시나 할아버지가 나의 팔을 붙잡고 사원의 더욱 깊은 곳으로 데려가면 더욱 황홀할 일이다. 사원을 나와 초원이나 마을로 들어가기도 한다. 그곳에 사는 사람들을 목적 없이 바라본다. 조용히. 하루 종일. 그들이 들려주는 소리를 듣고 냄새를 맡는다.

2

〈곱사등이, 다와〉는 내가 머물렀던 어떤 불교사원의 아랫마을 그러니까 해발 4천 미터의 초원에서 만났던 어느 유목민 엄마와 딸의 이야기다. 내가 처음 그녀(엄마)를 보았을 때 그녀는 파릇 올라온 풀 위에 맨발로 주저앉아 울고 있었다. 손톱은 깨지고 얼굴은 벌게져서 어깨를 들썩이고 있었다. 다가가고 싶었지만 그럴 수 없었다. 좀 무서웠다. 그 후, 몇 번인가 그녀의 주위에서 눈치를 보며 어슬렁거리다 그녀의 딸을 계곡 물에다 수장(水葬)한 할아버지를 만나는 바람에 그녀가 날개가 부러진 독수리처럼 고통스럽게 우는 이유를 알 수 있었다. 그녀의 딸아이는 알 수 없는 전염병으로 죽었던 것이다. 그녀는 항상 손에 무언가를 쥐고 있었는데 나중에 보니 딸의 깨진 이빨이었다. 그녀는 매일 오후 자신의 딸이 던져진 물가에 가서 혼자 앉아 있다 돌아오곤 했다. 내가 초원을 떠날 무렵 그녀는 자신의 이야기를 나에게 들려주었다. 초원에 과하게 붉은 노을이 질 때였다. 이야기 중간에 그녀는 울음을 참지 못했고 나는 눈알이 흐릿해졌다. 하지만 끝까지 가만히 들었다. 새벽에 나의 겔(이동형 막사)로 돌아오는 길에 나는 허공에 대고 이상한 소리를 내보았다. 초원은 넓고 사람은 없으니 돌아오는 소리는 흩어졌다.

〈동물의 소리를 알아듣는 소년〉은 나의 산책과 관련이 있다. 초겨울의 쌀쌀한 바람이 불던 날, 그날도 나는 점심을 먹자마자 내가 좋아하는 호수로 산책을 갔다. 물은 뛰어들거나 헤집는 것보다 가만히 보는 것이 더 재미있다는 느낌이 들던 날이었다. 늦은 점심을 먹은 관계로 산책로에는 사람들이 거의 없었다. 나는 불룩한 배를 만지며 혼자 여유로이 호수를 장악한다는 기분으로 걷고 있었다. 호수는 나의 왼편에 곡선으로 이어져 있었고 오른쪽으로는 나무와 꽃 덤불 같은 것이 아무렇게나 뒤엉켜 있었는데 나는 그 모양이 매우 조화롭다고 생각했다.

그때 갑자기 저만치 오른쪽 비탈길에서 무언가 기어올라오는 것이 보였다. 나는 손으로 차양을 만들어 눈을 가늘게 뜨고 허리를 앞으로 숙여 쳐다보았다. 땅을 수영하듯 유유히 배를 가르는 저건? 멀어서 형태를 분간하기 어려웠지만 나는 가까이 가기가 좀 꺼려져 움직이지 않고 제자리에 서 있었다. 그런데 저건 뱀이라는 생각이 든 것은 길 위로 올라온 그것이 중간쯤에서 멈추더니 허리에 힘을 주고 머리를 들어올렸는데 다리 같은 것은 없었고 철사줄같이 가느다란 혀를 낼름거리는 것을 보았기 때문이다. 뱀은 길 중앙에 가만히 멈추어 있었다. 나는 어정쩡하게 서서 뱀과 간격을 유지한 채 나아가지 않았다.

호수는 오후의 따스한 햇빛을 받아 반짝였고 고요했다. 그냥 돌아갈까 하다가 뱀이 여전히 그 자리에서 버티고 있는 것이 혹시 나를 기다리는 것이 아닌가 하는 다소 엉뚱한 생각이 들어 나는 나도 모르게 앞으로 걸어가 뱀과의 거리를 좁혔다. 나도 뱀도 서로의 얼굴과 몸을 볼 수 있는 거리쯤 되었을 때 걸음을 멈추었다. 뱀은 여전히 그 자리에 있었는데 구렁이나 아나콘다가 아닌 매우 작은 실뱀정도여서 나는 약간 실망했다. 당연히 뱀은 아무 말도 하지 않았고 나도 그런 뱀을 보며 점퍼 주머니에 양손을 넣고 노려보았다. 그런데 앞으로 나아가려면 뱀을 겁주거나 치워야 할 것 같았는데 뱀은 길 중간에 자리를 잡고 좀처럼 움직이지 않았다. 나는 119에 전화를 해야 하나 하는 생각이 들었지만 이상한 자존심이 불쑥 올라와서 내가 너를 치우고 오늘도 산책의 즐거움을 맛보리라는 생각으로 주위를 둘러보다가 호숫가로 내려가서 울퉁불퉁하고 가시가 불균형하게 돋아 있는 회초리처럼 생긴 나무를 주워들고 올라와 한 발짝 뱀 쪽으로 다가갔다.

호수는 여전히 조용히 빛나고 있었고 심지어 어디서 나타났는지 오리 두 마리가 머리를 수면에 처박고 있었다. 혹시 몰라서 도망칠 생각으로 엉덩이를 뒤로 빼고 손에 쥔 나뭇가지를 앞으로 내밀면서 나는 쉬, 쉬, 쉬 소리를 내어보았으나 여전히 뱀은 움직이지 않았다. 혹시 죽은 건가 하는 생각이 들었지만 혀를 저렇게 계속 낼름거리고 있고 사람들이 다니는 도로까지 배를 가르며 기어왔는데 죽었을 리가 없겠다 싶었다. 나는 급기야 쭈그리고 앉아 뱀을 지켜보았다. 뱀과 나의 거리는 더 가까워졌고 그때 나는 뱀의 눈을 처음으로 구체적으로 응시했는데 왠지 추워 보였다. 녹색의 눈꼽이 낀 것처럼 눈 주위는 어두웠고 몸을 떨고 있는 것처럼 보였다. 아. 그렇구나. 춥구나. 추워서 따뜻한 곳을 찾아 올라왔구나. 햇볕을 받고 싶어서, 그러니? 하며 나는 미친놈처럼 혼잣말을 했다.

이때 누가 지나가거나 혹은 자전거를 타고 가다가 내 꼴을 보면 119보다는 경찰서나 병원에 신고하지 않을까, 하는 생각이 들었지만 나는 개의치 않았고 또다시 미친놈처럼 나도 모르게 뱀에게 말을 건넸다. 너 정말 추우면 말야, 내 귀 속에 들어와 쉬었다 가지 않을래? 내 귀 안은 매우 따뜻해. 깊고 어둡지만 여기에 숨으면 아무도 널 찾지 못할 거야. 내 생각은 그래. 네가 괜찮다면 아무에게도 말을 하지 않고 겨울 동안 따뜻하게 보내도록 나의 귀를 열어줄게. 대신 봄이 되면 나와야 해! 그럴 수 있겠니? 뱀의 눈을 보며 말을 건네는 나를 내가 생각해도 우스꽝스러웠지만 주위에 아무도 없으니까 괜찮아, 하며 혼잣말을 했다.

그런데 정말 신기하게도 뱀은 알아들었다는 듯이 하지만 나의 귀는 너무 작고 못생겨서 사양한다는 듯 혀를 허공에서 몇 번 낼름하더니 다시 입안에 넣고 스르르 덤불 쪽으로 내려갔다. 나는 그날 학교로 와서 우연히 책장에 있던 선용이 지은 『티베트 민간고사』 중 "동물의 소리를 알아듣는 소년"(신아출판사, 2010) 편을 읽다가 산책에서 만난 뱀을 기억하며 글을 쓰게 되었다. 오늘날 우리들이 사용하는 언어라는 빠르고 거친 소리가 탄생하기 이전 동물과 인간은 서로 이야기를 할 수 있는 존재라고 생각하면서.

〈할머니의 춤〉은 실화를 바탕으로 한 이야기다. 나도 그때 주인공 할머니가 탔던 그 버스, 라싸에서 초원으로 돌아오는 그 버스 안에 같이 있었다. 나는 그 버스를 타고 시신을 밥으로 먹는다는 독수리가 사는 사원을 찾아가는 길이었다. 버스에서 일어난 웃긴 상황들 그러니까 버스 지붕에 매달아놓은 사람들의 보따리와 닭이 계속해서 길가에 떨어지는데도 사람들은 웃고 노래하는 걸 보면서 나는 그들이 사는 즐거운 세상을 목격했고 오리처럼 뒤뚱거리는 그 버스에서 알지도 못하는 티베트의 노래와 춤을 그들과 같이 추었다.

〈아빠의 울음〉은 내가 꽤 오랫동안 초원에서 버틴 시간 때문에 쓸 수 있었다. 그곳에는 풍경이라고 할 만한 게 없었다. 그저 노인과 같은 넓은 초원과 어린아이와 같은 바람뿐이었다. 그곳에서 만난 초원의 소녀가 알 수 없는 병으로 죽어가고 있었는데 도시로 떠난 아빠를 무척이나 그리워했다. 그 소녀의 실화를 바탕으로 상상한 것이다.

〈귀를 위하여〉는 티베트에서 만난 유목민 할아버지를 떠올린 것인데 사실 고백하자면, 아버지의 귀를 생각하며 쓴 글이나 다름없다. 그날은 봄이 오기 전 겨울의 끝자락으로 기억되는데 눈이 침침하고 이가 덜렁거리고 귀에서 이상한 소리가 들린다고 아버지가 호소할 무렵이었다. 아버지는 날이 갈수록 말수도 적어지고, 밥맛이 없다며, 웃음도 거의 없는 권태롭고 무료한 표정을 지었는데 그런 아버지를 보며 엄마는 네 아부지 젊었을 때는 총각김치만 있어도 밥 두 그릇 뚝딱이었는데 하시며 냉장고의 우유를 꺼내 전자레인지에 데우셨다.

그러던 어느 날 아버지는 자신의 작고 어두운 방에서 혼자 오도카니 TV를 보고 계셨는데 나는 들어가려다 멈칫하고 문지방에 서서 가만히 지켜보게 되었다. 아버지는 장중하지만 좀 과장된 음악을 배경으로 천천히 지고 있는 붉은 해를 보고 있었다. 저게 무슨 재미지? 나는 손을 허리춤에 얹은 채 아버지의 얼굴을 쳐다보았다. 아버지 뭐 봐요? 했지만 아버지는 못 들었는지 귀찮은지 고개를 돌리지 않고 계속 TV만 뚫어져라 보셨다. 고개를 아래로 내린 것이 커다란 자막을 따라가는 모양이었다. 그때 처음으로 내 눈에 들어온 아버지의 옆얼굴은 퍽이나 낯설었다. 턱은 매가리 없이 늘어져 있었고 안경은 약간 기울어져 있었으며 입술은 보기 싫을 정도로 앞으로 주욱 나와 있었다. 그때 나는 나도 모르게 얼굴이 찌그러졌다. 그동안 한 번도 본 적이 없는 아버지의 옆얼굴 때문이었으리라. 언제나 당당한 몸짓에 큰소리에 큰 손을 보여주었던 아버지의 앞모습과는 전혀 다른 느낌이었다. TV 속의 붉은 해는 아버지의 몽롱한 눈빛 속에서 어느새 석양으로 변해 아래로 서서히 떨어지고 있었다. 야채호빵처럼 불룩한 아버지의 배를 어루만지고 싶었지만 아버지는 몸이 피곤한 듯 벽을 향해 모로 눕더니 쿠션이라기보다는 오래된 베개에 가까운 그것을 다리 밑에 깔고 리모컨을 쥐었다. 하지만 곧 코를 골며 잠이 드셨다. 새우처럼 굽은 등과 두 손을 가슴에 모은 채 약간 힘든 소리를 불규칙적으로 내며 잠이 든 모습은 어딘가 아픈 곰 같았다. 나는 허연 각질이 불균형하게 솟아 있는 아버지의 뒤꿈치를 보면서 조용히 문을 닫아드렸다. 그때 아버지는 작게 혼잣말을 하신 것 같았는데, 차라리 다른 곳이 고장났으면 좋겠어, 하시는 것 같았다. 나는 불은 끄지 않고 TV도 그대로 두었다. TV 속의 화면은 그사이 "나는 자연인이다"로 바뀌었다.

책 속에 나오는 할아버지는 초원에서 양의 얼굴을 구별하는 방법을 나에게 알려준 유목민이었는데 사원에 출가를 앞둔 어린 아들과 허리가 꼿꼿한 그러면서 진한보라와 녹색의 천을 꼬아 만든 머리띠를 두른 할머니와 함께 살고 있었다. 그 유목민 할아버지를 생각하면 입이 삐죽 나온 아버지의 옆얼굴이 떠오른다. 한평생 노동으로 너덜해진 손과 발, 매일 주무르거나 파스를 붙이거나 침을 맞아도 풀리지 않는 어깨, 어디론가 자유로이 혼자 떠나고 싶어하는 마음, 덩치에 어울리지 않게 꽃과 나무를 좋아하고, 표현은 적지만 자식에 대한 깊은 사랑, 무언가를 주워오는 습관, 받기보다 베푸는 걸 좋아하는 선한 성정, 몸의 권태로움으로 인한 무기력감 등이 그랬다. 그래서 책의 후기에도 썼지만 이 책은 몸이 점점 쇠락하는데도 매일 새벽 티베트의 라마승처럼 일을 나가시는 아버지의 귀를 보며 쓴 것이나 다름없다고 한 것이다.

〈새의 하루〉는 사원에서 시신의 해부의식을 보려고 여러 날을 헤매다가 숲속에서 두 마리의 독수리와 마주한 기억을 떠올려 쓴 글이다. 당시 아무도 시신해부가 이루어지는 장소를 가르쳐주지 않아 어림짐작으로 매일 사원 여기저기를 훔쳐보는 날들이 있었는데 어느 날 방으로 돌아오는 숲길에서 두 마리의 독수리를 마주했다. 한 마리는 크고 넓은 날개와 단단한 부리를 가지고 있었고 그 뒤에 있던 독수리는 몸이 작고 날개도 크지 않은 것으로 보아 앞에 있던 독수리의 새끼 같아 보였다. 그때 나는 주춤하고 어찌할 바를 몰랐는데 앞에 있던 독수리가 갑자기 나를 향해 날개를 퍼득이더니 눈알을 크게 굴렸다. 그때 흰 동공이 너무 커서 하마터면 주저앉을 뻔했지만 주먹을 움켜쥐며 버텼다. 그런 나를 보면서 뒤에 있던 작은 독수리가 뒤뚱거리며 한발 앞으로 오더니 어떤 소리를 냈는데 아마도 아빠에게 무언가를 권유하는 모양 같았다. 아빠,

못 보던 놈인데 이상하지 않아? 날아가서 찍어버릴까? 아니다 얘야, 우리가 그럴 필요는 없지. 해부사 스님이 다 알아서 해주실 거야. 기다리렴. 엉덩이가 튼실한 게 먹을 게 많아 보이기는 하는구나, 하는 대화를 소곤거리는 것 같았다. 나는 어색한 웃음을 지으며 뒷걸음질쳤고 이내 빠른 걸음으로 도망쳤다. 그리고 잠시 후 눈이 별처럼 찌그러지고 등털이 벗겨진 검정개도 만났는데 독수리를 본 것보다 더 무서워서 그때는 달리기를 해야만 했다. 책 속의 이야기는 그날 본 독수리 부녀의 기억을 떠올려 상상을 한 것이다.

〈너의 뼈가 필요해〉는 대만 유학시절, 학교 뒷골목 책방에 갔다가 우연히 본 어떤 잡지로부터 시작되었다. 그날은 환생에 관한 책을 찾던 중이었는데 카우보이모자를 쓴 어떤 사람이 독수리인지 매인지를 어깨에 올려놓고 피리를 불며 웃고 있는 표지를 발견했다. 나는 호기심이 생겨 수업시간에 그 잡지를 지도교수님께 보여드리고 이것저것 물어보았다. 교수님은 오른쪽 광대뼈 밑에 자리잡은 갈색 반점을 긁으며 새의 뼈는 확실히 굵고 속이 텅 비어 있어서 '피리'로 만드는 것이 가능할 거라고 이야기해주었고 미국에서는 바이올린이나 첼로 만드는 장인들이 고양이의 창자나 새의 힘줄을 그것으로 이용한다고도 알려주었다. 그것으로 만든 악기는 선율이 선명하고 천년 이상 가기 때문이라고 하면서 내가 건넨 잡지를 파라락 넘기며 카우보이가 피리를 부는 그 부분만 복사해 오라고 하셨다.

그리고 또 시간이 흘러 어느 날, 나는 〈티베트의 전통과 후계자〉란 설날프로그램을 어떤 방송에서 보았는데 그때는 정말 새의 뼈로 만든 피리를 어떤 몽골인이 부는 장면을 보았다. 나는 다시 한 번 궁금해져서 검색을 해보니 캉둥(kangdun) 또는 캉링(kangling)이라고 부르는 티베트 악기가 있는 것을 알게 되었다. 이 악기는 시집을 못 가고 죽은 처녀나 또는 세상을 험하게 살다가 제명에 죽지 못한 사람의 넓적다리뼈로 만든 악기라는 것을 설명돼 있었고 '구후뼈피리'라고 불리는 두루미의 척골로 만들었다는 원통형 모양의 피리도 있다는 것을 알게 되었다. 하지만 나는 아무리 뼈피리의 청아한 소리가 세계 최고라고 해도 새의 뼈로 피리를 만든다는 것은 좀 잔인한, 어쩌면 인간의 욕망이 너무 구체적인 것이 아닌가, 하는 생각이 들었고 특히나 티베트에서 신으로 모시는 독수리의 뼈로 그렇게 한다면 그건 독재자들이나 가지고 있는 '정복욕'이라는 좀 과장된 생각이 들어 뼈에 관한 이야기를 일부러 만들게 되었다.

〈해부마스터〉는 티베트에서 죽은 시신의 몸을 발라내는 해부사의 이야기다. 칼과 도끼로 발라낸 인간의 뼈, 살, 피부 그리고 뭉텅거리는 신경과 근육 앞에서 무엇을 말할 수 있을까. 매일 그런 생명의 원형질을 마주하는 사람, 그것이 그의 업(業)이라면 너무 잔인하지 않을까. 한 손에는 경전, 또 다른 한 손에는 도끼를 쥔 그를 보노라면 나는 아무 말도 할 수가 없다. 얼굴에는 깊고도 검은 주름이 문양처럼 박혀 있고 걸음은 절름거리며 등뼈는 활처럼 휘어져 있다. 그의 언행은 작다. 어쩌다 입에서 나오는 소리를 들으면 협객의 허리춤에서 칼을 빼는 소리 같기도 하고 이백(李白)이 술을 권하는 시(詩) 같기도 하다. 그는 우박 같은 땀을 흘리는데도 지린내가 나지 않는다. 그가 흘리는 땀을 보면 인간의 몸 안에 저렇게 많은 물과 뭉텅거림이 있는지를 가늠하게 된다. 그는 자기만의 신성한 장소에서 수양한 듯 매일 시신을 자르며 독수리의 밥을 준비하고 죽음을 맞이하는 힘을 키우고 있다. 공기를 삼키듯 시신의 몸 속으로 칼을 디밀면서 자신의 생살을 자르는 훈련을 하고 있다. 그때 그런 그를 유심히 보면 무슨 복화술을 하는 것처럼 보이기도 하는데 알아들을 수는 없다. 그는 도대체 무엇을 믿는 걸까. 무엇이 그렇게 중요하길래 매일 그 짓을 하며 사는 걸까. 칼과 도끼를 쥔 사람이지만 그는 아기의 냄새를 간직하고 있다.

돌이켜보면 나는 티베트를 다녀올 적마다 육체적으로나 정신적으로 바닥이었지만 내 인생의 가장 특별한 경험을 했다고 할 수 있다. 혹 누군가 이 글을 읽고 그저 해괴한 티베트의 이야기 또는 누구에게 들려줄 만큼 흥미로운 이야기가 아니라고 말할 수 있을 것이다. 그래도 괜찮다. 나는 다만 그곳에서 우리가 잃어버리고 있는 삶과 죽음, 사랑과 이별에 대한 생명의 '소리'를 들려주고 싶었을 뿐이다.

3

인간의 사랑과 죽음만큼 문자 속에서 살아 숨쉴 수 있는 이야기가 있을까. 이 책에 등장하는 모든 인간과 동물들에게 고마움을 전한다. 티베트에서 본 그들처럼 나도 사랑과 이별을 피해 갈 생각이 없다. 죽고 사는 것, 그것은 티베트의 그들에게 배웠다. 그들이 예측되지 않는 하루를 거부하지 않는 것처럼, 나 또한 기쁨과 슬픔을 받아들일 따름이다.

4

그해 여름. 설산에서 파란 새가 우는 것을 보았다. 파란 새의 찢긴 겨드랑이를 보았다. 그때 티베트의 이야기를 해야겠다고 생각했다. 네 번의 봄이 지나갔고 다시 봄이 오고 있다. 손톱이 갈라지고 얼굴이 허옇게 트고 발가락이 더러워졌던 나날들, 똥을 싸지 못해 얼굴이 붓고, 비와 눈에 휘말려 옴짝달싹 못하던 날들을 떠올리며 글을 썼다. 왜 힘들었던 그 시간들은 생각하면 웃음이 날까. 꾸밈이 없고 욕심이 적었던 시절로 기억된다.

춘천에서

2019. 봄 심혁주 씀

차례

시작하며 5
프롤로그 25

1부 소리는 고독하지 않다

1 · 소리의 탄생 37
2 · 낮과 밤, 황혼의 이야기를 들려주는 책 49
3 · 소리의 시간, 듣기의 시간 57
4 · 소리학교 65
5 · 인터뷰: 달이 내려앉은 그곳에서 81

2부

소리에 관한 기이한 이야기

1 · 곱사등이, 다와 103

2 · 동물의 소리를 알아듣는 소년 135

3 · 할머니의 춤 147

4 · 아빠의 울음 159

5 · 귀를 위하여 183

6 · 새의 하루 205

7 · 너의 뼈가 필요해 231

8 · 해부마스터 241

에필로그 269

저자 후기 291

감사의 말 297

주 299

참고문헌 303

☾

디지털의 세상이다.

눈(看)과 혀(舌)가 대접받은 세상이다.

귀(耳)는 소홀해진다.

이 책은 소리(聽)에 관한 작은 이야기다.

프롤로그

◈

(저녁) 연극관람을 같이 하자는 한족(漢族) 간부의 초청장을 달라이 라마(Tenzin Gyatso 텐진갸초)[1]는 몇 번이고 들여다보고 있다.

오늘밤 연극공연에 당신을 초청하오!

경호원 없이 혼자 오시오!

달라이 라마는 혼자서 붉은 치마를 벗고 옷을 갈아입었다. 호위대와 조랑말이 준비됐다. 시중을 들던 스승 두 명도 옷을 갈아입고 달라이 라마 옆에 섰다. 밖은 짙은 안개가 끼어 있었다. 별이 울고 있는 밤에 궁을 빠져나온 달라이 라마는 히말라야로 방향을 잡았다. 가죽배를 타고 강을 건넜다. 천둥 번개가 쳤다. 그의 늙은 조랑말이 놀라서 검은 눈동자를 굴렸지만 다행히도 중국 군인들은 나타나지 않았다.

3일 뒤, 중국 군인들은 낌새를 알아채고 노블링카(罗布林卡)[2]에

진입했다. 달라이 라마는 보이지 않았다. 해방이라는 빨간 완장을 찬 군인들은 라싸의 모든 사원을 뒤지고 사람들을 죽이기 시작했다. 상황은 북경에 보고되었다. 모택동(毛泽东)은 달라이 라마의 암살을 중지시켰다. 그가 떠난 설역(雪域)의 고원은 자신의 품으로 들어온 것이나 다름없다고 생각했다. 검은색 장화에 회색 군복 그리고 일그러진 낯짝을 한 중국의 군인들이 라싸로 파견되었다.

제뿡사원(哲蚌寺)[3)]

라싸 북서쪽에 위치한 티베트 최대의 불교사원이다. 그 안에는 깨달음을 위한 700여 명의 라마승과 이미 깨달음에 도달한 10여 명의 노승들이 살고 있었다. 달라이 라마가 떠나자 사원 안의 그들은 성하의 귀환을 소망하는 진언(眞言)과 노래를 부르기 시작했다.

한족인 간부 장쑤(姜蘇)가 100명의 군인을 앞세워 제뿡사원에 들어왔다. 그는 북경중앙정부의 임명을 받고 사원의 최고 책임자로 부임한 것이다. 바람에 훌떡이는 오색홍기를 앞세우고 사원을 한바퀴 둘러본 짱수는 생각보다 거대한 사원의 규모에 놀라며 은하수(담배)를 꺼내 물었다.

시끄럽네!

수행한다는 곳이 조용하지 않고 무슨 소리가 이리 많이 나는 거지?

여기저기서 도대체 뭘 읽는 거지?

짱수는 사원의 행정을 담당하는 라마승 숨마를 불렀다. 미간을 찌푸리며 담배를 피던 짱수는 작지만 위엄 있는 소리로 말했다. 그의 눈썹 위에 붙은 붉은 사마귀 점이 같이 움직였다.

첫째, 현재 이곳에서 수행중인 승려들의 명단과 신상을 모두 가져올 것,

두 번째, 사원의 최고 노승을 불러올 것.

세 번째, 재정상황을 보고할 것.

그러고는 오늘부로 사원의 안정을 위해 군인들을 배치한다는 것과 불경낭송을 금(禁)한다고 했다. 사원에서는 어떤 소리도 흘러나와서는 안 되며 바깥 출입도 허락을 받아야 한다고 했다. 사원은 곧 조용해졌다. 어떤 소리도 나지 않았다. 불경소리도, 이야기소리도, 밥 먹는 소리도, 심지어 날아가는 새소리도 들리지 않았다.

3개월 뒤. 사원은 여전히 조용했다. 하루 종일 어떤 소리도 나지 않았다. 마을사람들은 사원 안이 궁금했지만 아무런 소식도 들을 수가 없었다. 시간이 지날수록 사원 안의 사람들은 이상해지기 시작했다. 그들은 얼굴이 푸석해지고 하얀 버짐이 피기 시작했다. 팔과 다리는 늘어지고 허리와 등이 땅으로 굽어졌다. 어떤 라마승은 온종일 멍하니 하늘만 쳐다보고 어떤 라마승은 나무만 껴안고 하루를 보냈다. 그들의 스승인 구루(깨달음을 얻은 정신적 스승)들은

사원 뒤쪽으로 나 있는 조그만 동굴로 들어가 나오지 않았다.

배가 고픈가?

짱수는 과일과 채소 빵과 만두 심지어 (야크)고기도 구입하여 사원에 배급했다. 하지만 사원 안의 사람들은 아무도 먹지 않았다. 여전히 실성한 사람처럼 걷거나 고개를 바닥으로 떨구고 서 있었다. 사원은 물이 말라가는 호수처럼 변해갔다. 사원 안의 사람들은 마치 깊은 우물에 빠져 나오지 못하는 아이처럼, 빛을 받지 못하는 식물처럼, 그들은 고개를 숙인 채 아무 말도 없이 서 있거나 누워서 하루를 보냈다.

잠이 부족한가?

오후에 낮잠을 자도록 명했다. 자고 일어나면 사과와 토마토를 주었으며 원한다면 사원 밖의 산책도 허용했다. 하지만 여전히 그들은 힘이 없었다. 곧 죽을 사람처럼 누워만 있는 라마승, 풀린 눈동자로 허공을 바라보는 라마승, 나무를 껴안고 흐느껴 우는 라마승, 두 손을 하늘로 뻗어 구름을 잡으려는 라마승들이 늘어만 갔다.

이상하네?
뭐가 부족한 거지?

일 년이 지났다. 사원은 바닥이 보이는 호수처럼 메말라갔다. 라마승들은 털이 벗겨진 양의 표정을 하고 있었고 그들의 스승들은 여전히 동굴에서 나오지 않았다. 라싸의 사람들은 숙덕거렸다. 중국 군인들이 라마승들을 매일 불에 태워 처형한다는 소문이 나돌았다.

북경에서 새로운 책임자 위성(魏聲)이 왔다. 그 또한 사원을 한 바퀴 둘러보고 은하수 담배를 물었다. 두팔을 벌려 나무를 껴안고 울고 있는 라마승에게 다가갔다.

뭘 원하는가?

이전으로 돌아가고 싶습니다.

이전?

불경을 소리 내어 낭송하고 싶습니다.

그게 다인가?

네. 그거면 됩니다.

사원은 이전으로 돌아갔다. 누군가 경전을 읽기 시작했다. 누워 있던 라마승들이, 나무를 쳐다보던 라마승들이, 동굴로 숨어들었던 스승들이 하나 둘씩 일어나 소리가 나는 곳으로 모여들었다. 그들은 약속이나 한 듯이 경전을 소리 내어 읽기 시작했다. 순식간에 수백 명의 라마승들이 원을 그리고 둘러앉아 경전을 읽기 시작했다. 그들의 소리는 점점 커지고 사원 밖으로 울려퍼졌다. 경전 소리는 사원의 담 벽을 타고 라싸에 울려 퍼졌다. 그들은 배고픔도 잊은 채 매일 읽고 노래하고 낭송했다. 입안에 뜨거운 침이 고이고 어깨가 들썩였다.

법당 마당으로 모인 그들은 앞뒤로 서서 서로의 허리를 붙잡고 하늘로 치솟은 불탑(佛塔)을 빙빙 돌며 경전을 낭송했다. 북을 치고 나팔을 울렸다. 그렇게 한 달. 그들은 온전히 소리만 내어 경전을 읽고 낭송하고 노래했다. 아무것도 먹지 않고 잠도 자지 않았다. 하지만 그들의 목소리는 힘이 더해졌고 눈알은 빛이 나기 시작했다. 얼굴은 환해졌고 팔 다리가 단단해졌다. 등과 허리는 하늘로 곧추섰다. 마치 깊은 우물 속에서 땅으로 기어 올라와 햇볕을 받는 아이처럼 그들은 밝은 표정을 지었다. 꽃이 피고 새들도 날아다니기 시작했다.

위성은 북경에 보고서를 보냈다.

이곳 사람들은 매일 불교경전을 읽고 낭송하는 것으로 그들의 삶을 추구한다. 그것이 고기와 과일보다 더 중요하다. 일상은 별거 없다. 아침부터 밤까지 경전을 읽고 암송하고 명상하고 걷는 것이다. 만약 그것을 하지 않으면 그들은 심각한 몸과 마음의 장애를 겪게 된다. 아무것도 먹지 않고 아무것도 하지 않으며 누워 있거나 나무를 껴안고 운다. 깊은 우물에 빠진 아이 같다. 이들에게는 혀와 눈보다 귀가 중요하다. 매일 혼자 또는 둘이나 셋이서 햇볕이 비추는 곳을 찾아 낭송하고 소리를 듣는 것, 그것이 여기 사람들의 '밥'과 '잠'이다. 소리를 내지 못하게 하면 그들은 미친다.

1부

소리는 고독하지 않다

티베트의 소리는 옴(Om)으로 시작되었다.

1

소리의 탄생

태초의 바다 속에는 거대한 땅이 잠겨 있었다. 그 땅은 수천 년 동안 물속에서 살았다. 물은 땅을 괴롭히지 않았다. 상어와 고래 거북이와 넙치가 매일 놀러와 이야기를 해주었다. 가끔 대머리 인어도 와서 헤엄을 치곤했다. 하지만 땅은 물 밖이 궁금했다.

천둥 번개가 치던 날, 거대한 지진과 홍수가 잇달아 일어났다. 바다 속의 거대한 땅은 기다렸다는 듯이 몸을 움직이기 시작했다. 몸을 뒤틀고 트림을 했다. 힘을 다해 물 밖으로 솟구쳤다. 높이 치솟아 하늘과 가장 가까운 곳까지 올라갔다. 구름은 처음 본 거대한 땅을 핥아주었다.

처음 보는데?

(구름이 물었다.)

그동안 물속에서 살았어.

(땅은 기지개를 켜며 말했다.)

거대한 땅이 육지로 올라온 후, 얼마 지나지 않아 사슴, 나무, 꽃, 돌, 호수, 바람, 비, 눈, 인간이 왔다. 그들은 서로 어떤 말도 하지 않았다. 침묵과 눈빛만을 주고받았다. 그래도 상대방의 감정을 알 수 있었다. 슬픈지, 기쁜지, 괴로운지, 반가운지 표정만 봐도 알았다.

사슴: 이름을 지어줄까?

나무: 어디에?

사슴: 우리가 딛고 있는 이 거대한 땅에 말이야?

바람과 호수: 그래. 그러자.

사슴과 나무 호수와 바람은 서로 눈빛을 보냈다.

거대한 땅은 이름을 얻었다.

링.

보배로운 장소라는 뜻이었다.

그날 이후, 인간은 사라졌다. 그리고 또 천둥 번개가 연이어 치던 날 홀연히 나타나서 이상한 소리를 내기 시작했다. '말'이라는 것이었다. 그런데 인간이 내뱉는 그 '말'이라는 것을 아무도 알아들을 수가 없었다. 인간이 하는 말은 거칠고 빨랐기 때문이었다.

(산양과 야크가 만났다.)

산양: 원래 이곳에서는 인간들이 쓰는 저 '말'(言語)이라는 게 없었어. 말이 없어도 자유롭게 서로 이야기하고 생각을 나눌 수 있었으니까. 서로가 존중하면서 말이야. 눈빛과 표정만으로도 모든 것을 표현할 수 있었지.

야크: 인간이 쓰는 말은 왜 알아듣기 어려운 걸까?

산양: 음. 그건 말이야. 인간이 쓰는 말이라는 것은 빠르고, 모호하고, 크기만 하고, 낮은 울림이 없기 때문이지. 들으면 들을수록 호흡만 가빠져. 숨쉬기가 힘들어지지,

야크: 그럼, 그건 누가 만든 거지?

산양: 그야 인간이겠지. 우리와 이야기하는 것이 재미없어졌나봐. 얼굴에서 가장 큰 구멍을 통해 무언가를 토하고 싶었나봐. 그런데 인간들이 말이라는 것을 뱉을 적마다 입에서 무슨 냄새가 나는 것 같지 않아?

야크: 어떤 냄새?

산양: 딱히 뭐라 설명은 할 수 없어. 처음 맡아보는 냄새라서. 암튼 인간이 말이라는 것을 하면서부터 우리와는 이야기가 단절되었고 별개의 느낌을 가지게 된 건 확실해.

야크: 그런데 난 인간들이 쏟아내는 말의 뜻은 몰라도 얼굴에 실린 표정을 보면 어떤 감정인지 알 것 같아.

산양: 그럼, 넌 인간들이 하는 말의 뜻은 몰라도 그게 어떤 감정을 가지고 있는지를 안다는 거야?

야크: 응. 얼굴에 드러나거든.

(창공을 돌던 독수리가 그들의 이야기를 엿듣다가 내려앉았다.)

독수리: 거참, 풀 뜯어 먹는 소리들 하고 있네, 인간들이 내는 그 소리는 그들이 스스로 만든 것이 아니야. 소문에 의하면 설산의 신(神)이 선물해주었다는데.

그게 무슨 소리야? (산양과 야크는 독수리를 쳐다보며 동시에 물었다.)

독수리: 내 이야기를 잘 들어봐. 지금 사람들이 입에서 뱉어내는 소리는 옴(Om ༀ)이라는 거야. 잘 들어보면 인간들은 그 소리를 반복적으로 중얼거리는 걸 알 수 있어.

산양: 내가 듣기에는 '옴'만이 아니던데?

독수리: 맞아. 사람들이 옴을 중얼거리기 시작하자 신은 일주일 후 또 다른 소리를 주었지. 바로 '마니'(mani མ་ཎི)라는 소리야. 그리고 또다시 일주일 후, 밧메 훔(padme hum པ་དྨེ་ཧཱུྃ)이라는 소리를 주었지. 그래서 사람들은 지금 옴-마니-밧메-훔(ཨོཾ་མ་ཎི་པ་དྨེ་ཧཱུྃ)[4] 소리를 내는 거야. 그런데 그 소리를 받은 사람들은 그 소리가 몸 속, 뼈에 박힐 때까지 계속 중얼거려야 한대.

산양: 왜, 그래야 하지? 그런 소리를 내면 뭐가 좋은 거야?

• • •

태초에 아무것도 그 모습을 드러내지 않은 (의식의) 상태에서 어느 날 '옴(Om)'은 우주로부터 날아와 진동하기 시작했다. 옴의 진동은 처음 공기를 만들어냈고 열-빛-불〔火〕의 요소-액체-물〔水〕의 요소-흙〔土〕을 차례로 만들어냈다. 말하자면 태초에 아무것도 없는 상태에서 우주로부터 날아온 그 옴의 소리가 생명의 4대 요소인 공기, 불 , 물, 흙을 만들어낸 것이다.[5]

티베트에서는 이 우주에서 날아왔다는 '옴'을 신성한 소리이자 천지를 창조한 근원으로 여긴다. 따라서 인간이라는 존재가 신과 우주와의 접촉을 시도하려면 이 '옴' 소리를 올바로 낼 줄 알아야 한다고 생각한다. 올바른 옴 소리야말로 인간과 신, 인간과 자연, 인간과 우주 사이를 이어주는 영매(靈媒) 역할을 한다고 믿기 때문이다.

그럼, 우주로부터 날아온 그 신성한 소리, 옴은 공기, 불, 물, 흙을 만들고 어디로 갔을까? 인간 몸 속으로 들어갔다. 뼈 속으로 숨어들었다. 뼈에 박힌 옴은 좀처럼 나오지 않는다. 부른다고 목소리를 낸다고 토악질을 한다고 나오지 않는다. 옴은 뼈를 진동시켜야 나온다.

티베트 사원에서는 옴을 몸 밖으로 나오게 하는 훈련을 한다. 뼈를 통해 나오는 옴의 소리는 수행 없이는 불가능하다. 그 방법은 무엇일까? 경전 읽기다. 소리내어 진언과 경전을 암송하고 낭송하는 것이다. 소리로 목구멍과 폐 그리고 뼈를 진동시켜 옴을 건드리는 것이다.

그러기 위해서는 정신의 수행을 먼저 해야 한다. 따라서 사원의 멘토(스승)는 (소리)명상을 가르친다.

스승이 말한다.

바람이 온다.

소리에 집중하라.

저 소리의 감정과 변화를 느껴라.

소리가 화를 낼 때, 소리가 사랑할 때, 소리가 섬세해질 때, 그 소리의 모든 변화를 감지해라.

바람이 우리 얼굴을 핥고 지나갈 때 무슨 소리가 들리는가?

봄이건 가을이건 바람이 불면 가던 길을 멈추고 서야 한다. 그 어떤 언행을 중지하고 가만히 있어야 한다. 그리고 어디선가 불어오는 바람의 일정한 리듬을 느껴야 한다. 바람에 나부끼는 나뭇잎을 바라보아야 한다. 나뭇잎이 들려주는 소리와 냄새를 알아차려야 한다.

스승이 말한다.

강물가로 가거라.
그곳에 홀로 서서 흘러가는 물소리의 감정을 느껴보아라.
물의 양과 속도는 수시로 변한다. 소리 또한 수시로 변할 것이다.
순간마다 변화하는 물의 양과 소리를 들어라.
듣기만 해라.

스승이 말한다.

장마가 왔다.
강가로 가라.
불어나는 물을 보고 그 소리를 들어라.

(제자는 강으로 간다.)
강은 생명력으로 넘쳐난다.
흘러가는 물의 양과 속도 모양과 소리가 어제와 다르다.

스승이 말한다.

겨울이 왔구나.

강가로 다시 가보아라. 강물은 줄어들었을 것이다. 소리도 작을 것이다.

하지만 소리가 아주 멈춘 것은 아니다.

가서 유심히 들어보아라. 만일 주의 깊게 듣는다면 귀에 들리지 않는 어떤 소리를 들을 수도 있을 것이다. 해마다 강은 그 모양과 소리를 달리한다. 그러므로 진정한 강의 소리를 들으려면 늘 깨어 있어야 한다.

스승이 말한다.

소리를 명상하고

진언을 암송하고

경전을 낭송하라!

그것이 자신의 내면을 탐색하는 길이며 신의 음성을 듣는 방법이다.

이러한 소리명상은 몸에 박혀 있는 옴을 꺼내기 위한 수행 중의 하나다. 이것이 어느 정도 훈련이 되면 경전을 소리내어 읽는다. 정해진 스승을 따라 정해진 장소에서 읽는다. 스승이 읽는 소리, 모습, 호흡, 몸짓, 손짓, 음색, 높낮이 표정, 모든 것을 그대로 모방한다. 그래야만 스승을 쫓아갈 수 있고, 존재의 깊숙한 곳을 건드릴 수 있다.

• • •

헤르만 헤세(Hermann Hesse)의 〈싯다르타〉(Siddhartha)의 강(江) 이야기를 보면 이런 대목이 나온다.[6)]

(싯다르타가 물었다.)
나를 건네주시겠습니까?
(사공 바수데바는 그를 태웠다.)

싯다르타: 당신은 참 좋은 생활을 택하셨소. 매일처럼 이 물에서 살며 물 위를 달리는 것은 분명히 참으로 좋은 일일 것입니다. 나는 당신의 일을 부러워하오.

바수데바: 아, 그러나 당신 같으신 분은 곧 흥미를 잃어버릴 것입니다. 이 일은 좋은 옷을 입는 사람들한테 어울리는 것이 아니지요.

싯타르타: 아아, 사공이여, 만약 당신의 헌옷이라도 한 벌 주시고 당신의 조수로서 당신 곁에 머무르게 해주신다면 제일 좋겠습니다. 아니, 차라리 나를 당신의 제자가 되게 해주세요.

그들은 강 한가운데에 다다랐다. 바수데바는 강의 흐름을 거슬러 가느라고 더욱 힘차게 노를 저었다. 바수데바는 뱃머리에 시선을 두고 기운찬 팔뚝으로 묵묵히 배를 부렸다. 강 언덕에 다다르자 싯다르타는 바수데바가 배를 말뚝에 동여매는 일을 도와주었다. 그들은 오두막으로 들어갔다. 바수데바는 빵과 물을 대접했다. 그들은 강가 나무둥치에 앉았다. 해질 무렵이었다. 싯다르타는 자신의 내력과 생애를 이야기해주었다. 바수데바는 마음을 열고 경청했다.

싯다르타: 바수데바, 나의 이야기를 그토록 잘 들어주셔서 감사합니다. 남의 말을 들을 줄 아는 사람은 퍽 드물지요. 당신처럼 잘 들을 줄 아는 사람을 나는 한 사람도 만나보지 못했습니다. 나는 듣는 법도 당신한테서 배우려 합니다.

바수데바: 듣는 법은 강이 나에게 가르쳐준 것이지요. 당신 역시 강(江)에게서 배울 수 있습니다. 강은 모든 것을 알지요. 우리는 모든 것을 강에게서 배울 수 있습니다.

싯타르타: 강으로부터 우리는 무엇을 배울 수 있을까요?

바수데바: 그것은 말로 할 수 없습니다.

싯타르타: 당신 역시 강에게서 시간이란 존재하지 않는다는 비밀을 배웠습니까?

바수데바: 맞아요, 싯다르타.

싯다르타: 강에는 오로지 현재만 있을 뿐, 과거의 그림자도, 미래의 그림자도 없다는 것, 그런 것이 아닙니까?

바수데바: 오오. 바로 그것입니다.

장마가 져서 강물이 넘쳐 힘차게 소리 내며 흐르자, 싯다르타는 말했다.

싯다르타: 오오, 친구여, 강은 이토록 많은 음성을, 실로 많은 음성을 가졌군요. 강은 황제의 음성을, 투사의 음성을, 황소의 음성을, 밤새(夜鳥)의 음성을, 산모의 음성을, 탄식하는 자의 음성을, 그리고 또 몇 천 가지 음성을 가진 것이 아닐까요?

바수데바: 그렇습니다. 피조물의 모든 음성이 강의 소리 속에 있지요.

싯다르타: 그렇다면, 만일 당신이 강에서 나는 몇 천 가지 모든 음성을 동시에 들을 수 있다면, 그때에 강이 하는 말은 무슨 말이겠습니까?

바수데바: 거룩한 소리입니다.

시다르타: 그게 무엇입니까?

바수데바: '옴(Om)'입니다.

☾

카일라스의 신이 인간에게 물었다.

당신은

귀

눈

혀

불알

중에서 어떤 걸 선택하겠는가?

2

낮과 밤,
황혼의 이야기를
들려주는 책

신은 인간들이 자신을 잊지 못하도록 주기적으로 '벌'을 내린다. 태어날 때부터 허리가 땅으로 굽어지는 곱사등이라든지, 학교 다녀오겠습니다, 하고 명랑하게 아침에 학교 갔던 아이가 오후에 느닷없이 오토바이 사고로 다리를 잃는다든지, 고환이 한쪽뿐이라든지, 말을 못하는 벙어리라든지, 알 수 없는 전염병으로 죽는다든지, 그런 벌 말이다.

신은 인간세상의 평화와 온전함을 바라지 않는다. 그럼 인간들은 잘난 맛에 도취되어 자신에게 기도하거나 눈물을 흘리지 않기 때문이다. 그래서 신은 인간들이 평화로워 보이는 얼굴 표정을 하고 있으면 "음, 때가 되었군" 하며 양 볼에 힘을 잔뜩 주고 입술을 오므리고 바람을 분다. 그 바람은 홍수와 가뭄, 천둥과 번개가 된다. 그러면 사람들은 이내 평화롭다는 얼굴을 거두고 두려운 표정을 짓는다.

신이 보기에 너무나 좋은 세상, 완벽한 사회의 조합을 위해서는 누군가 다치거나 아파야 한다. 그래야 사람들은 맞아, 죽음이 있었지, 하고 신에게 고개를 숙인다. 인간들은 자신이 어찌할 수 없는 곤경에 처하거나 죽음에 이르러야 비로소 신을 찾거나 신이 제시한 법칙을 기억하기 때문이다. 그러므로 모두가 건강하고 모두가 다 같은 표정으로 우린 행복해, 하는 사회는 완벽하지 않다. 그중에 누군가는 반드시 절름발이나 알 수 없는 병 그리고 난쟁이가 있어야 한다. 그게 신이 생각하는 완벽한 인간세상이다.[7]

티베트인들은 신의 존재를 잊은 적이 없다. 눈과 바람, 산사태와 홍수로 마을은 언제나 위험에 노출돼 있었고 꼬리가 하얀 여우와 이빨이 드러난 설원의 표범이 밤이 되면 나타나 양과 야크를 데려갔기 때문이다. 그뿐만이 아니다. 먹을 만한 것은 별로 없고 날씨는 사납다. 짐작할 수 없는 병이 돌기 시작하면 허약한 노인과 아이들은 살아남기 힘들다. 차디찬 설수(雪水)가 약이 되지는 못한다.

산언덕에 붉은 담벼락을 두른 집(사원)이 생겼다. 그 안에는 신과의 접촉을 통해 죽음의 두려움에서 벗어나고자 하는 수행자들이 살고 있다고 했다. 그곳은 한번 들어가면 나오지 못한다고 했다. 마을사람들은 그곳에 살고 있는 그들을 '라마(Lama)'라고 불렀다. 라마는 사원에서 수행하는 승려를 부르는 말이었다. 그들이 사는 사원 뒤편으로 난 길을 따라가면 숲과 나무 사이에 수백 개의 동굴이 개미굴처럼 나오는데 그곳에는 할아버지 라마들이 산다고 했다. 하지만 마을사람들 중에 동굴 속의 라마 할아버지를 본 사람은 아무도 없다.

땅을 쪼개는 번개가 치던 날, 하늘 아래 붉은 사원에서 살고 있던 젊은 라마가 마을로 내려와 사람들을 불러 모았다. 사람들이 원처럼 둥그렇게 모이자 그는 울림이 있는 목소리로 말했다.

라마: 반갑습니다.

마을사람: 거, 저 위에서 내려온 사람, 맞소?

라마: 네, 저 위. 붉은 담벼락 사원에서 내려왔습니다.

마을사람 2: 왜요?

라마: 좋은 소식을 전하고자 합니다.

마을사람 3: 무엇이오?

라마: 일곱 번 자고 나서, 우리들이 이 마을에 다시 내려올 겁니다.

마을사람 4: 왜요?

라마: 축제를 하려고 합니다,

마을사람 5: 무슨?

라마: 영혼의 축제입니다.

마을사람 6: 그게 뭐요?

라마: 마음이 평온해지는 노래와 책을 읽는 것입니다.

• • •

티베트에서는 사람이 죽으면 사원의 라마승을 초빙하여 죽은 자를 위한 의식을 한다.

라마승: 먼저, 귀를 씻어야 합니다.

유족: 귀요?

라마승: 귀에 대고 말을 해야 합니다.

유족: 무슨 말이죠?

라마승: 진언입니다

유족: 죽었잖아요.

라마승: 아닙니다. 살아 있어요.

유족: (…)

라마승: 귀는 혀와 같지 않습니다.

라마승이 유족에게 이렇게 말한 이유는 『바르도 퇴돌(Bardo Thoedol)』[8] 때문이다. 『티베트 사자(死者)의 서(書)』[9]라 불리는 이 경전은 사자의 혼이 환생하기까지 49일 동안 사후의 길을 안내하면서 '듣기'를 강조한다. 사람이 죽으면 몸에서 이탈한 영혼이 영계(靈界)로 가서 49일 동안 머무르게 되는데 이때 속세에서 하는 소리를 모두 들을 수 있다고 하는 것이다. 죽음과 동시에 눈이 감기고 혀가 늘어지는 것과는 다르게 귀는 여전히 모든 소리를 들을 수 있다는 것을 책에서는 알려준다.

마을에서 임종소식이 전해지면 사원의 라마승은 서둘러 망자의 집을 방문하여 종과 나팔 등으로 공간을 정화하고 부정을 제거한 뒤 준비한 진언을 망자의 귀에 대고 읽어준다. 여러 날을 반복하기도 한다. 듣기의 의식이 끝나면 가족들은 '조장(鳥葬)'[10]을 요청한다. 조장은 시신을 해부하여 독수리에게 보시하는 장법인데 천장(天葬) 또는 풍장(風葬)이라고 한다. 시신이 집에서 사원의 해부터에 오면 지정된 해부사(天葬師)가 사인(死因)을 확인하고 사인에 따라 해부의 방식과 절차를 결정한 뒤 가족들에게 참관 여부를 알려준다. 조장의 날에도 소리는 끊이지 않는다. 역시 시신을 위한 진혼곡이 울린다. 경전 읽기와 나팔소리. 이 의식은 바람이 순환하는 자연 속에서 이루어진다. 망자에게 꽃과 나무와 바람의 냄새를 맡게 하고, 새 소리를 듣게 하고, 악기를 연주해준다. 이는 티베트에서 오랫동안 내려오는 이별의 방식이다.

귀는 우리가 세상에 나오기 전부터 열려 있었다. 어머니의 자궁에서 귀는 다른 어떤 감각기관보다도 일찍 완성된다.[11] 이것은 태어나기 전부터 이미 귀를 통해 세상과 소통하고 있다는 것을 의미한다. 인간의 의식은 귀가 듣는 소리와 함께 시작된다. 말하자면 우리는 귀를 통해, 소리를 통해 최초로 우리의 존재를 인식한다는 것이다. 이런 소리의 존재는 공기와 비슷해 보인다. 숨을 쉬면서도 공기를 의식하지 못한다는 점에서 말이다. 해서 소리는 자기 영역으로 들어오는 모든 존재를 감싼다. 『티베트 사자의 서』는 이 점을 알려주는 책이다. 육신은 죽지만 영혼은 죽지 않는다면 그래서 우리의 존재의 본질이 삶과 죽음을 거듭하며 영적 성장을 위해 노력하는 것이라면, 인간 존재의 연속성을 담보하는 것은 바로 귀로 듣는 소리와 그것에 의한 의식의 각성에 있다는 것을 알려준다. 낮과 밤, 황혼의 사이에 일어나는 이야기로 말이다.

나는 듣는 것으로 해탈했다.

〈관세음보살〉

3

소리의 시간, 듣기의 시간

티베트인들의 정신적인 멘토인 달라이 라마는 관세음보살(觀世音菩薩)의 화신으로 여겨진다. 관세음보살은 불교에 등장하는 많은 보살 중 자비로 중생의 괴로움을 구제하는 보살로 알려져 있다.

관세음(觀世音)에서 관(觀)이란 글자는 중요하다. 관은 일반적으로 '보다, 보이게 하다, 나타내다. 점(占)치다, 사물(事物)을 살펴본다'의 의미가 있다. 여기에는 현상을 바라보는 시(視)나 간(看)의 의미도 포함하고 있다. 그런데 불교에서 말하는 '관'은 좀 더 깊은 의미를 가지고 있다. 눈에 보이는 것, 눈에 들어오는 것을 분별하는 의미가 아니라 타자(대상)를 눈으로 보고 미추(美醜)를 구별하는 것이 아니라 인간이 본래 가지고 있던 감성을 회복하기 위해 자신의 내면을 조용히 응시하는 눈이 관이다. 그리고 세음(世音)이란 세간 중생의 음성으로, 현실의 세상에서 고뇌하는 중생의 절규를

뜻한다. 그러므로 관세음보살은 자비를 본체로 하는 성자로서 중생들의 절규에 응하여, 정신상의 번뇌는 물론 육체상의 모든 괴로움도 해탈케 해주는 존재인 것이다. 풀이하자면 관음보살이란 '말과 소리를 관(觀)'하는 보살이란 뜻이다. 티베트에서 달라이 라마는 대상을 관조(觀照)할 수 있는 존재로 여겨진다. 귀로 들리는 현상의 소리를 듣는 것이 아니라 존재의 깊은 곳에 숨어 있는 '내면의 소리'를 듣는 보살이라는 것이다.

두 다리를 다친 지 오래된 사람이 있었다. 그가 하루는 땅을 기다시피 하면서 연못가로 가서 꽃을 구경하고 있었다. 그때 연못 아래 땅 속에 묻힌 작은 보살상이 눈에 띄었다. 그가 두 손을 뻗어 보살상을 꺼낸 후 진흙을 씻어내고 보니, 그것은 관세음보살이었다. 그는 그것을 모시고 집에 돌아와 불단을 차리고 매일 아침 예불을 올렸다. 힘든 몸이지만 하루도 빼지 않고 관세음보살을 염하기를 5년이 지난 어느 날, 꿈속에 한 노파가 나타났다. 그 노파는 그의 다리를 두드리며 소리를 질렀다.

일어나라!
내가 어떻게 일어선단 말이요?

노파가 웃으며 말했다.

괜찮다. 너는 오늘부터 걸을 수 있다!

그 사람이 문득 눈을 뜨니 그것은 꿈이었다. 그러나 그가 몸을 부스스 일으키자 그는 보통사람처럼 일어날 수 있었고, 걸을 수 있었다. 그는 곧바로 관세음보살상을 모시고 산에 들어가 절을 짓고 승려가 되었다. 이후 많은 사람이 그의 행적을 듣고 절을 찾아와 관세음보살님께 기도를 올렸다.[12)]

명나라 때 유곡현이라는 사람이 있었다. 그는 황주지방의 사람으로 항상 해외로 나가 여러 변방 나라들을 순회하였다. 한번은 배가 큰 바다를 지나갈 때 그가 실수하여 발을 헛디뎌 바다에 떨어졌다. 배는 빠른 속도로 나가고 있었기 때문에 안타깝게도 그를 구할 수가 없었다. 선원들이 돛대 위 망대에 올라가보니 멀리서 사람 하나가 파도 속에서 떴다 가라앉았다 하였지만 별 수 없었다. 사람들은 모두 그가 죽을 것이라고 생각하였다. 그러나 얼마 후 유곡현이 배 주변에까지 흘러왔다. 배 안의 사람들은 크게 환영하고 기뻐하였다. 황급히 줄을 던져 그를 배 위로 끌어올렸다. 그러고 보니 한 길이나 되는 커다란 고기 한 마리가 천천히 헤엄쳐 가는 것이 보였다. 사람들은 모두 괴이하게 여겼다. 유곡현이 말했다.[13)]

바로 저 물고기가 나를 태워주었어요. 여러 차례 물속으로 미끄러져 가라앉았는데, 저 물고기가 지느러미로 나를 떠받쳐 올렸어요. 그래서 물이 한 번도 입에 들어가지 않았어요.

(배 위의 사람들은 너도 나도 물었다.)

세상에 이런 일이 다 있나? 당신은 평소에 무슨 선행을 하였기에 이런 좋은 보응을 받는다는 말이요?

(유곡현은 대답했다.)

평상시 저는 〈관음경〉을 암송할 뿐입니다.

수능엄경(首倭嚴經) 〈수도분〉(修道分)에는 어느 날 부처님이 문수보살(文殊菩薩)을 시켜 이른바 깨달음에 이른 제자들에게 각기 어떤 방편을 통해 깨달음에 이르렀는지에 대한 이야기가 나온다. 제자들에 의해 모두 25가지의 깨달음의 길이 제시되었는데, 관음보살은 자신의 차례가 오자 자신은 다른 제자들과는 전혀 다른 차원인 "나는 듣기를 통해 깨우쳤노라"고 말했다. 그는 깨달음을 얻게 된 과정을 설명했다.[14)]

세존이시여! 제가 아득한 옛날의 일을 기억해볼 때, 어떤 부처님이 세상에 출현하셨으니 그 이름이 관세음이었습니다. 저는 그 부처님으로 인하여 보리심을 내게 되었는데, 그 부처님께서 제게 "듣고 생각하고 실천하는 것으로부터 삼매에 들어가라" 가르치셨습니다. 처음에 듣는 가운데 깊이 관조하며 대상에 얽매이지 않고 고요한 경지에 들어가자 시끄러움과 고요함이 모두 사라졌습니다. 이와 같이 점점 정진하는 동안 듣는 주체와 들을 대상이 사라졌습니다. 들음이

다하였지만 다시 듣는 데서 머물지 않고 계속 정진하자 깨달음과 깨달음의 대상이 사라지고, 생멸(生滅)에 대한 알아차림마저 다 사라지니, 마침내 해탈에 이르렀습니다.

그의 이야기를 듣고 난 문수보살은 말했다.[15)]

이 듣기는 수많은 부처들이 열반의 문에 도달한 길이다. 과거의 모든 여래도 이 문으로 성취하셨고, 현재의 모든 보살도 이 문으로 들어가 깨달았으며, 미래에 수행할 사람 또한 응당 이로 인해 깨달을 것이니, 나 또한 그 가운데서 깨달았노라.

법화경 〈관세음보살보문품(觀世音菩薩普門品)〉에는 다음과 같이 적고 있다.[16)]

만일 어떤 이가 관세음보살의 이름을 받들면 그가 큰 불 속에 들어가더라도 불이 그를 태우지 못할 것이며, 혹 큰물에 떠내려 가더라도 그 이름을 부르면 곧 얕은 곳에 이르게 되며, 보배를 구하려고 바다에 들어갔을 때 폭풍이 일어 배가 악귀들의 나라에 가 닿게 되었을지라도 그로부터 풀려나며, 또 어떤 사람이 해를 입게 되었을지라도 그 이름을 부르면 그를 해하려는 자가 가진 칼이나 막대기가 산산조각 부서져 능히 벗어날 수 있으며, 또 어떤 사람이 수갑과 쇠고랑으로 묶였을지라도 그 이름을 부르면 그것들이 다 끊어지고 풀어질 것이다.

관음보살은 왜 듣기를 깨달음의 방편으로 이야기한 것일까? 그것은 귀(청각)가 인간의 감각기관 중에서 집착으로부터 가장 자유롭기 때문이다. 귀는 스스로의 의지로 닫기와 열기가 불가능한 감각기관이다. 눈(시각), 혀(촉각), 코(후각)를 보라. 얼마나 이기적인가? 밝고, 달고, 향기로우면 받아들이고 어둡고, 쓰고, 악취가 나면 닫아버리지 않는가? 이런 감각기관들은 소유와 집착에서 벗어나기 힘들다. 물질과 감각을 쫓아가기 때문이다. 따라서 이 감각들을 쫓아가면 불교에서 말하는 깨달음에 이르기 어렵다. 반면 귀는 어떠한가? 개방적이다. 희노애락(喜怒愛樂)이 오든 사계절이 변화하든 귀는 언제든 열려 있다. 타자(他者)에 언제든 반응한다. 눈과 혀는 타자의 접근을 의도적으로 차단할 수 있지만, 듣기는 보이지 않는 것을 향해 나아갈 수 있다. 따라서 관음보살은 듣기를 통해서 깨달음에 도달하고자 했다. 관음보살은 시기하고 질투하고 미워하고 원망하는 마음은 눈으로 보고 혀로 맛보는 감각에서 나온다는 것을 알았다. 눈과 혀는 비교하고 소유하고 욕망하는 감각이라는 것을 알아차린 것이다.

생명의 본질은 보이지 않는 것에 있다. 사람을 보라. 그 사람의 본질을 어떻게 파악할 수 있는가? 눈과 혀로 감촉한다고 그 사람의 내면을 알 수 있는가? 그건 호박을 핥는 것과 다름없다. 호박의 생명이 안에 있듯이 사람의 본질도 안에 있다. 그럼 어떻게 알 수 있는가? 소리를 들어야 한다. 숨 쉬는 소리를 들어야 한다. 폐의 소리를 들어야 하고 뼈의 소리를 들어야 한다. 그러면 그 사람의 본질에 다가갈 수 있다. 그 사람이 내는 생명의 소리를 들으면 어떤 오장육부(五臟六腑)와 뼈를 가지고 있는지 가늠할 수 있다. 발성, 노래, 낭송, 이야기를 들으면 그 사람의 몸과 정신의 상태를 알 수 있다. 소리는 생명의 본질이기 때문이다.

티베트의 불교사원은 소리학교다.

4

소리학교

① 무녀가 전하는 소리

추키쳉마는 화병에 걸렸다. 눈에 넣어도 아프지 않은 딸들이 다섯이나 있었는데 알 수 없는 전염병에 걸려 세 명이나 죽어나갔기 때문이다. 도대체 왜 죽었는지? 무슨 병인지? 알 수 없었다. 남은 두 딸은 반드시 살려야 했다. 신령스런 점술사가 라싸의 홍산(紅山) 밑에 굴을 파고 산다는 소문을 들었다. 추키쳉마는 다급한 나머지 직접 찾아갔다. 굴 앞에 다다르자 그는 잠시 멈추어 서서 어두운 굴 속을 바라보았다.

신발을 벗고 들어오세요.

굴 속에서 명령하는 듯한 목소리가 들렸다. 추키쳉마는 무슨 무거운 죄라도 지은 것처럼 황급히 장화를 벗고 양손에 쥐었다.

천천히 들어오세요.

추키첸마는 야크 뿔이 새겨진 자신의 장화를 가슴 쪽으로 치켜 들고 천천히 나아갔다. 무슨 동굴이 이리도 길지? 축축한 벽을 더듬고 보이지 않는 바닥을 살피며 추키첸마는 한참을 나아갔다. (하인이라도 데리고 올걸.) 불안한 마음이 들기 시작했다. 하지만 동굴 안은 걸어 들어갈수록 따뜻하고 기분 좋은 냄새가 났다.

무슨 냄새일까?

두 갈래로 머리를 늘어뜨린 여인이 앉아 있다. 검은 안대를 하고 있다. 장님? 추키첸마는 장님이라면 딸을 살릴 수 있을까, 하고 생각했다. 하지만 장님이라고 못 할 건 없지 싶어서 돈은 원하는 대로 줄 터이니 두 딸을 살려달라고 애원했다. 그녀는 대답하지 않았다. 추키첸마는 두 손을 바닥에 짚고 엎드렸다. 축축하지만 부드러운 냄새가 코에 들어왔다.

100마리의 야크

100마리의 양

100마리의 말

그리고 북과 나팔을 준비하세요.

그녀는 그 많은 동물들의 심장을 꺼내 신께 바쳐야 한다고 했다. 신이 어디 있는지? 그렇게 많은 동물이 왜 필요한지? 설명해주지 않았지만 추키체마는 두 손을 마주잡고 그렇게 하겠다고 했다.

며칠 후, 거대한 피의 제사가 벌어졌다. 장님이었지만 그녀는 능숙하게 북을 치며 무엇인가를 중얼거렸다. 하늘을 향해 두 팔을 벌리고 큰소리로 고함을 지르기도 했다. 천제(天際)는 삼일 동안 계속됐다. 그녀는 삼일 밤낮을 쉬지 않고 북과 나팔을 울리며 양과 야크의 배를 가르고 심장을 꺼내 하늘에 보여주었다.

딸들은 죽지 않았다.

• • •

일 년 뒤. 장체(江孜)지역[17] 왕의 아들이 이름 모를 병으로 죽었다. 왕은 죽은 아들이 그리워 잠을 이룰 수 없었다. 신하가 말했다.

라싸에 신통한 무녀가 있습니다.

왕은 손을 저어 빨리 데려오라고 했다. 검은 안대를 하고 지팡이를 짚은 여인이 왕 앞으로 왔다. 눈을 가린 안대에는 달, 별, 태양이 일렬로 그려져 있었다.

왕이 물었다.

할 수 있겠느냐?

무녀는 시신이 있는 방으로 안내되었다. 시신은 방 중앙에 반듯하게 누워 있었다. 무녀는 방 입구에서 한참을 서 있더니 준비가 됐다는 듯 두 손을 마주대고 아홉 번 비비더니 이내 시신으로 다가가 몸을 더듬기 시작했다. 손가락으로 얼굴과 입술을 더듬어 찾았다. 엄지와 검지에 힘을 주어 시신의 입술을 아래위로 벌렸다. 노란 이빨 사이로 막 썩기 시작하는 벌레와 곤충의 냄새가 났다.

무녀는 처음 사랑을 시작하는 연인처럼 부드럽게 시신의 몸을 애무하기 시작했다. 옷을 벗기고 목과 얼굴을 쓰다듬었다. 침이 가득한 자신의 혀를 내밀어 시신의 얼굴을 핥았다. 이마에서 눈으로 코와 입술, 목덜미와 배꼽에도 무녀는 자신의 입술과 혀를 문질렀다. 마치 잠자는 왕자에게 이제 그만 일어나라는 듯 정성을 다했다.

놀라지 말아요. 그녀는 시신의 귀에 대고 작은 목소리로 속삭인다. 그러더니 뱀처럼 자신의 몸을 시신의 몸 위로 포갠다. 입을 마주 대고 두 팔로 늘어져 있는 시신의 몸을 꼬옥 끌어안는다. 귀에 대고 무언가를 말한다. 시신의 귀 구멍에 자신의 따뜻한 침을 흘려 넣는다.

왕은 궁금했다. 장님인 무녀가 과연 죽은 자신의 아들을 살릴 수 있을까? 무녀는 자신이 방에 들어가면 어느 누구도 밖에서 소리를 내면 안 되고, 자신을 불러서도 안 된다고 했다. 왕이라 할지라도 말이다. 왕은 그러겠다고 약속했다. 하지만 시간이 지나도 소식이 없자 왕은 견딜 수가 없었다. 옷을 갈아입고 궁을 나가 무녀와 아들이 있는 방으로 갔다. 달이 걸어오는 밤이었다. 칠흑 같은 어둠 속에서 방은 불빛 하나 없었다. 왕은 문틈으로 자신의 눈알을 조심스럽게 밀어 넣었다. 아무것도 보이지 않았다. 그래도 왕은 눈알을 문틈에서 빼지 않았다. 숨을 죽이고 눈 깜빡임도 없이 방안을 뚫어져라 쳐다보았다. 조금의 시간이 지나자 방안의 윤곽이 들어왔다. 포개진 남과 여. 자신의 아들과 무녀였다.

무녀는 시신의 입에 자신의 입을 대고 바람을 불어넣는다. 귀에 대고 핥듯이 계속 속삭인다. 시신이 꿈틀하더니 입을 살짝 벌린다. 벌어진 입에서 알 수 없는 소리와 침이 흘러나온다. 팔과 다리를 떨기 시작한다. 움직임이 격렬해진다. 무녀는 몸부림치는 시신의 몸을 더욱 강하게 끌어안고 움직이지 못하게 억제한다. 그러자 시신은 더욱더 몸을 뒤틀기 시작한다. 시신의 목이 뒤로 꺾이고 얼굴에 있는 모든 구멍에서는 하얀 액체가 흘러나오기 시작한다. 그래도 무녀는 시신을 놓아주지 않는다. 손을 뻗어 시신의 성기를 움켜잡는다. 그것은 어느새 발기하여 위로 치솟기 시작했다. 움켜쥐고 놓아주지 않는다. 시신의 몸이 불덩이같이 뜨거워진다. 그럴수록 무녀는 시신의 몸에 달라붙어서 귀에 대고 무언가를 계속 속삭인다. 움직이는 시신을 놓치면 오히려 자신이 죽는다는 것을 상기한다.

날이 밝았다. 여명이 걸어온다. 마침내 시신의 혀가 입 속에서 나와 턱 쪽으로 늘어졌다. 지금이다. 무녀는 바닥으로 늘어진 시신의 혀를 자신의 이빨로 강하게 깨물었다. 붉은 피가 터져 나왔다. 시신은 살아났다.

②소리가 신(神)이다

시체를 상대로 한 의식 '롤랑(rolang, 일어선 시체)'이라는 주술[18]은 말하자면 '시체의 부활의식'인 셈인데 무녀는 스승에게 이 방법을 전수받았다. 그의 스승은 센랍미우첸(幸繞米沃)이다. 그는 하늘, 땅, 설산, 별, 해와 같은 자연물을 숭배하는 반신반인(半神半人)이라고 알려져 있다.[19]

고원은 녹지 않는 설산이 있고 눈사태나 진흙과 바위 등이 굴러 내려 사람들이 죽는 경우가 많았다. 예측할 수 없는 날씨, 삭막하고 매정하게 보이는 자연 그러한 환경 속에서 사람들은 공포와 죽음이라는 현실을 맞이해야 했고 본능적으로 그것들을 피하게 해줄 그 무엇인가를 찾게 되었다. 그때 그(센랍미우첸)가 나타난 것이다. 센랍은 자신을 따르던 제자들을 이끌고 사람들의 병을 고쳐주었으며 두려움에서 벗어나는 방법을 알려주었다. 센랍과 제자들은 산 위에 살았다. 깨끗한 구름을 볼 수 있는 곳이었다. 평지의 사람들은 산 위에 사는 그를 향해 머리를 숙였고 손을 흔들었다.

센랍과 그의 제자들은 소리〔聲〕를 신성시했다. 바람, 눈, 비, 번개, 홍수, 천둥에서 들려오는 자연의 소리는 사람들에게 생명의 자원이기도 했지만 공포의 대상이기도 했다. 소리를 내는 주체는 보이지 않았고 어쩌할 수 없는 것들이었다. 인간의 힘으로 제압하거나 정복이 안 되는 것, 그래서 거기에는 신이 산다고 생각했다. 신은 신성하므로 사람들은 소리를 떠받들기 시작했다.

고원에서 신과 이야기할 수 있는 사람은 두 사람뿐이었다. 센랍과 그의 제자 무녀. 사람들은 무녀를 '늑대를 무서워하지 않는 양'이라고 불렀다. 그녀는 신과 소통할 수 있는 능력자였다. 사람들은 짐승을 잡거나 귀한 약초를 발견하면 그녀 앞으로 가져왔다. 그럴 때마다 그녀는 길흉화복(吉凶禍福)의 점을 쳐주고 악귀를 몰아내고 고약한 병으로부터 사람들을 치료해주었다.

지역의 왕들 또한 그녀의 소문을 들었다. 천둥과 번개가 칠 적마다 그녀를 통해 소리의 신에게 기도를 올리도록 했다. 그녀는 춤도 잘 추었다. 춤은 악령과 신에게 보내는 접속의 신호라고 했다. 그녀는 악귀와도 잘 싸웠다. 악귀들은 나무, 바위, 계곡, 호수, 숲 등에 숨어 있다가 혼자 돌아다니는 사람과 동물을 보면 그의 몸 속으로 들어가 영혼을 갉아먹었다. 사람과 짐승의 영혼을 먹어야 악귀는 오래 살 수 있었기 때문이다. 그녀는 그런 악귀들을 제압해주었다.

그녀는 뜻밖의 일도 했다. 바로 태아를 받아내는 것이었다. 생존과 번식이 힘든 고원의 세상에서 사람들은 2세 탄생에 온 힘을 기울였다. 생명의 잉태와 탄생은 사람들에게 희망이고 기쁨이었다. 배가 불러 아기가 나올 때쯤이면 산모들은 그녀를 찾아갔다. 태아의 몸덩이와 영혼이 엄마의 뱃속에서 무사히 이 세상에 나올 수 있도록 인도하는 데 그녀만큼 능력을 가진 사람은 없었기 때문이다. 그녀는 태아를 받아내기 전 산모에게 말하곤 했다.

엄마의 심장소리는 중요합니다. 아기는 엄마가 전해주는 모든 소리를 기억합니다. 그래서 태아에게 들려주는 소리가 매우 중요합니다. 매일 아침 새와 물소리를 들려주면 좋습니다. 낮은 종소리도 좋습니다.

'종'이요?
(배를 만지며 산모가 그녀에게 물었다.)

네. 종. 그것은 종의 둥근 형태가 우주를 상징할 뿐만 아니라, 그 소리는 인간의 심장박동소리를 상징하기 때문입니다. 종소리는 위대한 신의 목소리입니다. 그 소리는 인간을 영혼을 일깨웁니다. 그리고 이 세상의 모든 신비와 신성한 힘을 이해하게 해주죠. 좋은 종소리는 공간을 깨끗하고 맑게 해주는 영적 기능이 있습니다.

그녀는 산모의 배에 대고 악기도 연주해주었다. 악기의 이름은 〈노래하는 주발(Singing Bowl)〉[20]이었다. 악기는 종과 마찬가지로 일곱 가지 금속재료를 섞어 만든 주발 같은 것으로 나무 봉 같은 것으로 쳐서 소리를 냈다. 노래하는 주발의 소리는 산모와 태아의 영혼에 좋은 영향을 준다고 그녀는 말했다.

> 소리는 울림입니다. 어떠한 울림이라도 우리 몸의 모든 부분에 닿는다는 것을 안다면, 우리는 소리가 귀뿐 아니라 우리 몸의 모든 부분에까지 영향을 미친다고 생각해야 합니다. 이때 좋은 소리는 생리적 불균형을 줄여줄 뿐만 아니라 질병을 치료하는 데도 좋습니다. 심지어 좋은 소리를 들려주면, 아픈 곳이 치유될 수도 있습니다.

③소리학교[21)]

마을에서 올려다보면 사원은 하늘에 떠 있는 궁전의 느낌을 주었다. 누군가 손가락을 돌리며 주문이라도 걸면 황금색의 지붕에서 커다란 날개가 나와 창공으로 날아오를 것만 같은 신비스런 모양을 하고 있었다. 그곳에 올라가면 당근과 오이만 먹을 것 같은 사람들이 하얀 옷을 입고 하루종일 웃고만 있을 것 같았다. 배를 뒤집어놓은 모양을 하고 있는 금색 지붕은 해가 뜨면 너무 번쩍거려 쳐다보기가 힘들 정도로 강한 빛을 발했다. 그리고 밤에 달이 나오면 그 금색 지붕은 더욱더 오묘한 빛을 뿜어냈다.

마을사람들은 그곳에 올라가고 싶었지만 그럴 수 없었다. 그곳은 너무 높아 사다리나 동아줄이 필요했지만 그곳에 연결되는 것은 그 무엇도 없었기 때문이다. 그럼 저 위의 사람들은 어떻게 내려오고 무엇으로 올라가지? 마을사람들은 하루에도 몇 번씩 고개를 올려들고 궁금해했다. 어떤 농부는 그곳 사람들은 날개는 없지만 날아다닌다고 했고, 어떤 유목인은 구름을 탄다고 했다. 하지만 구름을 타거나 새로 변해 날아다니는 그들을 본 사람은 아무도 없었다. 그럴수록 사람들은 더욱더 궁금했다. 저 위의 사람들은 도대체 무얼 먹고, 어떻게 하루를 보내는 것일까? 어떻게 저렇게 높은 곳에 집을 지었을까? 돌과 흙과 나무를 어떻게 가져다 저렇게 견고하고 웅장한 자신들만의 성(城)을 지었을까? 피보다 더 진한 저 붉은 색의 담벼락을 두른 염료는 어디서 구했고 지붕에서 빛나는 저 황금색의 금은 정말 금일까? 마을사람들은 궁금했다.

하늘 아래 궁전에서 사람이 내려왔다. 마을사람들은 몰려들었다. 무엇을 입고 있는지, 팔과 다리는 어떤지, 정말로 날 수는 있는지, 구름을 타고 내려왔는지, 뭘 먹고 사는지 물어보고 싶었다. 사람들은 죄를 지은 범인이라도 잡은 듯이 그를 촘촘히 에워둘렀다, 떼가 잔뜩 묻은 노란 모자에 붉은 옷을 친친 감은 그 사람은 자신을 '누와치매'라 했다. 누런 이빨을 보이며 누와치매는 수줍어했다. 사람들은 목을 빼 물었다.

마을사람 1: 거, 그곳은 하늘과 가까워, 줄이나 사다리만 있으면 하늘로 올라갈 수 있다는데 정말이오?

누와치매: 사원에서 구름은 보이지만 하늘로 올라갈 수 있는 줄은 없습니다.

마을사람 2: 거, 거기서는 무얼 먹는가?

누와치매: 물, 오이, 소금, 당근, 배추, 짬바, 수유차 등을 먹습니다.

마을사람 3: 그거만 먹고 살 만하오?

누와치매: 네. 괜찮습니다.

마을사람 4: 거, 그곳에서는 무얼 하시오?

누와치매: 책을 읽습니다.

마을사람 4: 무슨 책이오?

누와치매: 죽음과 다시 태어나는 것에 관한 책입니다.

마을사람 4: 왜요?

누와치매: 마음이 평화로워지기 때문입니다.

마을사람 5: 거, 그곳에는 독수리를 기른다는데?

누와치매: 네. 같이 살지요.

마을사람 6: 그건 무슨 말이요?

누와치매: 그러니까. 인간이 죽어 시신이 올라오면 시신을 해부하여 독수리에게 줍니다.

마을사람 7: 정말이오?

누와치매: 네. 독수리가 몸에서 나온 영혼을 좋은 곳으로 데려다 주기 때문입니다.

마을사람 8: 믿을 수 없소.

누와치매: 네. 그럴 겁니다. 한번 올라와 보셔도 좋습니다.

마을사람 8: 그럼 시신을 누가 처리하오?

누와치매: 사원에서 같이 사는 스승님입니다.

마을사람 9: 그는 누구요?

누와치매: 깨달음을 얻으신 분입니다.

마을사람 10: 무섭게 생겼소?

누와치매: 아닙니다. 달과 같은 얼굴입니다.

마을사람 10: 믿을 수 없소. 시신을 도끼질 한다는 사람의 얼굴이 어찌 달과 같이 생길 수 있소?

누와치매: 보시면 믿을 수 있을 겁니다.

마을사람 11: 여긴, 왜 내려왔소?

누와치매: 알려드릴 게 있습니다.

마을사람 11: 뭐요?

누와치매: 저희들이 내려와서 마을에서 축제를 하려고 합니다.

마을사람 12: 무슨 축제요?

누와치매: 스승님과 저희들이 이곳에 내려와서 나팔과 징을 치고 진언을 낭송하는 소리축제를 하려고 합니다.

마을사람 13: 왜요?

누와치매: 그 소리를 들으면 마음이 평안해지고 건강해지기 때문입니다.

마을사람 14: 소리가 병을 치료하오?

누와치매: 저희들이 내는 영적인 소리는 감기에 걸렸거나 알 수 없는 병으로 몸이 아픈 사람들에게 도움이 됩니다.

마을사람 15: 소리가 약이오?

누와치매: 네. 그렇습니다.

마을사람 16: 그게 언제요?

누와치매: 일곱 번 자고 이 시간입니다.

사람들은 믿지 않는다는 시큰둥한 얼굴로 헤어졌는데 정확히 일곱 번 자고 같은 곳에 모두 모여들었다. 옆동네 사람들도 초원의 유목인들도 그리고 산 넘어 농사짓는 사람들도 왔다. 그들은 가족들과 함께 왔다. 아이들은 뛰어다녔고 노인들은 나무그늘로 가 자리를 잡았다.

☾

달이 내려앉은 그곳에서

그네를 타는 기분으로

인터뷰를 하다.

5

인터뷰:
달이 내려앉은
그곳에서

오래전부터 티베트의 크고 작은 (불교)사원과 마을을 돌아다녔다. 그리고 거기서 사람들을 만났는데 어떤 날은 의도적으로 어떤 날은 자연스럽게 그들과의 인터뷰가 이루어졌다. 당시 나는 '보이지 않는 것들의 아름다움'이라는 단상을 주로 질문했다. 예를 들면 소리, 냄새, 공기, 죽음, 감동, 자비, 마음, 눈물, 이런 것들이었다.

대답해줄까, 하는 걱정이 앞섰지만 침묵이 돌아와도 나는 그냥 뒤통수를 긁으며 멋쩍게 웃으면 된다는 좀 뻔뻔한 생각을 가지고 질문했던 것으로 기억한다. 이것도 질문의 한 부분이라고 생각하며 내가 원하는 내용으로 원하는 만큼, 될 수 있는 한 많이 물어보자 했다. 그때는 다른 사람들도 내가 묻는 것들을 궁금해하지 않을까 했지만 시간이 거듭될수록 내가 궁금해하는 것들은 도시의 사람들이 그다지 알고 싶어하지 않다는 것을 눈치채면서 질문의 자신감은 떨어져 나갔다. 그래도 나는 줄곧 내가 그냥 묻고 싶은 걸 물었다. 달이 내려앉은 밤에 혼자 그네를 타는 기분으로 말이다. 그렇게 생각했더니 어느 순간부터 마음이 편해졌다.

아무리 그들(인터뷰어)의 얼굴표정과 손짓을 보아도 무슨 뜻인지 몰라 어리둥절한 적이 한두 번이 아니었다. 그들은 매번 미소와 인내심을 보여주었지만, 이 사람 뭐지? 하는 눈빛이 없던 것은 아니었다. 하지만 그들은 언제나 최선을 다해 말해주었고 나도 고개를 떨구지 않았다. 나는 그때 나의 감정과 체험을 소중히 기록하려 했다. 그곳에서 맡은 그들의 소리와 냄새까지도 말이다. 간혹 산소가 부족해 가슴이 빠개지고 머리 아파 이제는 그만하자는 생각이 들었지만 아냐. 지금 해야 해! 나중은 없어, 라고 나에게 명령한 뒤, 인터뷰를 계속했다. 그들과의 이야기는 언제나 태양이 이글거리는 낮에 시작해서 노을이 지는 늦은 오후에 끝났다.

• • •

첫 번째 인터뷰는 2015년. 7월의 어느 날, 청해성에 있는 니종(尼宗)사원[22]의 책임자인 쒀바(索巴)활불[23]과 이루어졌다. 그는 5세에 환생자로 인정되어 라싸에서 이 사원으로 와서 불교공부를 전수받고 있었다. 스물셋의 젊은 청년이었다. 그는 내가 건넨 초코

파이를 받았으나 먹지는 않았다. 태양이 너무 뜨거워 인터뷰는 에어컨이 있는 그의 방에서 이루어졌다.

나: 안녕하세요.

쒀바: (웃음)짜시떼레.

나: 이곳에서는 매일 소리내어 경전을 읽는데, 특별한 이유나 목적이 있나요?

쒀바: 제가 생각하기에 수행의 처음이자 끝은 '소리내어' 불경을 읽는 겁니다. 소리와 소음은 확연히 다릅니다. 소리는 따뜻하고 정(情)이 있지만 소음은 들을수록 불쾌하죠. 소음을 듣노라면 몸의 균형이 흩어집니다. 우리가 소리내어 경전을 읽는 이유입니다. 몸과 정신의 균형 찾기랄까요.

나: 그럼, 이곳에서 수행하는 사람들은 모두 소리내기(훈련)를 하나요?

쒀바: 그렇습니다. 영적인 길을 가는 사람에게 가장 중요한 것은 때때로 자신의 목소리를 듣는 것입니다. 말하자면 현상의 소리보다는 내면의 소리를 듣는 것이 중요한데, 그러려면 자신의 목소리 상태가 어떤지를 우선 아는 것이 중요합니다. 사람마다 목소리에는 저마다의 에너지가 있습니다. 갈라지는지, 울리는지, 퍼지는지, 부드러운지, 날카로운지… 저마다 다른 고유의 주파수가 있는

거죠.

나: 소리에 관한 신화나 전설 같은 것이 있다면 소개해주세요.

쒀바: 소리의 탄생은 '옴(Om)'으로부터 시작되었다고 전해집니다. 옴은 우주의 근원적인 소리로서 어느 날 우리가 사는 세상에 날아와 인간의 몸에 박혔다고 합니다.

나: 몸에요?

쒀바: 네. 뼈에 박혀 있습니다. 그래서 스승님들은 경전을 낭송할 때나 노래를 부를 때, 뼈를 진동시켜야 올바른 울림의 소리가 나온다는 이야기를 합니다.

나: 왜, 그럴까요?

쒀바: 우선 환경을 생각할 수 있습니다. 이곳 고원 지대에서는 높은 울림의 소리를 내기는 어렵습니다. 소리를 지르거나 큰 소리를 내면 쉽게 목이 다칠 수 있습니다. 그러니 자연히 낮은 울림의 소리를 내줘야 하는데 그건 목으로 내는 소리가 아닌 몸 속으로부터 울려나오는 소리여야 합니다. 옴뿐만 아니라 이곳에서 내는 모든 불경소리도 높은 울림을 가지는 소리는 없습니다.

나: 그럼 일반인들도 옴 소리를 낼 수 있나요?

쒀바: 어렵습니다. 흉내는 낼 수 있을지 몰라도 올바르게 내기

는 불가능합니다. 시간을 들여서 훈련을 해야 합니다.

나: 비슷한 질문일 수 있는데요, 티베트 불교사원 어디를 가도 경전 리딩을 합니다. 특별한 이유와 목적이 있는 건가요?

쒀바: 우리가 리딩을 하는 이유는 크게 세 가지입니다. 첫째는 이생에서 좋은 목소리를 배양하여 다음 생에도 좋은 목소리를 가진 인간으로 태어나기 위함입니다. 두 번째는 방대한 불교경전을 보다 쉽게 외우기 위해서입니다. 세 번째는 이곳의 전통이기 때문입니다. 경전 읽기(노래도 마찬가지)는 혼자 부를 때보다 여럿이 함께 부를 때 더 울림의 파장이 큽니다. 그렇게 하면 수행자들의 몸 상태를 빠르게 다른 상태로 전환시킬 수 있습니다. 그러니까 지치고 우울한 기분이 들 때, 모여서 낭송을 하면 활기차고 생동적인 분위기를 느낄 수 있습니다. 저의 경험에 의하면 확실히 혼자 낭송하는 것보다는 여럿이 함께 리딩하거나 노래를 부를 때, 그 울림은 훨씬 더 큰 것 같습니다.

나: 좀 더 구체적으로 설명해주세요.

쒀바: 혼자 중얼거리는 것도 좋지만 모여서 진언을 암송하거나 경전을 리딩하면 통일된 의식을 통해서 무언가에 홀린 듯한 공명의 느낌을 받습니다. 수백 명이 모여서 리딩을 하면 생각했던 것보다 훨씬 더 큰 하나의 울림이 나오죠. 산을 움직일 수 있을 정도로요.

(인터뷰 도중에 그는 차와 사탕을 내주었다.)

나: 어떻게 그런 현상이 일어날까요?

쒸바: 소리에 흐르는 에너지의 힘과 변화라고 보아야 합니다.

나: 어렵습니다.

쒸바: 티베트의 불교경전은 언어와 소리의 예술입니다. 언어(言語)란 무엇인가요? 주고받는 것입니다. 소통을 한다는 것이죠. 예를 들어보죠. 이곳에서 전통적으로 하는 논단이나 변론술을 보면 두 사람 내지는 셋이서 서로 무언가를 이야기하며 손뼉을 마주칩니다.[24] 각자가 생각하는 화두를 던지고 상대방에게 답을 구하는 거죠. 여기서 중요한 것은 손뼉을 치며 상대방이 들을 수 있도록 크게 소리(고함)를 낸다는 것입니다. 소리를 통해 감정이입을 하고 기운을 전달하는 것이죠. 이것은 소리만이 갖고 있는 고유의 특징이기도 합니다. 티베트의 지혜는 대부분 낭송과 구술의 형식으로 계승되고 전승되어 왔습니다. 리딩은 반복에 의해서 그 힘이 길러지는 것이죠. 기억하도록 반복하고, 우리의 욕망과 상념들을 잊기 위해서 반복하고, 우리의 마음의 본성을 깨우치기 위해 경전리딩을 반복합니다. 그렇게 천 번, 만 번 반복합니다. 그때 비로소 리딩의 내용은 자신의 몸과 마음에 박히는 것이죠. 티베트불교가 생명력을 가지고 오늘날에도 전승되고 있는 이유는 바로 여기에 있지 않나 생각합니다. 즉 소리 내어 경전을 몸에 각인하는 방식으로써, 스승과 제자 간에 계승되기 때문입니다. 문자로 기록하고 저장하는 것보다 소리로 구전하는 방법이 훨씬 더 정확하고 오래간다고

생각합니다.

나: 문자의 기록보다 소리가 오래간다? 이런 말씀인가요?

쒀바: 네. 이곳에서 진행되는 모든 종교의례와 오락적 행위까지도 모두 '소리'가 중심이 되어 타자와 연결되고 있습니다. 춤과 연극도 마찬가지입니다. 이것이 아마도 티베트의 영적계보(정신의 흐름)를 이어가는 방법이라 생각합니다.

나: 감사합니다.

• • •

3일 뒤, 쒀바활불의 스승과 두 번째 인터뷰가 이루어졌다. 그는 이곳에서 오랫동안 수행하고 있었는데 겨울이 되면 니종산의 동굴로 들어가 여름이 되기 전까지 나오지 않는다고 했다. 쒀바는 자신의 스승이 들려주는 낭송목소리는 사원에서 가장 울림이 좋다고 자랑했다. 스승의 이름은 숨마추제.[25] 내가 한국에서 가져온 비누를 선물로 주었는데 그는 냄새를 먼저 맡아보았다. 그리고 싱긋 웃었다. 그는 인터뷰가 끝난 후 나에게 노래하는 주발을 선물로 주었다.

나: 반갑습니다. 하루 일정이 어떠신가요?

숨마: 새벽 3시 30분쯤 일어나서 명상을 하고 법당으로 갑니다.

거기서 공동으로 경전 읽기와 켄보(堪布)의 밀교법회를 듣습니다. 6시쯤 아침밥을 먹고 제자가 찾아오면 같이 불경리딩을 합니다. 오전 11시쯤 산책을 하고 점심을 간단히 먹죠. 오후에는 한가로이 휴식을 취하는데 대부분 혼자 명상을 하거나 걷기를 합니다. 오후 3시쯤 햇볕을 받으며 다시 경전 리딩을 시작합니다. 5시쯤 저녁을 먹거나 굶기도 합니다. 달이 울면 잠자리에 듭니다.

나: 거의 하루 종일 경전 읽기를 하는데 힘들지 않나요?

숨마: 병이 나거나 지루하지는 않습니다.

나: 리딩은 어떤 의미인가요?

숨마: 여기서 수행하는 사람들은 소리를 신성한 것으로 생각합니다. 말하자면 소리가 몸의 상태를 변화시킬 수 있다고 믿는 거죠. 불균형하고 불안정했던 몸을 리딩과 낭송으로 상태를 변화시킬 수 있다고 생각합니다. 낭송을 계속하다보면 몸뿐만 아니라 감정과 정신적 상태도 변화됨을 느낄 수 있습니다. 계속하다 보면 어떤 순간 평화로움을 느끼며 아무것도 보이지도 들리지도 않습니다. 리딩의 반복은 어떤 집중의 상태에 이르게 합니다.

나: 좀 더 말씀해주시겠어요?

숨마: 생명이 내는 소리는 저마다의 에너지가 있습니다. 처음 인간의 소리도 동물과 식물처럼 낮고 부드럽고 느렸습니다. 그러

다 말을 하고 거친 음식을 먹고 싸우고 욕을 하고 경쟁을 하고부터는 소리의 에너지가 불안정해지고 본래의 기운을 잃어버린 거죠. 이곳에서 하는 경전리딩은 그 잃어버린 원래의 소리를 되찾고자 하는 노력이기도 합니다.

나: 소리는 어떤 매력을 가지고 있나요?

숨마: 고독하지 않습니다. 인간은 귀가 항상 열려 있기 때문에 소리를 들을 수 있습니다. 귀는 눈과 혀보다도 더욱 소중한 감각입니다. 눈과 혀가 욕망과 감각을 선호한다면 귀는 무엇이든 받아들이겠다는 개방성을 가지고 있습니다.

나: 어렵습니다.

숨마: 혹시 『티베트 사자의 서』를 아시나요?

나: 네. 하지만 솔직히 이해하기가 어렵습니다.

숨마: 그럴 겁니다. 그 책을 이해하려면 몸으로 수행을 병행해야 합니다.

나: 책의 핵심은 무엇인가요?

숨마: 몇 가지가 있지만 저는 죽어도 귀는 열려 있다. 이걸 말하고 싶네요.

나: 그러니까, 소리에 관한 책이라는 건가요?

숨마: 음. 그건 이곳에서 조장(鳥葬)이라는 장례의식을 참관해 보면 알 수 있습니다.

나: 네. 알겠습니다.

• • •

세 번째 인터뷰는 2016년 여름 쓰촨(四川)의 랑목(朗木)[26] 사원에서 라마승이자 해부사를 겸하고 있는 카라갸쵸와 이루어졌다.[27] 그는 쌍둥이였는데 형은 라싸의 제뿡사원(哲蚌寺)에서 수행한다고 했다. 그는 오토바이를 타고 마을에 가서 시신을 직접 가져온다고 했다.

나: 몸과 소리의 관계에 대해 설명해주시겠어요?

카라: 소리는 호흡과 관련이 있습니다. 폐와 관련이 있죠. 목소리가 좋은 사람, 그는 반드시 폐가 좋은 사람입니다. 그리고 폐가 좋은 사람은 뼈가 튼튼하죠. (그러면서 그는 자신의 정강이 뼈를 보여주며 자신은 뼈가 튼튼하다고 했다. 자신은 겨울에도 시신을 해부하는데 감기에 걸린 적이 없다고 했다.)

나: 시신의 해부는 어떤가요?

카라: 겨울에 시신의 뼈를 자르는 것은 쉽지 않습니다. 시신의 뼈가 튀죠. 얼굴에 튀면 상처가 나기도 합니다.

나: 소리에 관한 질문을 좀 하겠습니다. 불경 리딩은 불편하지

않은가요? 신경이 쓰인다든가 하는.

카라: 습관이 돼서 괜찮습니다. 불편하기보다는 즐겁고 신나죠.

나: 이곳에서 스승과 제자 간에 경전내용을 구전(口傳)하는 이유가 있나요?

카라: 그건 말하자면 깁니다. 그 질문은 저의 스승님께 물어보시길 바랍니다.

나: 들어보면 이곳에서는 눈보다 귀를 중요시하는데, 그 이유가 무엇인가요?

카라: 음. 뭐라고 말을 할까요? 형상과 음성에 사로잡히지 말라는 것이 불교의 기본 입장입니다. 그래서 소리, 냄새, 맛, 접촉에 대한 욕망을 이겨내라는 것이 수행의 기본입니다. 그러니까 오온(五蘊)을 부정하고 모든 감각적인 것을 믿지 말라는 것이죠. 그래야만 현상에 미혹되지 않고 그 내면의 본질을 들여다볼 수 있습니다. 그런데 본질은 눈으로 포착하기 어렵습니다. 따라서 소리를 듣는 것이 중요합니다.

(그는 중간에 뜨거운 버터차를 내주며 자신이 하는 말을 이해하는가를 물어봤다.)

(나는 되는 부분도 있고 아닌 부분도 있으나 신경 쓰지 말라고 했다.)

나: 내면의 소리는 어떻게 들을 수 있을까요?

카라: 그건, 스승님께 배우는 겁니다.

(그는 시신 해부할 시간이 되었다며 이만 인터뷰를 끝내달라고 했다.)

나: 네. 알겠습니다. 마지막으로 한말씀만 해주세요.

카라: 이곳에서 더 머무르게 되면 저희들이 하는 법회도 참여해보시고 낭송도 같이 해보세요. 어떤 느낌이 있을 겁니다.

나: 그러겠습니다.

인터뷰를 마치고 나는 그를 따라나섰다. 그는 시신을 가지러 간다고 했다. 나는 그를 졸졸 따라가면서 몇 가지를 더 물었다.

나: 새. 그러니까 시신을 밥으로 먹는 독수리는 무섭지 않나요?

카라: 아니오.

나: 해부는 혼자 하시나요?

카라: 제자 두 명이 있었는데, 다들 떠났죠. 피 냄새가 힘들다고.

그는 오토바이에 시동을 걸면서 나보고 타지 않겠냐고 물어보았다.

• • •

그로부터 한 달 뒤, 나는 라싸의 제뿡사원에서 세 번째 인터뷰한 카라카쵸의 형을 만났다. 내가 찾아갔더니 그는 카라카쵸의 형이 맞다고 하면서 동생의 안부를 나에게 물어보았다. 그는 자신의 방으로 나를 안내했다. 나는 간단한 인터뷰와 사진을 요청했다. 그는 30분만 시간이 허락된다고 했고 사진은 거절했다. 그의 이름은 초랑카쵸. 그는 나에게 티베트 성냥을 선물했는데 성냥갑에는 귀여운 야크와 바다 같은 호수가 그려져 있었다.

나: 시간 내주셔서 고맙습니다. 바로 질문하겠습니다.

초랑: 그러세요.

나: 이곳에서 책을 리딩할 때 가장 중요한 것은 무엇인가요?

초랑: 체력, 인내, 모방, 성실입니다.

나: 사실 당신들의 리딩을 들으면 저는 빠르게 느껴집니다.

초랑: 저는 그렇게 느끼지 않습니다. 어려서부터 훈련이 되어서 그런지. 귀의 습관인 것 같습니다.

나: 이곳에서 몸이 아프면 병원을 가시나요?

초랑: 스승님이 돌보아줍니다.

나: 소리로 치유된 경험은 있나요?

초랑: 네. 저는 있습니다. 저는 몸이 아프면 리딩을 많이 하는 편입니다. 물론 뜨거운 버터차도 마시죠.

나: 몸의 치유란, 어떤 경험인가요?

초랑: 간단하게 말하자면, 저는 어려서부터 늘 목이 답답하고 간지러웠는데 병원에 가지 않고 아침저녁 소리 리딩으로 치유한 경험이 있습니다. 몸이 가벼워지고 호흡도 좋아졌습니다. 음식을 최대한 먹지 않는 것도 좋습니다.

나: 음식을 절제한다는 거, 어렵지 않은가요?

초랑: 처음에는 힘들죠. 하지만 조금씩 음식을 줄이다 보면 굶는 날도 옵니다. 한번 해보세요.

나: 저는 힘들 것 같습니다.

• • •

다섯 번째 인터뷰는 그로부터 일 년 뒤 여름, 청해성이 있는 타얼(塔爾)사원[28]에서 이루어졌는데 인터뷰에는 헝가리에서 온 외국인이었다. 그의 이름은 만털 요제프, 21세의 청년이었는데 그는 티베트불교 건축에 빠져서 머물고 있다고 했다. 이곳에 와서 생활한 지는 3년이 되어간다고 했다. 파란 눈의 수행자. 나는 꽤 흥미로워 그와 며칠을 같이 보냈다. 내가 한국에서 온 여행자라고 했더니 웃음을 보이며 나보고 이곳에 출가하는 것이 어떠냐고 농담을 했다. 나는 '노'라고 손을 저었다. 그는 인터뷰를 위해서 향이 좋은 커피를 내놓았는데 나는 좀 놀라서 커피? 했더니 노플라브럼이라고 했다.

나: 이곳은 어떻게 알고 왔나요?

요제프: 중국을 여행하다가 알게 됐지요. 사원건축이 멋지고 아름답다는 생각이 들어 머물게 됐어요. 처음에는 한 달 정도 생각했는데 버틸 만하더라고요. 그러다 소리명상 프로젝트에 참관하게 되었는데 그때 마음이 많이 편안해짐을 느꼈어요.

나: 그럼, 집은?

요제프: 잠시 들어갔다 다시 왔어요. 아예 짐을 챙겨왔죠.

나: 여기서 언제까지 머무를 생각인가요?

요제프: 5년 생각하고 있어요. 문자를 깨우치고 읽을 줄 알면 떠날 생각입니다. 아닐 수도 있고요. 그건 그때 가봐야 알 것 같아요.

나: 하루의 일과는 어떠신가요?

요제프: 별거 없어요. 일찍 일어나서 사원 한 바퀴 돌고, 새 소리 듣고, 아침 먹고, 여기 라마승들이 하는 법회 참석하고, 점심 먹고,

낮잠 자고, 음악 듣고, 산책하고 그리고 밤이 되면 별이나 달 보고 잠을 청하죠.

나: 글을 읽고 쓸 수 있나요?

요제프: 배우고 있습니다.

나: 어렵지 않나요?

요제프: 어려워요. 하지만 티베트 글자는 멋지고 예쁘다고 생각해요.

그는 커피를 한 모금 마시더니 자랑하고 싶은지 티베트어 기본 발음 편을 내게 읽어주었다.

나는 잘한다고 이야기해주었다. 박수도 쳤다.

나: 원래 직업이 있나요?

요제프: 목수입니다. 건축설계가 꿈이었지요.

나: 여기 있으면 무엇이 좋은가요?

요제프: 좋은 것도 있고 답답한 것도 있죠. 좋은 것은 하루 종일 누구의 간섭도 없이 나무와 구름을 볼 수 있다는 것이고 답답한 것은 공부의 속도가 나지 않는 것이죠.

인터뷰가 끝나고 그는 사원을 같이 걷자고 했다.

사원은 넓었다.

2부

소리에
관한
기이한 이야기

티베트는 하나의 '소리' 덩어리다.

1

곱사등이,
다와

누군가 밖에 있다. 그렇게 느껴진다. 소리가 나면 나가봐야지, 했지만 어떤 소리도 들리지 않는다. 지팡이를 쥔다. 참지 못하고 겔(초원의 유목식 이동형 천막) 문을 밀고 나갔다. 왠 할아버지가 서 있다. 얼굴을 올려 묻는다. 누구세요? 수염 없는 할아버지. 물 좀 마실 수 있겠니? 그의 머리가 반짝 빛난다. 만져보고 싶다. 나는 조그마한 목소리로 네, 하고 등을 돌려 다시 겔 쪽으로 향했다.

배고픈 야크처럼 물을 혀로 핥아 마신 후 할아버지는 묻는다. 엄마는 어디 계시니? 나는 지팡이를 들어 허공의 한 부분을 겨눈다. 그쪽에서 한 여인이 허리를 굽혀 팔자형 가위를 들고 양털을 자르고 있다. 할아버지는 엄마 쪽으로 천천히 걸어간다. 엄마가 좀 놀란듯 가위를 땅에 던지며 합장을 한다. 그리고 둘이 무슨 이야기를 하는 거 같아 보이는데 잘 들리지 않는다. 엄마의 표정이 어두워진다. 아이의 등이 왜 저런가요? 하고 물었을 것이다.

'바다보다 넓다'라는 이름을 가진 초원에 사는 다와는 열 살 된 여자 아이입니다. 달과 같이 곱고 평화롭다는 의미로 '다와'라는 이름을 아빠가 지어주었습니다. 엄마는 양탄자를 손으로 만들어 시장에 내다 팔고 아빠는 초원에서 여름 내내 약초를 캐서 가을이면 히말라야를 넘어가서 생활용품과 맞바꾸어 오곤 합니다. 아빠는 한번 집을 나서면 보통 삼개월정도 때로는 반년 만에 집에 돌아오기도 합니다. 수염이 얼굴을 뒤덮고 머리카락이 어깨까지 내려와 얼굴을 알아볼 수 없을 정도로 변해 있어도 다와는 단박에 아빠를 알아볼 수 있습니다. 사슴뿔이 예쁘게 그려져 있는 장화를 사오겠다며 아빠는 얼마 전에 약초를 등에 메고 집을 나섰습니다.

다와는 친구가 없습니다. 풀, 나무, 구름, 바람, 비, 야크, 개, 양들만이 다와를 따라다닙니다. 매일 다와를 졸졸 따라다니는 개의 이름은 '바람보다 빠른'입니다. 그놈은 정말 바람보다 빠르게 초원을 뛰어다닙니다. '언제나 환영해'라는 이름을 가진 야크도 있습니다. 이놈은 언제나 아무런 저항 없이 자신의 젖과 푹신한 등을 다와에게 내어줍니다. 검은 눈동자로 무엇이든 들어줄게, 하는 얼굴로 초원을 하루 종일 어슬렁거립니다. 양들은 저마다의 얼굴이 비슷해서 이름을 지어주기 보다는 몸에 번호를 새겨 넣었습니다. 가끔 큰 버스를 타고 이곳을 지나가던 외지 사람들이 사진을 찍으며 물어보곤 합니다.

얘야, 저마다 똑같은 얼굴을 하고 있는 양과 야크를 어떻게 구별하니?

얼굴은 비슷해도 저마다 내는 소리는 다 달라요. 전 다 알아들을 수 있어요.

학교에 가야 하고 친구들과 놀아야 하는 나이가 되었지만 다와는 집에 있을 수밖에 없습니다. 말이 통하지 않는 야크, 양, 개, 구름, 나무들과 놀아야 합니다. 아빠의 장화를 기다리면서 말이죠.

다와가 태어난 지 100일도 안 돼서 엄마는 다와의 등에서 무언가를 느꼈습니다. 어느 날 저녁 다와를 업고 버터차를 만들던 엄마는 자신의 손에 무언가가 걸리는 느낌이 들었습니다. 마치 조그마한 뼈 혹은 돌 같은 것이 자신의 손바닥에 걸리는 듯한 느낌이었습니다. 엄마는 다와를 이불에 눕히고 얼굴을 살펴보았습니다. 다와는 아무렇지도 않은듯 평화롭게 눈을 굴리며 엄마를 쳐다보며 웃었습니다. 그런데도 엄마는 왠지 느낌이 좋지 않았습니다. 저녁을 먹고 잠자리에 누운 엄마는 다와를 품에 안고 젖을 물리고 다와의 얼굴을 봅니다. 달과 같이 둥그렇고 밝은 얼굴이 들어옵니다. 검은 눈동자보다 흰자가 더 많습니다. 엄마는 다와를 꼭 껴안고 볼에 뽀뽀를 했습니다. 그리곤 다와를 자신의 한쪽 팔에 눕히고 창문을 봅니다.

옴

아

훔

벤자구루

빼마

싯디

훔.

히말라야 저편으로 떠난 남편이 무사히 돌아오기를 기원하며 진언을 해봅니다. 들숨과 날숨. 그러면서 한 손을 뻗어 다와의 등을 위아래로 부드럽게 쓰다듬었습니다. 잘 자라, 우리 아가! 그때 엄마는 이상한 기분이 들었습니다. 다와의 등에서 무언가 돌출되어 있는 느낌을 받았기 때문입니다. 손을 뻗어 그곳을 더듬어보았습니다. 있습니다. 무언가 만져집니다. 돌출된 무언가가 있습니다. 엄마는 황급히 촛불을 밝혔습니다. 이건, 뭐지? 엄마는 다와를 엎어놓고 목, 등, 어깨, 허리를 차례로 살펴보았습니다.

그날 이후 엄마는 큰 상심에 빠졌습니다. 매일 다와의 등뼈가 조금씩 솟아났기 때문입니다. 등뼈의 일부분이 둥그렇게 돌출되어 하늘로 올라가고 있었습니다. 등뼈가 위로 자라날수록 다와의 가슴과 얼굴은 땅으로 기울어져 갔습니다. 길을 걸을 때 다와는 하늘의 구름을 본 적도, 먼 산을 본 적이 없습니다. 눈높이의 그 무엇을 보려면 지팡이를 짚고 허리에 힘을 주어야 했습니다. 그렇게 10년의 세월이 지난 지금 다와는 친구들과는 같이 놀 수도, 학교도 갈 수 없을 정도로 등뼈는 자랐습니다. 등의 뼈는 물도 주지 않았는데 매일 자라났습니다.

초원에 비가 내리는 날, 야크 옆에서 쪼그려 울고 있는 다와를 본 엄마는 슬펐습니다. 그날 엄마는 결심한듯 다와의 손을 잡고 초원을 벗어나 라싸 시장으로 걸어갔습니다. 괜찮아! 사람들이 있는 곳으로 가야 해! 친구들을 사귀어야지! 하지만 번화가인 라싸에서 사람들은 불쑥 올라온 다와의 등을 보고는 손으로 입으로 가려 막거나 얼굴표정이 금방 일그러졌습니다. 어떤 아이들은 신기한 동물을 본 것처럼 다가와 다와의 등을 만져보고는 달아나기도 했습니다. 다와는 그날 집에 돌아와 아무것도 먹지 않고 울기만 했습니다. 다시는 사람들이 있는 곳에 가지 않겠다고 엄마에게 말했습니다.

다와는 고개를 숙인 채 앉아 있는 시간이 길어졌습니다. 몸을 일으키거나 걸으려면 등과 허리가 아팠고 몸의 균형을 잡기가 힘들었습니다. 엄마는 작고 튼튼한 지팡이를 만들어주었습니다. 참나무를 구해 다와의 체형과 키 높이를 생각하여 만들어주었습니다. 몸을 앞으로 숙이고 걸을 때 지팡이는 도움이 됐습니다. 다와는 어린 소녀였지만 지팡이를 잡으면 노인처럼 보였습니다. 멀리서 보면 마치 요술쟁이 할머니가 지팡이를 짚고 어디론가 걸어가는 모양이었습니다. 그런 다와를 볼 적마다 엄마는 마음이 아파 잠을 잘 수가 없었습니다. 아빠와 같이 라싸의 큰 병원도 가보고 히말라야에서 내려오는 설수(雪水)도 토할 때까지 마셔보았지만 아무런 효과가 없었습니다. 이대로 계속 등의 혹은 자라는 것은 아닐까? 걸을 때 이마가 땅에 닿는 것은 아닐까? 엄마는 불안하고 무서웠습니다.

엄마, 나는 왜 등이 자라나?

(…)

엄마, 땅말고 하늘을 보고 걷고 싶어.

(…)

엄마, 울어?

• • •

1년 전.

햇살을 듬뿍 받은 풀들이 땅에서 본격적으로 일어날 때, 노랑 모자를 눌러 쓴 한 노인이 다와의 겔 앞으로 다가왔다. 그는 붉은 치마를 입고 한손으로는 무언가를 돌리고 있었고 입으로 무언가를 중얼거리고 있었다.

누구세요?

응. 목이 말라 그러니 물 한 잔 줄 수 있겠니?

그때 엄마는 초원에서 양의 털을 깎고 있었다. 다와는 허리를 숙이고 지팡이를 짚고 천천히 걸어가 항아리에 있는 차디찬 물을 떠서 할아버지의 배꼽에 내밀었다. 다와는 자신이 지팡이를 짚고 걸어갈 때, 등 뒤에서 붉은 치마를 입은 할아버지가 자신의 등을 계속 보고 있다는 느낌을 받았다. 사실 그런 느낌은 낯설지 않았다. 한참 만에 물을 가져온 다와를 물끄러미 내려다본 할아버지는 물을 받아 맛있게 마셨다. 검붉은 손으로 입을 닦는 할아버지를 올려다보면서 다와는 물었다.

할아버지는 어디에 사세요?

응. 난 라싸의 쎄라(色拉)곰파(사원)에 사는 라마승이란다.

스님이요?

응, 책 읽는 스님이지. 낭송사라고나 할까?

그게 뭐예요?

소리 내서 책을 읽는 거란다. 엄마는 어디 계시니?

저기요.

할아버지는 내가 지팡이로 가르치는 곳으로 걸어갔다. 할아버지는 걸음을 옮기면서 무어라 작은 소리를 연신 웅얼거렸는데 나는 알아들을 수 없었다. 처음 듣는 소리였다. 양의 옆구리를 부여잡고 엄마는 가위를 든 채 다가온 할아버지를 쳐다보았다. 어느새 뜨거워진 햇살이 엄마와 할아버지의 머리를 쏘고 있었다.

언제부터인가요?

아주 어렸을 때부터요.

약은요?

아무 소용이 없어요.

걱정이 많겠네요.

등은 하늘로 가슴을 땅으로 휘면서 숨을 고르게 쉬지 못합니다.

기침도 합니까?

네. 아침저녁으로요. 점점 숨 쉬는 것도 걷는 것도 힘들어해요. 목소리도 점점 오그라들고 팔 다리에 힘도 점점 없어 보이고요.

괜찮다면 제가 데리고 있어볼까요?

무슨 방법이 있을까요?

황금지붕이 반짝이는 커다란 집 앞을 지나면서 다와는 물었다.

할아버지, 지금 어디로 가는 거죠?

내가 사는 집이란다.

어딘데요? 거기가?

저어기!

할아버지가 저어기라고 가리킨 곳을 다와는 힘들게 쳐다보았다. 빨간 망토를 두른 사람들이 저어기라고 한 곳에서 쏟아져 나왔다. 저어기, 라고 한 곳에 다다르니 쏟아져 나온 빨간 망토를 두른 사람들이 할아버지에게 고개를 숙이며 지나간다.

여기가 할아버지 집인가요?

그래.

전부 다요, 이렇게 커요?

아니, 이 안에 나의 방은 따로 있지.

밖에서는 몰랐는데 안에 들어서니 사원은 초원처럼 넓었다. 빨간 벽돌과 흰색의 담벼락 창문에 나풀거리는 실크 천과 그 천에 새겨진 동물모양, 야크인가? 사슴인가? 야크와 사슴의 중간 형태를 띠고 있는 문양을 바라보며 다와는 생각했다. (이 안에 야크와 사슴도 같이 사는 걸까? 양도 있을지 몰라, 아니, 아니지. 여기는 특별한 사람들이 모여 수행하는 곳이라고 엄마가 말했지. 동물이 있을 리 없어.) 알 수 없는 붉은 건물들이 양의 창자처럼 구불구불 이어져 나왔다. 오른쪽 왼쪽 위아래 사방에 작은 건물들이 규칙적으로 세워져 있다. 그곳에는 빨간 망토를 두르고 노랑 모자를 쓴 사람들이 모여 있었다. 나와 비슷한 키를 가진 아이도 보았는데, 그럼 그 아이는 이곳에서 수행이라는 걸 하고 있는 건가? 같은 모양, 같은 색을 하고 있는 건물과 같은 옷을 입고 사람들은 많은데 나와 같이 허리가 굽은 사람은 보이지 않는다. 숨이 가빠지기 시작했다. 너무 많이 걸었다. 등이 아프고 얼굴이 화끈거린다. 가래가 고이기 시작했다. 오래 걸으면 나오는 증상이다. 걸음을 멈추어야 하는데 할아버지는 저만치 앞에서 뒤도 돌아보지 않고 걷고 있다.

하늘로 솟은 커다란 나무가 눈에 들어온다. 내 몸을 100개 정도 합쳐도 저 나무만큼 크지는 못할 것 같다. 할아버지는 나무 옆에서 있다. 간신히 나무에 도착한 나는 고개를 숙인 채 아무 말도 하지 않았다. 입에서는 하얀 침이 부풀기 시작했다. 할아버지가 손을 든다. 손이 향한 곳을 올려보니, 돌계단이 있는 이층집이다. 계단 입구에 노란색 꽃이 보였는데 처음 보는 꽃이었다.

할아버지?

너의 집이다.

햇볕이 잘 들고 창문으로 나무도 보이지!

• • •

밤이 되자 창문 밖으로 달과 별이 아주 선명하게 보였다. 달은 사과처럼. 별은 과자처럼. 초원에서 보는 달보다 더 예쁘게 보였으며 겔 창문으로 보는 별보다 더 맛있게 보였다. 창문은 바람이 숭숭 들어왔다. 할아버지도 나와 같은 곳을 보며 말했다.

다와야, 이곳에서의 하루는 이렇단다.

여기서는 별이 아직 떠 있는 새벽 3시 30분쯤 일어나야 해. 그리고 뜨거운 버터차를 한 잔 마시고는 사원을 한 바퀴 도는 거지. 아마 여전히 별은 떠 있을 거야. 배가 고프면 손을 뻗어 별을 먹어도 좋아. 별은 매일 없어진 만큼 또 생기거든. 아침 해가 뜰 때까지 이곳을 산책하는 거지. 그리고 방으로 다시 돌아와 나와 함께 마주 앉아서 책을 읽는 것이란다.

책이요?

그래. 책.

그 다음은요?

아침을 먹고 산책이다.

또 걸어요?

걸으면서 이야기하는 거지.

그리고요?

걷기를 마치고 점심 먹고 잠깐 낮잠을 자는 거지.

그건 좋아요.

낮잠을 자고 일어나면 차를 마시고 나랑 같이 책을 읽는다.

또요? 또 책? 무슨 책이죠? 그림이 나오는 책인가요?

아니, 아니란다.

전 엄마랑 그림책만 읽었는걸요?

괜찮단다. 그저 나를 따라 흉내만 내는 것이란다.

하늘로 향한 나무. 초원에서는 볼 수 없는 커다란 나무가 이곳에서는 있었다. 그것도 눈을 뜨면 바로 보이는 곳에 나무가 있었다. 나무에서는 이상한 소리들이 났다. 새소리 같기도 한데 들어본 적이 없는 소리다. 오늘 아침에는 '옴' 하는 소리를 얼핏 들었는데 잘못 들은 것 같다. 새가 그런 소리를 낼 리 없다. 할아버지는 '보리수나무'라고 알려주셨다. 저 나무 위에 올라가 앉으면, 나무 속의 물이 뿌리에서 줄기를 타고 올라가는 소리를 들을 수 있다고, 나무의 껍질이 살아 있는 지렁이처럼 꿈틀거리는 게 느껴진다고 했다.

할아버지는 엉뚱한 소리를 계속했다. 나무에게 말을 걸면 나무가 대답한다고 했다. 하지만 나무와 이야기하려면 생각보다 인내가 필요하다고 했다. 이곳에서 저 나무와 말을 할 수 있는 사람은 몇 명 안 된다고 했다. 얼마만큼 기다려야 나무가 하는 말을 사람이 알아들을 수 있을까? 할아버지는 계속 이상한 말을 했다. 나무는 하늘을 향해 팔 벌리고 서서 기도하는 사람이라고 했다. 사람이나 나무나 같은 생명이라고 했다. 나무도 사람처럼 생각하고, 느끼고, 말을 할 줄 안다고 했다. 힝. 믿을 수 없다. 엄마는 그런 이야기를 해주신 적이 없다. 할아버지는 내가 아이라는 걸 잊어버린 모양이다. 계속 이상한 이야기를 이어갔다. 바람, 비, 불, 공기, 흙 등의 모든 것들은 자기들만의 가족이 있다고 들판에서 자라는 밀조차도 자신만의 이야기를 갖고 있다고 했다. 강과 산도 마찬가지라고, 강물은 흘러가면서 이야기를 하고 산은 바람이 오면 이야기를 한다고 했다. 나뭇가지에서 부스럭거리는 잎사귀들에게도 그들만의 작은 이야기가 있다고 했다.

여긴 개나 고양이는 없나요?

(나는 할아버지의 엉뚱한 이야기가 끝나자마자 물었다.)

없단다. 하지만 가끔 특별한 동물이 나타나곤 하지!

• • •

첫 번째 산책이다. 나는 지팡이를 할아버지는 염주를 챙겼다. 하늘에는 아직 별이 자고 있다. 할아버지가 하얀 입가리개를 내주며 손짓으로 입을 가리라고 한다. 입가리개는 처음 맡아보는 냄새가 났으며 거북이가 입을 벌린 그림이 그려져 있었다.

다와야, 몸 중에서 제일 불편한 곳을 말해줄 수 있겠니?

등과 목이요. 허리도 아파요.

목이라?

네. 목 안이 모래가 낀 것처럼 답답하고 기침이 나올락 말락 하고 간지럽고… 아무튼 목은 항상 그래요. 목 저편에 무언가 숨어 있는 것 같기도 하고. 등은 원래 뭐 항상 따갑고 아프고 그러다가 간지럽기도 한데, 제일 신경이 쓰이는 것은 등에서 무언가가 매일 자란다는 느낌이 든다는 거예요.

• • •

책을 읽어보자. 글자는 읽을 줄 아니?

네. 하지만 쓸 줄은 몰라요.

그럼 내가 먼저 읽는다. 너는 듣고 그냥 따라하면 된다. 큰 소리로 해야 한다. 입을 크게 벌리고 최대한 나와 같은 목소리를 내려고 해야 해. 숨이 차도 쉬면 안 된다. 내가 끝날 때까지 계속 따라해. 알겠니? 배가 고플지도 몰라!

배가 고프다고요?

할아버지는 물고기를 본 적이 있느냐고 물었다. 엄마를 따라가 호수는 보았지만 물속에서 헤엄치는 고기는 본 적이 없었다. 할아버지는 땅바닥에 물고기를 크게 그려주었다. 내 지팡이를 가져다 그렸다. 처음 보는 모양이었다. 머리와 지느러미, 몸통과 꼬리. 부채처럼 펴진 꼬리모양을 지팡이로 가리키며 할아버지는 이것이 물속에서 살랑살랑 움직여 나아간다고 했다. 꼬리는 물고기 마음이 원하는 대로 움직인다고 했다. 꼬리가 먼저 움직이고 그 다음에 몸통이 그리고 머리 부분이 따라서 움직이는 것이라고 할아버지는 바닥에 그려진 물고기의 꼬리를 손가락으로 누르며 말했다. 나는 알 수 없는 이 물고기 이야기가 언제 끝날지를 생각하며 할아버지를 쳐다보았다.

물속에서 이 꼬리가 부드럽게 살랑거리며 왔다 갔다 하는 것을 상상하렴.

왜요?

마음이 평화로워지지.

다와는 수많은 동물 중에서 한 번도 본 적이 없는 물고기의 꼬리를 왜 생각해야 하는지 몰랐지만 묻지 않았다. 물고기 꼬리 대신 그냥 엄마를 생각하기로 했다. 다와는 매일 아침 책을 읽었다. 할아버지가 먼저 읽고 다와는 따라 읽었다. 할아버지는 붉은 상자 안에서 때가 낀 누런 종이를 꺼내서 그걸 무릎에 올려놓고 한 장 한 장 넘기면서 읽었는데 그게 무엇인지는 알려주지 않았다. 할아버지가 내는 소리는 처음 듣는 소리였다. 어떤 리듬과 규칙을 가진 노래라는 생각이 들었다. 흉내 내기 힘들었다. 이상한 건 할아버지는 책을 읽게 되면 평소와는 다른 목소리가 나온다는 것이었다. 할아버지의 책읽기는 노래 같기도 하고 누군가를 부르는 주문 같기도 하고 혼자 중얼거리는 것 같기도 했다. 아침에 책읽기를 마치면 정말 배가 고팠다. 다와는 할아버지가 주는 참파(밀과 보리를 볶아 빻은 가루)를 다 비우고 한 덩어리를 더 먹곤 했다. 그래도 배는 부르지 않았다. 아침을 먹고 다와는 따뜻한 햇볕을 받으며 사원을 걸었다. 사원은 밖에서 보는 것과 그 크기와 넓이가 달랐다. 초원은 한눈에 다 보이는데 사원 안은 구불구불하게 길이 나 있어 얼마나 크고 깊은지 헤아리기 어려웠다. 걷다가 건물의 모퉁이를 돌면 눈이 털에 가려진 개가 엎드려 힘없이 쳐다보기도 하고, 붉은 치마를 입은 오빠 같은 라마승을 만나기도 했다. 어떤 날은 사원 바닥에 엎드려 기어가는 사람을 보았는데, 다와는 저게 무슨 운동인가? 하는 생각이 들어 걸음을 멈추고 지켜본 적도 있었다.

수행이란다.

수행이요?

그렇단다.

수행을 하는데 왜 바닥을 기어요? 거지처럼!

다와는 이해할 수 없었다. 하지만 신기한 건 사원 안에서는 어딜 가나 소리가 들린다는 것이었다. 옴~ 하는 소리. 나무 앞에 서서 손뼉을 마주치며 무언가를 소리치는 라마승 오빠들의 소리, 셋이 나란히 앉아서 경전을 손으로 넘기며 읽는 소리, 넷이서 걸어가며 무언가를 외우는 소리, 새, 바람, 종, 나팔소리가 들렸다. 아침부터 저녁까지 소리는 그치지 않았다. 사원은 소리로 가득했다.

• • •

수염이 없어서인지 대머리여서인지, 할아버지는 나이를 가늠하기 어려웠다. 이마와 광대뼈 밑의 주름, 눈언저리의 검붉은 버섯모양만 아니라면 할아버지는 할아버지가 아닌 것 같았다. 소리 내어 책을 읽거나 사원을 걸을 때면 할아버지는 튼튼해 보였다. 지친 기색도 없고 목소리도 컸다.

할아버지는 배고플 때 소리 내어 책을 읽으면 배고픔이 사라진다고 하면서 책을 꺼내 읽기 시작했다. 거짓말이다. 책은 야크의 젖이 아니다. 할아버지는 종종 거짓말을 한다. 창밖의 나무를 쳐다보았다.

무슨, 소리가 들려요? 할아버지.

다와는 지팡이를 짚고 속도를 내어 소리 나는 곳으로 걸어갔다. 붉은 옷을 입은 오빠들이 둥글게 모여 있다. 그들은 둘 또는 셋으로 나뉘어 서로 마주 보며 손바닥을 치고 있다. 한 명은 앉아 있고 다른 한 명은 서서 앉아 있는 그를 바라보며 무어라 이야기하며 손뼉을 강하게 마주친다. 빽! 한쪽 다리도 허공을 향해 든다. 춤인가? 앉아 있던 사람은 그 소릴 듣고 잠시 무언가를 생각하더니 벌떡 일어나 자신도 착! 하고 손바닥을 친다. 빽, 하고 손바닥을 친 사람을 향해 착, 하고 손바닥을 친 사람이 큰 소리로 말한다.

저건 뭐하는 거예요?

달과 별에 관한 질문과 답을 하는 것이란다. 그게 저들의 공부하는 방법이지.

무슨 공부를 손뼉을 치며 해요?

• • •

사슴?

엄마랑 책에서 보았던 뿔이 하늘로 치솟고 검은 눈동자에 등과 허리가 가지런히 뻗은 그 동물. 어디서 왔을까? 신기하네. 사슴이 흙에 검은 코를 박고 부비고 있다. 먹을 것을 찾고 있는 모양이다. 사슴은 뭘 먹지? 풀인가? 쥐인가? 다와는 창밖으로 보이는 사슴이 궁금했다.

다와야, 일단 움직이지 말고 보기만 해야 한다. 동물들은 경계심이 많단다. 특히 사슴은 예민하지. 가끔 이곳에 들어와 돌아다닌단다. 바람에 실려 오는 나뭇가지의 부스럭거림에도 귀를 쫑긋 세우는 것이 저 사슴이다. 사슴을 발견하면 동작을 멈춘 상태에서 가만히 있어야 한다. 움직이면 사슴은 바로 도망가지. 그러니 사슴이 움직이지 않으면 우리도 움직이면 안 된다. 계속 보고 싶으면 말이다.

그래도 조용히 움직이면 괜찮지 않을까요?

동물들은 사람들처럼 언어를 가지고 있지 않지만 자연의 변화를 본능적으로 감지하는 능력을 갖고 있단다. 비가 올 것을 미리 감지하고 피하듯이 말이다. 그러니 우리가 움직이는 순간 사슴은 바로 얼굴을 돌리고 도망갈걸.

알겠어요.

차라리 가만히 여기에 앉아 사슴이 지금 무얼 원하는지 소리를 들어보거라.

어떻게요?

너의 귀를 열기만 하면 돼.

아이 참, 그게 무슨 말이에요, 할아버지.

마음을 열라는 소리다.

마음을 어떻게 열어요?

사슴은 여전히 움직이지 않고, 검은 코에는 흙과 풀이 묻어 있었다. 다와가 일어나자 사슴은 고개를 바짝 들어 어딘가를 경계한다. 어깨와 뒷발은 언제라도 도망갈 수 있게 약간 굽어져 있다. 다와는 사슴을 계속 보기 위해 움직이지 않았다.

• • •

오빠라고 불러!

몇 살인데?

너보다 많아.

여기 살아요?

응. 할아버지와 매일 책을 읽고 있지.

할아버지가 친구하라며 데리고 온 오빠는 반갑다며 악기를 선물해주었다. '바나'라는 처음 보는 악기였다. 오빠라고 부르라는 그 오빠는 다람쥐가 도토리를 발견했을 때의 표정으로 악기를 설명해주었다. 바나는 원형의 모양인데 구멍이 아홉 개나 뚫려 있었다. 알려줄 수 없는 동물의 힘줄로 현을 만들었다고 오빠는 자랑했다. 악기를 만드는 재료는 모두 숲에서 얻었다고 했다.

한번 튕겨봐. 숲속의 동물들이 올 거야.

정말?

다와는 기분이 좋아져서 바나를 목에 걸고 손가락에 힘을 주고 튕겨보았다. 조금 지나자 아홉 개의 구멍에서 저마다의 소리가 울려나왔고 그 소리는 느리게 허공으로 퍼져나갔다. 신기해서 또 튕겨보았다. 좀 전의 소리와 전혀 다른 아홉 개의 소리가 또 울려나왔다. 두 번째 소리가 나가고 줄에 또 손을 대는 순간 새들이 다와의 곁으로 모여들기 시작했다. 다람쥐도 오더니 자리를 잡고 꼬리를 쳐들고 다와를 쳐다보았다. 다와는 세 번째 현을 튕겨보았다. 이번에도 좀 전의 소리와 전혀 다른 소리가 흘러나왔다. 다와는 신이 났다. 현에 손가락만 대면 황홀한 소리가 흘러나와 눈물이 날 지경이었다. 어느새 다와의 곁에는 숲속의 동물들이 모여들어 저마다 다와를 쳐다보고 있었다.

어때?

좋아요.

가을이 되었다. 다와는 이제 사원 생활에 익숙해졌다. 새벽에 일어나는 일도, 할아버지와 책을 읽는 일도, 밤에 혼자 소리내어 낭송하는 것도 어렵지 않았다. 이제는 책을 읽을 때면 글자가 튀어나와 몸에 박히는 듯했다. 소리내서 읽는 것, 낭송하는 것이 신나기 시작했다. 노래를 부르고 춤을 추는 듯한 착각이 들었다. 할아버지와 산책을 할 때는 읽었던 문장들을 소리를 내어 암송해보았다.

할아버지, 궁금한 것이 있어요?

뭐니?

매일 읽고 있는 책이 어떤 내용인가요?

(할아버지는 책의 맨 앞장을 보여주었다.)

བར་ དོ་ ཐོས་ གྲོལ

그게 뭐예요?

『바르도 퇴돌』. 이곳에서 천년 동안 내려오는 책인데 나는 물론이고 여기서 생활하고 있는 수행자들은 모두 이 책을 읽고 암송하지.

왜요?

죽은 이의 귀에 대고 읽어주면 저승에서 망자의 영혼이 들을 수 있다고 믿기 때문이란다.

정말요? 그럼, 제가 그걸 외우고 있는 거예요?

그런 셈이지.

정말 죽은 사람이 소리를 들을 수 있나요?

그럼. 죽은 사람의 귀에 대고 "착하게 살았으니 다시 인간으로 환생할 수 있을 거라고" 말해주는 거지!

그걸 듣는다고요?

이제 다와는 걸을 때마다 호흡이 힘들지 않았다. 처음에는 사원 한 바퀴를 돌고 나면 지치고 피곤해서 주저앉아 일어나지도 못했는데 날이 갈수록 견딜 만했다. 걸음걸이도 씩씩해지고 빠르지는 않지만 속도까지 낼 수 있었다. 목소리도 커졌다. 밥맛도 좋았다. 책을 읽는 것은 요령이 생겼다. 읽다보면 저절로 쉬고 끊었다 가는 곳을 찾을 수 있었고 끝나는 곳을 알 수 있었다. 문장은 어디서 끊고 어디서 쉬었다 가라는 표시가 없었지만 다와는 읽다보면 스스로 호흡이 멈추어지는 곳, 이어지는 지점을 자연스럽게 찾게 되었다. 그럴 때마다 입에는 따뜻한 침이 나왔다. 얼굴이 펴지고 어깨도 가볍고 미소가 저도 모르게 흘러 나왔다. 말도 많아졌다. 누굴 만나든 떠들고 싶어졌다. 얼굴이 말랑말랑해진 느낌이 들었다. 가슴의 답답함이 없어지고 목의 불편함도 사라졌다. 코와 입으로 들숨과 날숨을 할 적마다 배가 움직이고 가슴이 움직였다. 하지만 등에서는 무언가가 여전히 자라고 있다는 느낌이 사라지지 않았다. 지팡이는 여전히 필요했다.

겨울이 되자 할아버지는 옷을 갈아입듯이 읽던 책을 다른 것으로 바꾸었다. 여전히 책의 내용과 의미는 말해주지 않았다. 큰 소리로 따라 읽는 것은 그대로였다. 눈이 내렸다. 사원에서의 처음 보는 눈이다. 펑펑 내린 눈은 마당에 수북 쌓였다. 눈은 무슨 말을 하고 싶어 하늘에서 내려왔을까. 다와는 문득 하얀 눈 냄새가 맡고 싶어졌다. 눈은 어떤 냄새가 날까? 마당으로 나갔다. 하늘에서 내리는 눈을 손바닥에 얹어 코에 갖다 댔고 숨을 들이켰다. 이런 냄새구나. 그때였다. 하얀 눈 위로 검은 그림자가 다가왔다. 아름답게 휘어진 뿔이 하늘로 솟은 짐승이었다. 다와는 가슴이 벌렁거렸다.

또 왔네. 배가 고파 내려왔니?

(저 사슴의 등에 타고 사원을 달리면 얼마나 재미있을까?)

사슴은 또 코를 땅에 박고 냄새를 맡는 듯했다. 눈을 먹는 것일까? 다와가 다가서자 사슴은 목에 힘을 주어 얼굴을 공중으로 들어 올리더니 다와를 쳐다본다. 사슴과 이야기할 수 있을까? 사슴은 다리를 고정한 채 움직이지 않았다. 다와는 작고 차가운 손을 사슴의 목 쪽으로 내밀었다. 사슴은 잠시 다와의 손을 쳐다보더니 다가온다. 다와는 심장이 터져나와 도망치고 싶어졌지만 어느새 사슴은 다와가 내민 손앞까지 다가왔다. 사슴은 다와의 손과 얼굴을 번갈아 쳐다보더니 입속에서 붉은 혀를 빼내 다와의 손바닥을 핥기 시작했다. 부드럽고 따뜻했다. 다와는 순간 손을 들어 사슴의 뿔을 만져보고 싶었다. 사슴은 다와의 눈을 쳐다보더니 이내 고개를 돌려 자신이 왔던 발자국을 쳐다본다. 그리고 등을 돌려 뛰어간다. 순식간의 일이었다. 사슴은 사라졌다. 다와는 사슴의 등을 타고 그가 사는 집에 가보고 싶어졌다. 그곳에는 예쁜 아내와 귀여운 아기 사슴이 있을 거란 생각이 들었다.

날씨가 추워졌지만 다와는 여전히 할아버지와 사원을 걸었다. 언제나 그랬듯이 그들은 오늘도 사원을 한 바퀴 돌고 라싸의 전통 시장으로 방향을 잡았다. 다와는 시장가는 길을 즐거워하기 시작했다. 다양한 사람들을 볼 수 있기 때문이다. 말(馬)도 볼 수 있고 개와 자전거도 볼 수 있다. 가끔 개처럼 큰 고양이도 나타났다. 시장이 가까워지자 큰 소리가 들려왔다. 북과 나팔 그리고 처음 들어보는 소리들이었다. 다와는 걸음을 멈추고 귀에 집중했다.

할아버지 저쪽으로 가봐요. 무슨 소리가 나요.

사람들이 둥글게 모여 박수를 치고 있었다. 한쪽 눈이 찌그러진 개가 앞으로 뻗은 두 발에 얼굴을 묻고 보고 있다. 사람들을 헤치고 맨 앞줄에 앉은 다와는 신기한 장면을 보았다. 검은색, 빨간색, 파란색 가면을 쓴 사람들이 나팔소리에 맞추어 춤을 추고 있었다.

라마댄싱!

그게 뭐예요?

춤이란다. '참(羌姆)'이라고 하지.

다와는 처음으로 라마승들이 추는 춤을 보았다. 다양한 가면을 쓴 사람들이 손에 방망이를 들었거나 창을 들고 춤을 춘다. 빨강, 노랑, 검정, 파랑색의 가면들이 광장을 원으로 돌며 덩실덩실 춤을 춘다. 그들이 움직일 적마다 웅장한 음악도 울려 퍼진다. 처음 들어보는 악기소리도 있다. 북소리는 들으면 들을수록 심장을 두근거리게 한다. 사람들이 박수를 치고 환호성을 지른다. 다와도 할아버지도 박수를 쳤다. 사원으로 돌아오는 길에 할아버지는 저녁노을을 보며 말했다. 눈과 혀보다 귀를 믿어야 한다. 귀는 거짓말을 하지 않아. 다와는 예쁜 노을만 보며 걸었다.

• • •

사원의 겨울은 초원의 겨울과 다르지 않았다. 뼈까지 파고든 차가운 바람이 배가 고파 먹을 것을 찾듯이 사원 안을 휘저었고 딱딱한 눈이 돌처럼 내렸다. 다와는 엄마가 만들어준 따뜻한 양털옷이 그리웠다. 다행히 방에는 조그만 화로(火爐)가 있었다. 악기를 만들어주었던 오빠가 여기다 불씨를 살려서 고구마를 구워 먹으면 맛있어, 하면서 가져다주었다. 쇠꼬챙이로 불씨를 뒤적거리던 다와는 사원을 혼자서 돌아보면 어떨까, 생각했다. 할아버지와 늘 걷던 사원의 그 길을 벗어나 다른 곳을 가보고 싶었다. 사원은 초원처럼 넓고 커서 아직 다 못 본 곳이 많다고 생각했다. 제일 잘 익은 고구마 하나를 주머니에 넣고 다와는 방을 나섰다. 일단 할아버지와 함께 돌던 방향으로 걸었다. 저기, 탑(塔)이 보인다. 탑 뒤편으로는 두 갈래 길이다. 다와는 지팡이를 들어 어느 쪽으로 갈까? 하다가 왼쪽 길로 들어섰다. 할아버지와는 항상 오른쪽 길로 걸었다. 안개가 자욱했다. 공기가 더 부족한 느낌이다. 다와는 물에서 걷듯이 천천히 나아갔다.

피아양.

뭐지? 다와는 소리가 들려온 방향으로 고개를 돌렸다. 아무것도 보이지 않는다.

피아양.

또?

나무 위다. 다와는 고개를 들어 나무들을 쳐다보았다. 처음 들어보는 그 소리는 더 이상 들리지 않았다. 지팡이에 힘을 주고 다리에 힘을 주어 고개를 들어 나무를 올려보았다. 나뭇잎 사이로 분명하지 않은 검은 물체가 보인다. 있다. 나무 위에 누군가 앉아 있다.

(사람인가?) 다와는 허리를 곧추펴고 눈알에 힘을 주어 나무 위의 물체를 또렷이 쳐다보았다.

야야.

워워.

와와.

다와는 그 검은 물체를 향해 소리를 냈다. 아무런 반응이 없다. 한참을 쳐다보다 목이 아파 고개를 숙이는 순간 나무 위에 앉아 있던 그것이 스르르 움직이는 것이 보였다. 기다란 꼬리가 보인다. 꼬리와 깃털이 보인다. 그럼 새인가? 저런 새는 처음인데? 다와는 꿈쩍하지 않고 그대로 서서 나무 위의 새를 지켜보았다. 나무 위의 새는 마치 누군가 자신을 쳐다보는 것을 즐기기라도 하듯이 우쭐하게 머리를 약간 하늘 쪽으로 쳐들고 있었다.

피아양.

피아양.

웃는 소리일까? 배가 고픈 것일까?' 아님 동족에게 신호를 보내는 소리일까? 새가 내는 소리는 날카롭게 허공을 타고 사방으로 퍼진다. 누구라도 듣고 달려올 정도로 소리는 기이하고 특별했다. 새가 소리를 낼 때 살짝 위아래로 움직이는 머리통을 보니 눈이 박혀 있는 얼굴이 있고 이마 쪽에 몇 가닥의 털이 보였다. 새의 몸통은 인간처럼 균형 잡혀 있다. 새가 나무 위에서 몸통을 뒤뚱인다. 발톱으로 쥔 나무를 놓으며 몸을 살짝 돌린다. 나무 아래 인기척을 감지한 듯, 자신의 꽁무니 쪽을 그쪽으로 향해 돌린다. 또 피아양~ 소리를 낸다. 꼬리가 좌우로 펼쳐진다. 잘 펴진 부채 같다. 저런 꼬리는 처음이다. 꼬리가 아니고 날개 같다. 새일까? 다와는 새처럼 생긴 그것의 꼬리에서 눈을 뗄 수가 없었다.

어때? 봤니? 하는 표정을 짓더니 새 같은 것이 천천히 나무에서 내려온다. 날개처럼 생긴 꼬리를 좌우로 팔락이면서 나무기둥을 타고 내려온다. 마치 사람처럼 두발로 나무 기둥을 부여잡고 내려온다. 어느새 땅으로 내려왔다. 얼굴과 몸통, 날개와 꼬리가 다 보인다. 가슴과 꼬리의 깃털에는 처음 보는 색이 문양처럼 그려져 있다. 목은 가늘고 얼굴은 작고 머리에는 예쁜 왕관을 쓴 것처럼 금빛 머리털이 꽂혀 있다. 저런 새는 정말 처음인 걸? 다와는 신기한 것인지, 놀란 것인지, 좋은 것인지 자신의 마음을 알 수 없었다. 순간 꼬리를 접으며 그것이 다와 쪽으로 걸어온다. 눈알은 움직이지도 않은 채 뒤뚱거리며 사람처럼 다가온다. 무섭기보다는 귀엽다는 생각이 들었다. 저 뒤뚱거리며 다가오는 것은 내가 무엇으로 보일까? 먹이일까? 친구라고 생각할까? 다와는 지팡이를 움켜쥐었다. 갑자기 오줌이 마려웠다. 눈앞까지 다가온 새는 다와의 지팡이를 보고 멈추어 섰다. 경계의 눈빛. 손을 뻗으면 새의 이마에 박혀 있는 금빛 머리털을 잡을 수 있는 거리에 있다. 새가 또 입을 벌려 알 수 없는 소리를 낸다. 나에게 말을 거는 걸까? 다와는 당황해서 손에 쥔 지팡이를 바닥에 톡톡 두들겨보았다. 새가 머리를 돌려 지팡이를 쳐다본다. 그리고 고개를 들어 다와의 얼굴을 본다. 새는 무언가 말을 하려는듯 입을 움짝였으나 곧 재미없다는 듯이 몸을 돌려 방금 내려온 나무 쪽으로 다시 걸어간다. 새라면 저렇게 빨리 걸을 수 없는데, 눈 깜짝할 사이에 그것은 나무 위로 다시 올라갔다. 나무에서 내려올 때와 마찬가지로 두 발을 이용해서 사람처럼 기어 올라갔다. 멀리서 보니 마치 사람이 나무를 올라가는 모양과 비슷하다.

다음날. 다와는 그 피아양 소리를 내는 그것이 또 보고 싶어졌다. 펼쳐진 꼬리가 생각나 잠을 잘 수가 없었다. '옴' 소리를 수백 번 중얼거렸지만 잠은 오지 않았다. 밖은 아직 컴컴한 새벽이다. 아침이 오려면 멀었다. 다와는 옷을 입고 화로에서 고구마 한 개를 꺼내 주머니에 넣었다. 할아버지가 오시는 그 시간까지 돌아오면 된다고 생각했다. 방문을 열고 밖으로 나갔다. 세상에서 제일 추운 바람이 불어온다. 모자를 쓰고 지팡이를 짚고 다와는 그것의 꼬리를 생각하며 어제의 그 길을 향해 걸어갔다. 눈에 덮인 땅과 낙엽, 이 시각의 진한 냄새가 얼굴을 덮는다.

분명, 어제의 그 나무는 여기쯤 있었는데? 오늘은 보이지 않는다. 대신 작은 호수가 나타났다. 파란 호수. (세상에나? 이곳에 이런 호수가 있었다니?) 다와는 호수의 물을 들여다보았다. 아무것도 보이지 않는다. 할아버지가 그려준 물고기도 없었다. 대신 호수에 커다란 검은 그림자가 비쳤다. 다와는 호수에 비친 그 검은 그림자가 바로 등 뒤에 있다는 것을 느꼈다. 등을 돌려 뒤를 바라보니 이상하게 생긴 집이 있었다. 사원도 아니고 겔도 아니고, 저건 뭐지? 사원도 집의 모양도 아닌 그곳은 둥근 조개 모양을 하고 있었다. 조그마한 문이 보인다. 입구일까. 다와는 뛰어갔다. 저 안에 어제 만난 새가 있을지도 모른다고 생각했다. 만약 그의 집이라면 새끼들과 식구들도 있을 거란 생각이 들었다. 지팡이를 바닥에 던졌다. 이건가? 뛴다는 느낌이? 땀이 난다는 것이? 다와는 뛰며 생각했다. 지팡이를 짚고 걷는 것과는 확실히 다른 느낌이었다. 숨은 차지만, 뭔가 리듬이 있는 느낌, 이게 달리기인가? 문 입구에 도착해 숨을 차고 있는데 작은 글씨가 보인다.

어, 저건? 할아버지와 함께 읽던 책의 글자다. 그때 문 안에서 소리가 들렸다. (새가 내는 소리일까?) 다와는 문 안으로 들어갔다. 밍밍한 냄새가 났다. 천장에서 내려진 밧줄이 보인다. 다와는 밧줄을 올려다보았다. 내려진 줄의 모양은 구불구불했다. 줄을 만져보았다. 생각보다 부드러웠다. 줄에 귀를 갖다대보았다. 물 흐르는 소리가 들렸다. 줄 속으로 통로(구멍)가 있는 것 같다. 다와는 줄을 귀에 대고 소리를 들어보았다.

옴.

암.

홈.

밧.

엄.

알 수 없는 소리들이 반복적으로 왔다가 갔다 했다. 다와는 자신의 귀가 따뜻한 물을 만나는 느낌이 들었다. 눈을 감고 소리에 더 집중했다. 이게 무슨 소리지? 그때, 줄 끝자락에서 무언가가 바닥으로 똑똑 떨어진다. 물인가? 다와는 떨어지는 그 투명한 액체에 손을 대고 냄새를 맡아보았다. 투명한 비린내. 혀에 대고 맛을 보았다. 아, 이 맛! 이 맛은 알 것 같다. 다와는 너무도 기쁘고 황홀한 나머지 줄을 두 손으로 잡아 입에 대고 쪽쪽 빨기 시작했다. 하얀 액체가 줄줄 나온다. 콧속으로 밍밍한 냄새가 들어오자 몸이 둥둥 떠다니는 느낌이 들었다. 마치 미지근한 물에 몸을 싣고 어디론가 흘러가는 느낌이다. 목과 허리 등과 가슴 어느 곳도 아프지 않은 느낌, 다와는 두 손에 힘을 주어 더욱더 그 줄을 부여잡고 빨기 시작했다. 그 줄에서는 희고 맑은 하얀 액체가 줄줄이 나와 다와의 목을 타고 폐와 심장으로 전달되었다. 그때 다와는 평안한 느낌이 들었고 이대로 영원히 잠들어도 좋다는 생각이 들었다. 그때 문 밖에서 작은 목소리가 들렸다.

다와야, 이제 세상에 나오렴.

2

동물의 말을 알아듣는 소년

인간과 동물의 구분이 없던 시대, 그때는 인간과 동물이 같이 풀밭에 드러누워 별을 바라보았다. 그때, 인간과 자연과 동물이 혼재할 때, 인간은 언어(語)라는 것이 없었다. 인간 또한 사슴, 물고기, 돌, 별, 태양과 바람과 같은 지구를 구성하는 일부였다. 인간은 입이 아닌 몸에서 발산하는 냄새와 울림을 통해서 자연과 교감했다. 그러던 어느 날 인간이 '언어'라는 것을 소유하고부터 관계는 달라졌다. 인간은 오직 인간들과 소통이 가능했다. 나무와 새는 인간의 말을 알아들으려 애썼지만 알아들을 수 없었다. 인간은 멀어져 갔다.

라싸 외곽. 바다처럼 넓은 푸른 초원을 가진 부자가 살았다. 그의 이름은 '암튼초크'. 초원의 부자는 무엇으로 결정나는가? 양과 야크의 숫자다. 가축을 얼마나 거느리고 있으며 매일 아침 얼마만큼의 젖을 짤 수 있는가로 부자는 결정된다. 암튼초크는 양이 1000마리, 야크가 500마리, 개가 30마리, 여우가 10마리, 그리고 이방인에게 선물로 받았다는 목이 긴 동물도 한 마리 있었다. 매일 그 가축들을 데리고 나가 풀을 먹이고 젖을 짜줄 목동도 50명이나 되었다. 라싸의 사람들은 모두 그를 부러워했다. 하지만 좋아하지는 않았다. 아침마다 암튼초크는 똑같은 어조로 목동들에게 말했다.

양과 야크는 내가 소중히 아끼는 가축들이다. 너희가 한 마리라도 놓치거나 병들면 그땐 너희의 한 달 분량 식량과 옷을 제공하지 않겠다.

다시마라. 그는 부자가 거느린 목동 중 하나였다. 열 살인 다시마라는 그날도 어제와 다름없이 양 100마리를 이끌고 싱싱한 풀을 찾아 이동하고 있었다. 점심때가 되자 다시마라는 양가죽으로 만든 배낭에서 사과 두 알을 손으로 만지작거리며 생각했다. 이걸로는 배고픔을 해결하지 못하겠는걸. 주인님이 좀 더 주면 좋을 텐데 말이야. 그렇게 중얼거리며 사과를 쪼개어 입으로 가져가는 순간 토끼 한마리가 갑자기 나타나 뛰어왔다. 흰털을 입고 있는 토끼였다. 토끼는 배고픈 얼굴로 앞발을 공중으로 들어올려 다시마라를 쳐다보았다.

왜 그러지? 토끼야?

배가 고파요.

다시마라는 토끼의 표정을 보고 사과 두 알을 모두 내주었다. 토끼는 사과를 받아들고 숲속으로 사라졌다. 그 후로 토끼는 매일 다시마라가 이동하는 장소에 나타나 그의 점심을 받아먹곤 했다. 99일 동안 다시마라는 자신의 점심을 토끼에게 양보했다. 그리고 100일째 되던 날, 다시마라 앞에서 오이와 감자를 받아먹던 토끼는 갑자기 백발의 노인으로 변하였다. 다시마라는 놀라서 뒤로 넘어졌다.

두려워하지 마라! 나는 하늘의 신이었는데, 어느 날 악마와 싸워 저주를 받고 토끼로 변한 것이다. 100일 동안 인간이 주는 음식을 받아먹으면 본래의 모습으로 돌아올 수 있었는데 오늘이 마침 그날이다. 네 덕분이다. 너의 소원을 말해보거라!

다시마라는 놀랐지만 바로 침착하게 대답했다.

나는 보물 같은 건 필요 없어요. 하루 종일 양만 돌보고 있어서 사람 구경을 할 수도 없어요. 외롭고 심심해요. 그러니 모든 동물의 말을 들을 수 있는 능력을 주시길 바랍니다.

노인은 다시마라에게 다가오더니 그의 귀에 대고 바람을 세 번

불고는 사라졌다. 정말 동물들의 소리를 알아들을 수 있을까? 다시마라는 궁금했다. 양떼를 몰고 집으로 돌아온 다시마라는 그날 밤 주인 암튼초크가 아내와 하는 소리를 엿듣게 되었다.

여보, 내일모레가 설인데 양 한 마리 잡아야 하지 않겠어요.

그래요. 그럽시다.

그들 부부는 양들이 잠들어 있는 막사로 가 고개를 이리저리 흔들어 살펴보았다. 암튼초크가 살이 찐 손가락으로 한 마리를 지목했다.

저놈이 괜찮겠네. 늙었으니 젖도 잘 안 나올 거고. 우리에게 털과 뒷다리를 주면 되겠군!

그날 밤, 지목받은 어미 양은 어떤 느낌을 받았는지 자신의 배에서 잠자고 있던 새끼 양에게 말했다.

아가야, 내일은 초원에 나갈 때 내 곁에 있지 말고 친구들과 함께 있어야 해. 혹시 엄마가 보이지 않더라도 울지 말고 나를 찾아선 안 돼. 알겠니?

새끼양은 들었는지 못 들었는지 엄마 뱃속으로 파고들어 몸을 오그린 채 잠을 잤다. 다시마라는 그 말을 듣고 잠을 이룰 수가 없었다. 뒤척이던 다시마라는 막사로 가 엄마 양과 그 품에 안겨 잠을 자고 있는 새끼 양을 가만히 지켜보았다. 아무래도 안 되겠어.다시마라는 엄마 양과 새끼 양을 깨워 도망쳤다. 앞도 보이지 않는 컴컴한 밤에 두 개의 산을 넘자 아침 해가 밝아오기 시작했다. 다시마라는 엄마 양과 이별하며 말했다.

이제, 너희들은 산과 들로 가거라. 여기서 우리는 헤어지자.

엄마양은 새끼를 데리고 산 쪽으로 사라졌다. 다시마라는 주인집으로 돌아가지 못하고 여기저기 방랑하기 시작했다. 집으로 돌아가면 주인으로부터 죽임을 당할 게 뻔했기 때문이었다. 그러던 어느 날 산 밑 개울가에서 조랑말에게 물을 먹이는 사람들의 얘기를 우연히 듣게 되었다.

아, 우리 왕자님의 귀는 어떻게 되는 거지?
글쎄, 들리는 말로는 악귀가 귀에 틀어박혀 나오질 않는다는군.
이대로 가다간 귀에서 피를 쏟으며 죽을 거라는데?

물을 떠 마시던 다시마라가 한마디 했다.

저기, 당신들이 타고 있던 조랑말 뒷발에 가시가 박혀 있어요. 아파서 걷기 힘들 거예요.

어떻게 알았지? 꼬마야.

뒤따라가는 새끼가 엄마에게 하는 말을 들었어요. 그리고 저는 꼬마가 아니랍니다.

털과 수염이 얼굴을 뒤덮어 양 볼이 보이지 않는 남자가 자신의 조랑말에게 다가가 뒷발을 들어 살펴보았다. 과연 굵은 가시가 박혀 있었다. 새끼 조랑말은 눈물을 흘리고 있었다.

정말이네. 너의 이름은 뭐니?

다시마라예요.

어떻게 알았지? 발에 가시가 박혀 있는 것을.

들었어요. 새끼가 엄마에게 하는 말을요.

정말, 너에게 그런 능력이 있다면 혹시 우리 왕자님의 병도 고칠 수 있지 몰라? 그렇지?

그건 모르겠어요. 전 의사가 아니니까요.

• • •

왕이 물었다.

저 아이가 용하다는 의원이냐?

의원은 아니지만 뭐든 잘 하는 아이입니다.

신하가 대답했다.

왕이 다시마라를 물끄러미 쳐다보았다.

만약 네가 왕자의 귓병을 치료해주면 너의 소원을 들어주마!

사실 다시마라는 자신이 없었다. 동물의 말은 알아들어도 인간의 병을 고치는 능력은 없기 때문이었다. 다시마라는 화려한 궁전 안에서 가장 좋은 방으로 배정되었다. 하지만 맛있는 음식도 부드러운 침대도 편하지 않았다. 왕자를 살릴 방법이 없기 때문이었다. 귀에 악귀가 들었다는데 내가 어떻게 치료한담? 난 주술사가 아니잖아. 다시마라는 고민이 되어 잠을 잘 수가 없었다. 두 손을 목 뒤로 깍지를 끼고 발을 허공에서 까딱여보아도 묘안이 생각나지 않았다. 궁을 도망치고 싶었지만 밖에는 병사들이 지키고 있었다. 그날 밤 다시마라는 세상에서 가장 맛있다는 사과를 선물 받았지만 도저히 먹을 마음이 들지 않았다. 창문 밖으로 던져버렸다. 그때 지붕 위에서 이야기를 하고 있던 까마귀 형제가 던져진 사과를 발견했다.

까옥, 이건 내 거야. 내가 먼저 발견했잖아.

까옥, 아니야 내 거야. 내가 먼저 말했잖아.

다시마라는 까마귀의 이야기를 듣다가 용기를 내서 물어보았다.

애들아, 너희가 나를 도와주면 그 맛있는 사과는 내가 더 줄 수 있어.

뭐지? 까옥.

말해봐? 까옥.

왕자의 귓병은 도대체 뭐지? 그걸 알려줘.

그건. 쉽지. 사실 왕자의 귀안에는 엄마 뱀과 새끼 뱀들이 들어가 앉아 있지. 우리들끼리는 다 알고 있는 사실이지. 인간들만 모르고 딴 소리를 하고 있지 뭐야?

그래? 그럼 그 뱀들을 꼬여낼 방법이 있을까?

있지! 까옥.

뭐야. 말해주렴! 부탁이야!

음, 넌 우리말을 알아듣는 능력이 있으니 특별히 알려주지.

그래, 어서 말해줘.

그건 말이야, 아주 쉬워. 왕자 귀에 북을 대고 치면서 물을 부으면 돼.

뭐라고?

그러니까 귀에 대고 북을 치고 물을 부으면 아마 새끼 뱀이 어미에게 이렇게 말할 거야.

엄마, 엄마, 밖에서 번개가 쳐요! 비까지 오는 걸 보면 여름이 왔나 봐요! 어서 나가요, 하고 말이야! 그럼 엄마 뱀이 먼저 나와 밖을 두리번거릴거야. 그때 머리를 내민 엄마 뱀의 머리를 잡아당기면 되는 거야. 어때?

다음날 궁 안에는 왕을 비롯한 신하들과 마을에서 몰려온 사람들까지 북새통을 이루었다. 드디어 왕자의 귀에서 악귀를 끌어내는 날이라 생각했던 모양이다.

시작하라!

왕의 명령이 떨어지자 얼굴이 파랗게 질린 왕자가 부축을 받으며 걸어왔다. 왕자는 얼굴이 똥을 먹은 사람처럼 노랬고 오른쪽 귀가 퉁퉁 부어 있었다. 귀 입구는 나팔같이 벌어져 있었다. 다시마라는 까마귀 형제의 말을 다시 한 번 생각했다.

둥. 둥. 둥

왕자의 귀에 북을 치게 했다. 대야에 물을 담아 귀에다 대고 뿌렸다. 지켜보던 왕과 신하들은 고개를 갸우뚱했다. 뭘 하려는 거지? 다시마라는 수군거리는 사람들의 소리를 개의치 않고 반나절 동안 북소리를 내고 물을 뿌리는 동작을 반복했다.

엄마, 밖이 시끄러워요? 번개도 치고 비도 내리고 벌써 여름이 왔나 봐요?

(낮잠을 자던 아기 뱀이 말했다.)

얘들아, 너희들은 여기에 있어라. 엄마가 나가서 정말 여름이 왔는지 보고 오마.

(뜨개질을 하고 있던 엄마 뱀이 말했다.)

엄마 뱀은 감고 있던 허리에 힘을 주어 스스로 움직이기 시작했다. 달팽이관에서 물기를 느낀 엄마 뱀은 혀를 날름거리며 귀 밖으로 머리를 내밀어 사방을 둘러보았다. 귀 밖에는 사람들이 많이 모여 있었다. 사람들이 왜 이리 많지? 오늘이 무슨 날인가? 순간, 공중에서 누군가 자신의 목을 잡고 힘을 주어 빼내기 시작했다. 몸이 반쯤 귀 속에서 나왔을 때 기다란 꼬챙이가 뱀의 허리를 찍어 잡아 뺐다. 엄마 뱀은 목을 들고 허리에 힘을 주어 버텼지만 뜰채가 날아와 자신의 몸을 휘감아 바닥에 팽개쳤다. 엄마나 나간 다음 한참을 기다리던 새끼 뱀들은 조바심이 나서 줄줄이 밖으로 얼굴을 내밀었다.

왕이 물었다.

너의 소원이 무엇이냐?

☾

티베트인들은 노래와 춤을 좋아한다.

3

할머니의 춤

포탈라 궁(布達拉宮)에서 남서쪽으로 야크의 속도로 20분정도 걸어가면 약왕산(藥王山)이 나온다. 산이라기보다는 낮은 언덕이다. 그곳에 여자 장님 점술사가 산다. 언덕을 두더지 굴같이 파고 그 안에서 산다. 사실 그녀는 점이나 사주팔자 본다는 간판을 내건 적도 없고 누구에게 말한 적도 없다. 신기한 건 그녀의 집 앞에는 항상 사람들이 줄을 서서 그녀를 기다린다는 것이다. 심지어 바닥에 앉아서 차를 마시며 그녀를 기다리는 사람들도 있었다. 뭐예요? 하고 지나가는 사람들이 궁금해서 물어보면 줄을 서서 기다리는 사람들은 점 보는 집이라고 했다. 그럼 지나가는 사람들은 거기 사는 여인은 장님인데, 장님이 어떻게 점을 봐요? 하며 지나간다.

뼈로 봐요. 뼈.

그 소문을 할머니는 들었다.

약왕산 밑에 눈먼 점쟁이가 있는데 그렇게 용하대.

장님이라며 어떻게 점을 봐?

뼈를 만진다는대?

뼈?

뼈를 만지고 목소리를 들으면 어디가 아픈지 바로 안다는 거야. 신기하지 않아?

그럴라구? 어찌 뼈를 만지고 아픈 곳을 알아?

했지만, 할머니는 그 눈먼 장님이 뼈로 몸의 상태를 알려준다는 말이 끌렸다. 뼈를 만져 병을 찾아낸다는 것과 그에 걸맞는 소리 치료법을 알려준다는 것이 신기했다. 할머니는 요근래 오줌이 영 시원하지 않았다. 어지럽고 귀(耳)도 점점 이상했다. 환청이 들리고 밤에 잠도 오지 않아 뒤척거리다가 새벽 닭소리가 들리면 간신히 잠이 들었다. 아무리 자려고 눈을 감고 양 100마리를 세어보아도 잠은커녕 이런저런 생각만 들었다. 얼마 전에는 가위를 한참 찾았는데 마당 화단에 있지 않았던가? 아무리 생각해도 어디에 두었는지 기억이 나지 않았던 가위다. 아무래도 이상하다. 늙어서 그래. 늙으면 죽어야지. 했지만 그래도 사는 날까지는 살아야지 했다.

새벽 세 시 반. 일어나야 하는가 더 뒤척여야 하는가. 애매한 시간이다. 아직 밤인가? 할머니는 눈을 뜨고 허공을 한참 바라보다가 라싸로 가는 마을버스를 타기 위해 일어났다.

• • •

라싸에 도착한 할머니는 시장에서 파란 사과 다섯 알을 샀다. 약왕산을 몇 바퀴나 돈 후 간신히 장님 점술사가 산다는 동굴 앞에 왔다. 집 앞에는 아무도 없었다. 손수건을 꺼내 이마의 땀을 훔치고 조심스럽게 문을 두드리자 볼이 복숭아처럼 빨갛게 달아오른 아이가 문을 연다. 쳐다보더니 왜, 왔냐고 묻지도 않고 잠시 기다리라고 한다. 꽤 오랫동안 머리를 감지 않는 듯한 아이는 문 안으로 다람쥐처럼 사라진다. 할머니는 잠시 생각한다. 정말 장님일까? 뼈로 병을 알 수 있을까?

들어오세요. 할머니!

아이가 문을 살짝 열고 얼굴만 내민 채 말한다. 그리곤 또 획 얼굴을 돌려 사라진다. 컴컴한 복도가 길게 나 있다. 벽에 손을 대고 천천히 걸어간다. 어지럽다. 누가 앉아 있다. 저 사람인가? 까만 안경을 쓰고 고개를 쳐든 채 허공을 쳐다보고 있는 여인이 보인다. 귀가 간지럽다. 귀에서 잠자리가 날개를 위아래로 흔드는 소리가 들린다. 휘청하면서 들고 있던 사과봉지를 놓쳤다. 사과 다섯 알이 저마다의 소리를 내며 바닥에 구른다. 그때 점술사는 얼굴을 돌리지 않고 귀를 쫑긋 한다. 여전히 고개는 허공에 고정하고 있다. 맞나보다 장님. 사라졌던 아이가 뛰어와서 사과를 줍는다.

말씀해보세요.

예. 눈도 침침하고, 오줌도 시원하지 않고, 잠도 별로고, 참 기억도 가물가물하고, 요새는 특히 귀가 잘 안 들려요. 늙어서 그런거죠?

(할머니는 점쟁이의 눈을 쳐다본다.)

더 말씀해보세요.

다 했소. 그게 다요.

목소리는 좋은데요. 할머니.

장님은 다가와 앉는다. 남자라면 더 좋았을텐데. 그녀가 가녀린 손을 뻗어 할머니의 머리, 목, 손, 등, 발 등의 뼈를 두루두루 만져보고 누른다. 아프지는 않다. 손등 뼈에 손을 대고 한동안 가만히 있기도 한다. 그녀의 손은 따뜻했다. 목뼈와 척추뼈를 만질 때 할머니는 어떤 알 수 없는 기운이 느껴지기도 했다.

• • •

할머니, 노래를 하세요.

노래요?

흥이 나는 노래를 아침저녁으로 흥얼거리세요. 춤을 추어도 좋아요.

춤?

불경을 소리 내어 낭송하세요. 그럼 됩니다.

약은요?

없습니다. 아침부터 저녁까지 입을 벌리고 흥얼거리면 됩니다. 그럼 귀도 좋아지고 잠도 잘 잘 수 있어요.

정말이오?

그럼요. 별거 아니에요.

집으로 돌아오는 버스 안에서 할머니는 그 장님의 처방을 되새김질했다.

뭐?

노래를 하라고?

춤을 추라고?

나보고?

쿵! 하는 소리가 들리더니 버스가 멈춘다. 버스지붕에 매두었던 누군가의 짐이 바닥으로 떨어진 것이다. 버스운전사는 브레이크를 밟은 후 양 옆에 달린 백미러를 보며 눈알을 굴린다. 무엇을 확인한듯 운전사는 모자를 눌러쓰고 버스 밖으로 용수철처럼 튀어나간다. (젊은 사람은 저렇게 빠르게 튀어오르지.) 할머니는 생각했다. 버스 안의 사람들은 창문을 열고 운전사를 바라보며 한마디씩 한다. 잠시 후 그는 길바닥에 떨어진 짐을 등에 매고 씩씩거리며 걸어오더니 버스의 지붕으로 올라가 혼자 짐을 다시 정리하고 물건들의 간격을 확인한다. 차는 아무 일 없다는 듯이 다시 출발한다. 누런 야룽창포강(雅魯藏布江)이 차창 밖으로 보인다. 할머니는 강을 보며 다시 생각한다.

노래를 하라고?

낭송을 하라고?

춤을 추라고?

나보고?

쿵.

쿵.

거, 못 들었어?

또 떨어졌어,

염소를 껴안은 할아버지는 재미있다는 듯 운전석을 보며 말했다. 운전사는 또다시 차를 세운 후 오른쪽 거울을 본다. 아무것도 보이지 않는다. 차 맨 뒤쪽에 앉은 할머니가 큰 소리로 말한다. 저 뒤쪽에. 차에서는 잘 안 보일걸! 운전사는 멋쩍게 이빨을 드러내며 차에서 내려 돌아온 쪽으로 잽싸게 뛰어간다. (젊음은 저런 것이다. 바로 반응하는 것.) 할머니는 운전사의 뒤통수를 보며 생각했다. 두 팔을 휘저으며 운전사는 뛰어간다. 차 안의 사람들은 아무 일 없다는 듯이 앞, 뒤, 옆 사람들과 떠들기 시작한다. 누구도 화를 내거나 조급함이 없다. 조금의 시간이 지나자 운전사가 양손에 떨어진 짐을 들고 나타났다. 사람들은 손뼉을 치며 좋아한다. 운전사는 다시 버스지붕 위로 올라가 짐을 다시 고정한다. 그가 내려왔을 때 운전석 바로 뒷자리에 앉아 있던 할머니가 그를 향해 뜨거운 버터차를 내민다.

고맙습니다.

운전사는 야크 발처럼 생긴 손으로 차를 받아들고 잘 마시겠다는 표정을 짓는다. 차는 다시 출발한다. 계곡을 돌아 나오자 본격적으로 속도를 냈다. 녹색의 초원이 보이기 시작했다. 차가 기우뚱하면서도 앞으로 나아가는 속도감이 느껴진다. 할머니는 창밖을 바라보며 눈을 감았다.

춤을 추어도 좋다고?

노래를 부르라고?

나보고?

쿵쿵쿵!

쿵쿵쿵!

꼬옥!

푸드덕!

이건 또 뭐지? 할머니는 놀라 감고 있던 눈을 떴다. 차가 급정거를 하였고 사람들은 모두 창문을 열고 밖을 쳐다보았다. 이번에는 차 지붕 위의 짐들이 거의 모두 바닥에 떨어졌다. 묶어두었던 닭도 떨어진 모양이다. 밖을 보니 얼굴을 땅에 처박고 고개를 아래위로 흔들던 닭 한 마리가 무엇을 발견한듯 날개를 퍼덕이며 초원으로 냅다 뛰어가는 것이 보인다.

아. 죄송합니다.

야크 떼가 갑자기 나타나는 바람에…

운전사는 말을 마치자마자 차를 정차한 후 밖으로 나가 닭이 사라진 방향으로 뛰어갔다. (젊은이는 저렇다. 솔직하다.) 할머니는 운전사의 등을 보며 중얼거렸다. 차 안의 사람들은 마치 기다렸다는 듯이 모두 밖으로 나와 바람을 마시거나 하늘을 올려다본다. 어떤 할머니는 아예 나무 밑으로 가더니 자신의 스카프를 깔고 눕는다. 챙이 날렵한 모자를 쓴 할아버지는 옷에서 담배를 꺼내 문다. 운전사보다 젊어 보이는 청년 둘은 서로 뭐라 이야기하더니 그 운전사가 뛰어간 방향으로 뒤따라간다. 닭을 쫓아간 운전사는 한참동안 돌아오지 않았다. 기다렸다는 듯이 버스 밖으로 나온 사람들은 아에 바닥에 앉아 버터차를 우려 마시거나 지나가는 야크 떼를 바라보며 뭐라 이야기한다. 야크 떼가 지나가고도 한참이 지나서야 닭을 품에 안은 운전사와 떨어진 보따리를 등에 멘 젊은 청년들이 나타났다. 그들의 얼굴에 땀이 진득하다. 품에 안긴 닭의 표정이 귀엽다. 초원에서 살 수 있는 기회를 놓쳐 아쉽다는 눈알을 하고 있다. 붉은 머리 볏이 태양에 반짝인다. 사람들은 손뼉을 치고 환호성을 지르며 운전사를 환영했다. 운전사는 100미터 달리기에서 일등으로 들어온 사람처럼 웃었다.

사람들은 저마다, 수고했어, 잘했어, 한다. 으쓱해진 운전사는 이마에 맺힌 땀을 닦으며 운전석에 있던 물을 꺼내 거푸 마신다. 목을 하늘로 향해 약간 젖히고 물을 마시는 바람에 운전사의 목젖이 두드러진다. 호두알처럼 동그랗고 단단해 보이는 그것이 꿀렁거린다. (젊음은 저런 것이다. 단단하고 튼튼해 보이는 것.) 할머니는 운전사의 목젖을 뚫어져라 쳐다보았다. 허리가 굽어 얼굴이 땅에 닿을 것 같은 할아버지가 운전사와 젊은 청년들에게 담배를 건넨다. 젊은이들은 고개를 숙여 담배를 받고 셋이서 원을 그리며 서서 담배를 피운다.

초원의 삶을 빼앗긴 닭과 길바닥에 떨어진 짐을 다시 정리한 후 차는 다시 출발한다. 모두가 창밖으로 펼쳐진 초원을 바라본다. 초원은 늘 시원하고 평화롭다. 할머니는 머리를 버스 창에 기댔다.

고원 위에서 짙푸르게 출렁이는

마음속의 큰 호수 청해호(青海湖)

겹겹이 밀려오는 물결이 휘감기는 때

내 마음은 아득한 옛날로 되돌아간다.

누군가 노래를 부르기 시작했다. 사람들이 곧바로 노래를 따라 부르기 시작했다. 앞에 앉은 사람, 뒤에 앉은 사람, 운전사, 차 복도에 배를 깔고 앉은 염소까지 모두 하나의 노래를 부르기 시작했다.

아~아~

나의 청해호!

나의 청해호!

서로 다른 목소리는 하나의 목소리로 이어졌고 소리는 점점 커져갔으며 하나의 리듬을 타기 시작했다. 사람들은 어깨를 들썩이며 노래를 이어받았다.

설역(雪域) 위에서 아름답게 출렁이는

마음속의 큰 호수 청해호!

버스도 노래를 부르듯 뒤뚱이며 나아간다.

송이 송이의 물보라가 사방으로 튈 때

내 마음은 아득한 옛날로 되돌아간다.

보라! 눈(雪)의 고향인 고향땅 위에

사랑과 눈물로 창조한 푸르름

청보리와 진녹색의 천을 꼬아 만든 목걸이와 귀걸이를 한 너무도 밝고 선명한 할머니가 갑자기 차 안에서 일어선다. 노래에 맞추어 춤을 춘다. 뒤뚱거리는 차 안에서 넘어지지도 않는다. (늙음은 저런 것이다. 11월에도 살아 있는 모기와 같이 윙윙거리는 것이다.) 할머니는 고개를 돌렸다.

아~

나의 청해호

나의 청해호

너는 어느 여신(聖母)의 눈물인가?

할머니는 생각했다.

노래를 부르라고?

춤을 추라고?

소리는 고독하지 않다.

4

아빠의 울음

초원에서 생긴 병은 그 근원을 찾기 어렵다. 어떤 균의 침입인지 곤충, 풀, 벌레의 독인지 그 무엇인지 추적할 길이 없다. 추적할 사람도, 의지도, 도구도, 방법도, 책임감도 없다. 초원에서 생긴 병은 그저 초원의 방법으로 해결할 뿐이다. 몸에 열이 나면 차가운 물(설수)을 기도하듯 마시는 것이고, 추우면 뜨거운 버터차를 혓바닥이 데이도록 훌훌 마시는 것이 초원에 사는 사람들의 병치(病治)다. 그렇게 몇날 며칠을 누웠다, 앉았다, 하늘을 바라보며 견디는 것이다. 그러다 죽는다 해도 할 수 없다. 죽음은 오래 생각해보아도 결국 알 수 없는 것이며, 죽음은 찾아오는 것이기 때문이다.

간지러워. 아침 햇빛을 받으면 간지럽고 저녁 달빛을 받으면 더 간지럽다. 소녀의 입술, 턱과 목젖 사이, 팔과 어깨 심지어 발바닥에도 살구씨 정도의 작은 분홍색 반점이 보인 것은 유목민들 사이에서는 처음이라 할 만하다. 그냥 풀독이나 곤충에게 물린 줄 알았다. 딱히 바를 약이나 먹을 만한 것도 없어 초원의 방식대로 물이나 몇 사발 벌컥거릴 뿐이었다. 신이 산다는 푸른 호수의 물이면 된다고 엄마는 누워 있는 딸을 내려다보며 뚜껑이 사라진 주전자를 내밀었다. 소녀는 맛없는 물을 마시며 그렇게 일주일을 지냈다. 변화는 없었다. 오히려 분홍 반점은 몸에서 그 영토를 확장해 나갔고 이제는 살짝 열도 나기 시작했다. 소녀는 습관적으로 물을 마셨다. 몸이 간지러울 때마다 물을 마셨다. 몸의 온도는 정확히 몇 도라고 단정 지을 수는 없으나 손을 이마에 대보면 열이라고 할 만한 그 무엇이 따끈하게 전해졌다.

소녀는 일어나 게르 밖으로 나왔다. 속이 메스껍고 답답해서 참을 수가 없었다. 할 수만 있다면 가슴을 두 조각으로 벌려서 위와 창자를 별 모양의 얼음조각으로 박박 밀어 깨끗이 청소하고 다시 덮고 싶을 만큼 답답했다. 그러면 시원하게 잠을 잘 수 있을 것 같았다. 아침부터 부지런히 마신 물을 토했다. 몇 방울의 오줌을 제외한 모든 물이 입을 통해 다시 나온 느낌이었다. 마실 때는 맑고 투명한 색이었는데 입 밖으로 다시 나온 물은 누런색이었다. 소녀는 옷을 벗었다. 벌거벗은 몸으로 소녀는 초원의 풀 위에 가지런히 누웠다. 시원한 밤공기와 바람이 살을 스쳐간다. 팔을 들어 달빛에 비추어 본다. 몸의 반점은 작지만 도드라지고 빨갛게 변해 있었다.

• • •

간지러워. 정말. 중얼거리던 소녀는 아침이 되자 자신의 몸을 천천히 훑어본다. 하얀 종아리에서 눈길이 멈춘다. 손을 들어 손톱을 세운다. 두 번째 손가락의 손톱이 길고 불균형했다. 이 손톱으로 긁으면 시원할 거 같지만 소녀는 입을 앙다물고 참았다. 손톱에게 말한다. 너를 쓰지 않을 거야. 듣고 있던 종아리의 붉은 반점이 소녀에게 말한다. 더 이상 참지 말아. 긁어. 피가 나도록 나를 긁어. 제발. 소녀의 손톱은 어느새 종아리를 조준하고 있었다. 허벅지, 팔, 어깨, 목을 순서없이 긁어댔다. 긁을수록 손톱은 속도를 내고 리듬을 탔다. 희열을 느낀다. 끝이 없이 긁고 싶다. 피가 흐른다. 손톱 밑에 피와 살점이 들어왔다. 소녀는 고개를 들어 게르 문을 쳐다본다. 곧 엄마가 올 것이다. 요와 이불에 피가 엉겨 붙어 번져 있다. 걸레로 닦을까 말까 하는데 엄마가 불쑥 들어오며 검은 표정으로 말한다.

뭔가 이상하구나. 아무래도 사원의 암치(의사 라마승)를 모셔 와야 할까보다.

엄마, 물만 마셨더니 배가 불러. 다른 걸 먹고 싶어, 응?

조금만 참아보렴. 지금은 무얼 먹어도 가렵고 토해내니 어쩔 수 없단다. 엄마가 얼른 가서 암치를 모셔올게. 착하지?

응. 엄마, 빨리 와요.

엄마가 나가고 소녀는 물을 또 마신다. 차가운 물은 목으로 힘겹게 넘어가 폐와 뼈를 적신다. 물이 너무 차서 코로 의식이 빠져나가는 느낌이 든다. 소녀는 벌겋게 부풀어 오른 종아리의 피부를 손가락으로 눌러본다

• • •

수장(水葬). 해야죠! 아주머니.

수장. 내 몸을 물고기에게 준다는 말인가. 엄마는 아무런 반응이 없다. 나를 수장해야 한다는 아저씨의 이야기를 계속 듣고 있다. 손을 뻗어 엄마의 팔목을 잡았다. 내 손이 엄마의 팔목을 스쳐지나간다. 손은 허공만 허우적거릴 뿐 아무것도 잡혀지지 않는다. 담배를 문 아저씨의 입 사이로 깨진 이빨이 보인다. 누렇고 배열이 엉망진창이다. 냄새나는 이빨을 드러내며 엄마에게 나를 물고기 밥으로 줘야 한다고 태연히 말하고 있다. 아저씨가 당연하다는 듯 말하는 수장에 엄마가 고개를 끄덕이지 않은 이유는 있었다. 얼마 전 건너편 초원에서 건너온 이상한 소문 때문이다. 건너 마을 초원의 놀란샹숭의 4살 된 딸아이가 알 수 없는 병으로 죽은 것은 한 달 전의 일이었다. 마을사람들에게 소문은 번개 치듯 금세 퍼졌다. 누구 집 딸이 소리 소문 없이 죽었다는 이야기는 산을 두 개나 넘어야 도착할 수 있는 시장에까지 번져 나갔다. 피부가 썩었다느니, 벌레에 물려

얼굴이 부었다느니, 굶어서 죽었다느니 등의 근거 없는 소문이 설산여우가 달리는 것처럼 퍼져 나갔다. 놀란상숭은 그런 소문을 듣고 슬펐지만 어쩔 수가 없었다. 사실 딸이 어떤 이유로 죽었는지 알 수가 없었고 그 수많은 소문 중의 하나일 수도 있었기 때문이었다. 아직 봄인데도 딸의 시신은 빠른 속도로 부패되어 갔다. 놀란상숭은 마을 촌장을 찾아갔다. 시신의 장례를 부탁할 생각이었다. 내심 조장(鳥葬)을 기대했다. 그런데 촌장이 뜻밖의 말을 했다.

수장, 하세요. 마을에서 한 시간쯤 떨어진 곳에 하천이 있는데 물살이 강하고 물고기들이 많아 수장하기에는 적합하다고 했다. 놀란상숭은 촌장의 얼굴을 주먹으로 갈겨주고 싶었지만 그런다고 해서 수장이 조장으로 바뀔 것 같지는 않았다. 선택의 여지가 없어 보였다. 거만한 촌장의 얼굴을 한참 바라보다 그는 힘없이 돌아섰다. 딸아이가 죽은 지 4일째 되는 날 아침, 수장사(水葬師)라고 하는 노인네와 두 명의 젊은 청년이 집으로 찾아왔다. 흰 보자기로 덮어둔 딸의 시신은 그들에게 인도되었다. 딸을 메고 강으로 향하는 그들을 따라 아빠도 따라나섰다. 중간에 두 번 정도 쉬어 갔는데 그때마다 메고 가던 딸아이를 바닥에 내려놓은 바람에 흰 비닐 사이로 아이의 검은 머리카락이 흘러나왔다. 협곡을 끼고 있는 산 두 개를 넘어가니 태양은 이미 높이 떠서 이글거린다. 물소리가 점점 크게 들려오더니 절벽이 나왔다. 막다른 길이었다. 놀란상숭이 어리둥절해하는 사이 수장사는 이미 봐두었다는 듯이 커다란 돌이 있는 곳으로 시신을 조심스레 내려놓는다. 놀란상숭은 이곳이 어디쯤인가, 하는 마음이 들어 절벽 끝으로 가보았다. 물소리가 더욱 크게 들렸다. 발에 힘을 주고 목을 앞으로 빼 아래를 내려다보니 힘차게 흐르는 물이 보였다. (나의 딸을 저기다 던진다고.) 그 사이 수장사는 딸의 시신을 동강내고 있었다. 머리와 몸통 그리고 팔과 허리를 도끼로 절단하는 사이 두 명의 젊은 청년은 주위에서 커다란 돌을 찾아온다. 분리된 팔과 다리는 돌에 묶인다. **이건 보관하셔도 됩니다.** (수장사가 놀란샹숭에게 딸의 머리카락과 이빨을 내민다.) 수장사가 하늘을 쳐다보며 큰 소리로 말한다. 움. 삼. 라. 하. 마. 돕. 틉. 아. 그리고 여덟 번의 풍덩 소리. 아이의 몸이 여덟 개의 덩어리로 잘려 돌과 함께 물에 던져진다. 딸의 몸이 물속으로 사라졌다. 놀란샹숭은 자리를 뜨지 못하고 물을 바라본다. 자식과의 이별, 부모보다 자식이 먼저 죽었다는 현실은 남은 자신에게는 산불이나 홍수보다도 더 무서운 재앙이었다. 며칠 뒤, 놀란샹숭과 아내도 죽었다는 소문이 나돌았다. 슬픔을 이기지 못하고 아이가 수장당한 그 물에 같이 뛰어 들었다는 이야기가 돌아다녔다. 엄마는 그 소문을 듣고 한동안 아무 말도 하지 않았다. 그 이야기를 듣고 엄마는 한동안 같은 꿈을 꾸었다. 목, 손, 발, 머리, 엉덩이, 허벅지, 가슴, 정강이. 풍덩. 몰려드는 물고기.

아주머니, 저예요.

넌, 누구니?

얼마 전, 물에 던져진 아이에요

아, 샹숭 아저씨의 딸이구나.

네. 맞아요.

아주머니, 할 말이 있어요.

뭐지?

수장은 하지 않는 게 좋아요.

그건 왜?

물고기들이 너무 뚱뚱해요.

• • •

라싸. 그곳은 초원과는 많이 다른 도시다. 성하 달라이 라마가 산다는 커다란 궁전도 있고, 수백 명이 무언가를 위해 기도를 한다는 불교사원도 곳곳에 있다. 거리는 순례하는 사람, 과일, 꽃, 장난감, 나팔 등 없는 게 없다. 나는 다섯 살 무렵 아빠를 따라 라싸에 간 적이 있다. 그곳은 다른 세상이었다. 처음 보는 백화점과 전통시장에 가보았는데 그곳에는 예쁜 신발과 장난감이 많았다. 나는 그때 마음에 든 신발이 있었는데 사지 못했다. 그때 아빠는 미안한 얼굴로 다음번에는 꼭 사주겠다고 했다. 아빠는 초원에서 뽑아낸 약초를 가지고 붉은 소금과 내가 원하던 신발을 사러 간다며 한 달 전 어디론가 떠났는데 아직 돌아오지 않았다.

내가 몸을 긁기 시작한 것은 아빠가 집을 떠난 후, 며칠 뒤부터였다. 정확하게는 어느 날인지는 알 수 없는 한밤중에 나는 견딜 수 없는 가려움으로 일어나 앉았다. 어디지? 팔인가? 등인가? 딱히 그곳을 잡지 못하는 가려움이었다. 몸은 전체적으로 미지근한 느낌이었다. 나는 먼저 팔을 들어올렸다. 밤인데도 팔은 보였다. 살짝 긁기 시작했더니 종아리. 목. 손등, 배. 가슴 심지어 얼굴도 가렵기 시작했다. 가려운 몸의 곳곳은 날이 선 손톱을 기다리며 실룩거렸다. 손톱을 세워 살짝 손등을 그어보았다. 피부가 부풀어 올랐다. 부풀어 오른 그곳이 또 간지럽기 시작했다. 긁었다. 더 간지럽다. 마구 긁었다. 더 간지럽다. 소리가 나도록 같은 곳을 긁어댔다. 피가 난다. 있는 힘껏 최선을 다해 긁었다. 하얀 뼈가 드러나기 시작했다. 한번 시작된 긁기는 멈출 수가 없다. 손등에서 시작된 간지러움은 곧 몸 전체로 번졌다. 저녁에 시작해서 새벽녘까지 긁은 적도 있다. 달을 보며 몸을 긁으니 희열이 느껴지기도 했다. 입에서는 알 수 없는 소리도 나왔다. 아침까지 긁다 쓰러지면 점심 무렵 일어나 햇살에 비친 몸을 살펴본다. 붉은 빛깔로 온몸이 무참히 물들어 있었다. 그만큼 긁었으면 됐을 텐데 따뜻한 햇볕이 몸을 비추면 또다시 견딜 수 없는 가려움이 왔다. 나는 손가락을 구부리고 주먹을 쥐어 참았다. (안 돼, 더 이상은 못 긁어. 온몸이 빨갛잖아.) 하지만 이내 발기된 손톱은 목을 할퀴고 있었다. 피로 얼룩진 손톱. 몸 속에서 털이 많은 벌레가 돌아다니는 것일까? 나는 온통 붉게 물든 몸을 보며 작지만 힘을 담아서 요청했다. 그만, 가줄래. 제발. 부탁이야.

• • •

'테링(女). 초원의 소녀. 구별이 안 되는 그러나 이름이 각기 다른 100여 마리의 양들과 이곳에서만 숨을 쉴 수 있는 털의 황제 '친절한 아가씨'(야크)와 하루 종일 졸졸 따라다니는 개 '바람보다 빨리'를 책임지고 있다. 엄마는 그것만 하면 된다고 했다. 초원은 양과 야크가 아무런 두려움 없이 풀을 뜯을 수 있는 안식처이자 나의 놀이터이다. '친절한 아가씨'는 내가 제일 좋아하는 놈이다. 그에게는 엄마의 냄새가 난다. 내가 태어나 처음으로 먹었던 것, 처음으로 보았던 것, 처음으로 만졌던 것, 처음으로 느꼈던 것이 그 놈에게는 있다. '친절한 아가씨'의 늘어진 젖은 엄마의 그것을 빼닮았다. 아침에 일어나 그 놈의 젖을 짜서 한 잔 마시면 진하고 고소한 맛이 난다. 엄마의 그것과 같다. 세상에서 제일 맛나는 하얀 물이다. 초원은 맨발로 걸어 다녀도 좋을 만큼 부드러운 풀을 가지고 있으며 그 풀들이 흘리는 땀 냄새는 좋다. 하루 종일 풀 냄새를 맡으며 걸으면 겨드랑이에서 풀이 폴폴하면서 나올 것 같다. 숨을 들이마시고 내쉴 때마다 코와 입에서 메뚜기와 잠자리의 냄새가 터져 나온다.

나는 아침이 정말 싫다. 일어나면 곧바로 내 머리보다도 큰 야크 똥을 주우러 다녀야 하기 때문이다. 그 똥이 없으면 추워서 밤에 잠을 잘 수가 없다. 야크 똥은 금방 꺼지기 때문에 밤새 따뜻하게 자려면 될수록 많이 모아야 한다. 오전에 똥을 모으고 오후에는 햇볕에 말려야 한다. 똥이 빵이었으면 얼마나 좋을까. 그러면 아침마다 팔딱 일어날 텐데. 식탁 위에 흰물이 보인다. 내가 좋아하는 '친절한 아가씨'의 젖이다. 엄마는 내가 마시는 것도 봐주지 않고 벌써 밖으로 나갔다. 오늘은 양털 벗기는 날이다. 이런 날은 엄마가 많이 힘들어하고 신경질을 낸다. 벗겨낸 양털의 값으로 다음 양털을 벗길 때까지 살아가야 하기 때문이다. 이번 양털을 벗기면 시장에 가서 물고기가 그려져 있는 부드러운 담요를 사주겠다고 엄마는 약속했다. 누워서 발끝으로 창문을 걷어 올렸다. 태양은 이미 열을 보내고 있다. 식어버린 우유를 반만 마시고 밖으로 나갔다. 밖으로 나오니 풀 냄새가 얼굴을 핥는다. 시원하다. 막힘이 없는 초원을 돌아다니는 일은 신난다. 얼굴이 저마다 비슷한 양들의 번호를 확인한 후, 야크 똥을 본격적으로 주우러 다녔다. 똥은 부풀어 오른 빵 같다. 야크 똥이 정말 '빵'이었으면 좋겠다.

지글지글. 태양이 본격적으로 타고 있다. 게르 안으로 돌아와 육포를 한 조각 씹었다. 질기고 맛이 없다. 야크 털 냄새가 난다. 반만 먹고 밖으로 나왔다. 손으로 눈차양을 만들어 눈을 가늘게 뜨고 사방을 돌아본다. 엄마는 보이지 않는다. (됐다.) 게르 쪽으로 걸어가 다시 한번 주위를 살피고 허리를 숙인다. 게르 줄을 고정시키려고 눌러둔 돌을 발로 살짝 밀었다. 돌 밑에 눌러두었던 무언가를 집어 든다. 빠르게 주머니에 쑤셔 넣는다. 제길 저쪽에서 '바람보다 빨리'가 이쪽을 쳐다보고 있다. 괜찮다. 저놈은 말을 못 한다. 엄마에게 고자질을 할 수 없다. 주머니에 손을 넣어 방금 전의 그것을 만지작거린다. 얼마 전, 이곳에 올라온 관광객들이 같이 사진 찍으며 내가 예쁘다며 선물로 준 과자다. 빵은 이미 다 먹고 과자는 이 밑에 몰래 숨겨놓았다. 겉봉지에 새우 모양의 그림이 있는데 그걸 먹는 아이가 엄지를 들고 있다. 나는 매일 야금야금 새우 과자를 나누어 먹고 있다. 달달하고 고소한 것이 육포나 짬바에 비할 바가 아니다. 혀가 말한다. **매일 이것을 입에 넣어줘.**

새우 한 개를 입에 밀어 넣고 천천히 느낀다. 이제 낮잠을 잘 곳만 찾으면 최고다. 저기 '친절한 아가씨'가 어슬렁거리고 있다. 그놈을 옆에 세워두고 누워서 새우를 오물오물 먹으며 하늘의 구름을 바라본다. 잠이 소르르. 달처럼 생긴 빵이 입으로 들어온다. 노란 꿀과 하얀 크림이 입 밖으로 흘러나온다. 헤헤. 별처럼 생긴 뾰족한 과자도 입으로 들어온다. 으헤헤. 좋아. 혀 밑에서 침이 호수처럼 일렁인다. (이게 꿈이면 안 되는데…) 갑자기 어디서 나타났는지 수천 마리의 벌이 나타나 내 입술 위에 와 앉는다. 깜빡이는 벌의 날개를 보고 있노라니 한 마리가 엉덩이를 내 입 쪽으로 돌린다. 설마? 아니겠지? 하는 순간 그 벌의 궁둥이에서 날카롭고 빠른 침이 날아온다. 벌은 궁둥이를 한번 털더니 방향을 바꾸어 내 입에서 흘러나온 꿀을 빨기 시작한다. 이놈이 맛있다고 신호를 한 모양이다. 어디선가 수천 마리의 벌들이 일제히 내 입 쪽으로 돌진해온다. 사람들의 소리가 들린다. 눈이 번쩍 뜨인다. 꿈이었나? 반쯤 일어나 앉아 시끄러운 쪽을 바라본다. 얼마 전 빵을 건네준 관광객들과 비슷한 사람들이다. 일어서서 그쪽을 쳐다본다. 사람들을 태운 거대한 버스가 보인다. 버스 옆구리에 '천하관광공사'라고 쓰여 있다. 그들이 버스에서 쏟아져 이쪽으로 방향을 잡는다.

오, 저 소털 좀 봐요!

저 소는 지상으로 내려오면 바로 죽는대요.

정말요?

끌고 내려가 볼까요. 죽나 안 죽나? 호호.

한 마리에 얼마나 할까요?

오늘도 혹시 그 무엇을 받을지 몰라 나는 슬쩍 그쪽으로 발걸음을 옮겼다. 낮잠을 깨게 된 건 그들 때문이었지만 최대한 자연스럽게 나를 드러내며 그쪽으로 걸어갔다. 저들이 되도록 빨리 나를 발견하고 말을 걸어와야 한다. 그러면 나는 좀 놀란 듯이 무슨 일이세요? 하는 얼굴로 쳐다보면 된다. 그 다음은 보나마나다. 언젠가 그림책에서 본 커다란 배 모양의 모자를 눌러 쓰고 눈이 보이지 않을 정도의 까만 안경을 쓴, 여자가 크게 입을 벌리며 다가온다. (그렇지. 예상했던 대로다.) 벌어진 입이 어찌나 큰지 악어가 생각났다. 입술 사이로 분홍 잇몸을 드러내며 그녀가 내게 온다. 나도 최대한 자연스럽게 그녀에게로 걸어갔다. 안녕, 꼬마야 여기 살지? 처음인 척. 낯선 척. 경계의 눈빛과 호기심의 표정을 동시에 지어 보였다.

지금이 중요하다. 지금의 표정으로 빵과 과자가 나올 수 있다.

아니면 오늘은 혹시 다른 거? 살짝 기대된다. 저쪽에서 '바람보다 빨리'가 정말 바람보다 빨리 이쪽으로 뛰어온다. (저놈이 지금 오면 안 되는데.) 입이 악어 같은 여자랑 같이 사진을 찍고 있노라니 저만치서 한 무리의 비슷하게 생긴 사람들이 몰려와서 같이 사진 찍자며 모여든다. 나는 좀 귀찮다는 표정을 지어 보였다. 바람보다 빨리는 뭐가 그리 좋은지 꼬리를 흔들며 그런 우리들을 빙글빙글 돌며 앞발을 쳐든다. 쳐든 발에는 야크 똥이 묻어 있다. 꼬리의 흔들림은 평소보다 빠르고 힘이 있다. 이놈도 뭔가를 기대하는 것 같다. 사실 좀 귀찮지만 이번에는 좀 다른 표정과 몸짓을 해주었다. 아니나 다를까 그들은 웃는다. 좀 있으면 가방에서 무언가를 내줄 것이다. 그러면 어색한 표정을 지으며 가만히 쳐다보면 된다. 그게 뭐예요? 하는 표정을 하고 말이다. 그런데, 어찌된 일인지 그들의 손은 가방으로 가지 않는다. 나와 찍은 사진을 둘러보며 만족스런 얼굴을 하고 있을 뿐이다. 내가 믿었던 배 모자를 눌러쓰고 있던 악어 같은 입 크기를 자랑하던 여자는 벌써 버스로 걸어가고 있다. 아, 오늘은 느낌이 좋지 않다. 바라던 그 무언가가 나오지 않아 얼굴표정이 바뀌고 있는데 털이 얼굴에 너무 많아 눈만 보이는 아저씨가 내 쪽으로 다가오고 있다. 나는 인내심을 가지고 한 번 더 명랑한 표정을 지었다. 얘야, 너는 피부가 터질 것 같구나, 하며 털보 아저씨는 나를 귀엽다는 듯이 쳐다본다. 안다. 저 털보 아저씨가 무슨 말을 하고 있는 것인지 나는 알고 있다. 하지만 이곳의 태양은 너무 뜨거워서 엄마도 옆집 아저씨도 모두 얼굴이 나와 같다. 마치 잘 익은 자두 두

개가 양 볼에 박혀 있는 것처럼 피부는 빨갛고 금방이라도 터질 것 같다. 이곳에서 태양으로부터 얼굴을 가릴 방법은 없다. 그래서 할 수 있는 건 얼굴을 씻지 않는 것이다. 엄마가 알려주었다. 피부의 기름이나 때 같은 것들이 그나마 얼굴을 지켜줄 거라고 엄마는 자신 있게 말했다. 몸을 씻는 목욕이라는 것은 태어나서 한 번도 해보지 않았다. 뭐. 괜찮다. 더럽다고 생각하지 않는다. 안 씻어도 밥도 잘 먹고 잠도 잘 잔다. 그런데 털보 아저씨도 말만 시켜놓고 내가 원하는 것을 내놓지 않는다. 내 얼굴만 쳐다보고 사진을 찍는다.

저녁에는 엄마가 (티베트어)글쓰기를 돌봐준다. 오늘도 저녁을 먹자마자 엄마는 너덜너덜한 공책과 몽당연필을 준다. 공책에 티베트 모음과 자음을 열 번씩 쓰는 것이다. 엄마는 다른 건 몰라도 이 글씨 쓰는 건 하루도 빼먹지 못하게 한다. 오늘은 다섯 번만 쓰면 안 돼? 엄마, 응? 애교를 부려보았지만 엄마는 피곤한 얼굴을 하고 대답을 하지 않는다. 너덜거리는 공책을 내려다보고 있다. 글자쓰기는 너무 어렵다. 연필을 쥐고 쓴다기보다 그리는 쪽에 가깝다. 누가 이 어려운 글자를 만들었을까. 틀리지 않고 쓰려면 정신을 집중해야 한다. 한 글자 쓰려면 앞뒤, 위아래로 정성스럽게 그림을 그려야 한다. 열 번 쓰면 손목이 정말 아프다. 또박또박 쓰다보면 연필심도 부러진다. 그러면 칼로 또 갈아 써야 한다. 차라리 야크 똥을 줍는 게 낫다. 힘든 글쓰기가 끝나자 나는 바로 이부자리를 깔았다. 엄마의 이야기를 듣기 위해서다. 잠자기 전 엄마는 매일 재미

있는 이야기를 들려주신다. 엄마가 팔 한쪽을 내 머리 쪽으로 내민다. 내가 좋아하는 팔베개다. 엄마 품에 안겼다. 볼에 뽀뽀를 하고는 오늘은 무슨 이야기야? 엄마. 엄마는 작은 목소리로 이야기를 시작했다. 엄마의 목소리에 힘이 없다. 나의 예상대로 곧 잠이 든 엄마의 팔을 빼고 밖으로 나와 풀에 누웠다. 밤과 낮의 초원의 냄새는 다르다. 풀 냄새가 초원을 뒤덮고 있다. 두 팔을 목 뒤로 돌려 양손으로 깍지를 끼었다. 신발을 벗은 발바닥은 팔자의 형태로 벌렸다. 이 시간 초원에는 각종 벌레들의 울음소리로 난리다. 짝을 찾으려고 자기과시를 하는 것이라고 엄마가 알려주었다. 아빠별, 엄마별, 내별, 친절한 아가씨별 등을 손으로 가리키며 혼자 중얼거렸다. 그리고 저 멀리 설탕처럼 빛나는 설산을 바라보며 아빠가 돌아오기를 빌었다. 내일은 신발을 사가지고 아빠가 왔으면 좋겠다.

• • •

울음소리는 덫에 걸린 동물소리와 비슷했다. 나는 무서워 눈을 뜨지 못했다. 다리를 절뚝이며 눈에 피를 흘리고 있는 눈 표범이 있으면 어쩌나 했다. 가만히 그 울음소리의 거리를 생각했다. (어디서 나는 소리지?) 들어보니 그 우는 소리는 매우 익숙한 소리였다. 동물의 소리가 아닌 것만은 확실했다. (뭐지?) 눈을 조금 뜨고 사방을 둘러보았다. 어, 아빠다. 맞아, 아빠야. 나는 반가운 마음에 눈을 얼른 뜨고 몸을 일으켜 세워 앉았다. 컴컴한 어둠 속 구석에서 아빠는 얼굴을 떨구고 서 있다. 어깨는 들썩이고 손에는 신발을 쥐고 있다. 아빠의 손과 신발에서는 물이 똑. 똑. 떨어져 바닥에 번지고 있었다. 비가 오나보다. 아빠가 비 맞는 쥐같이 불쌍해 보였다. 나는 아빠가 왜 서서 울어야 하는 이유를 알지 못했지만 반가운 마음에 아빠를 불렀다.

아빠?

(울음소리가 멈추었다.)

아빠 맞지?

울음을 멈춘 아빠는 고개를 들어 어색한 미소를 지으며 내게 다가와 머리칼을 만져주었다. 아빠의 손에서는 강한 약초 냄새가 났다. 아빠의 젖은 손을 쳐다보는데,

이 신발. 신을 수 있겠니?

네. 그럼요.

아빠는 나의 하얀 맨발을 보더니 또다시 어깨를 들썩이며 울었다.

아빠?

(…)

아빠, 왜 그래요?

(…)

아빠, 나 여기 있어요?

아빠는 두 팔을 벌려 나를 깊게 껴안았다. 몸과 옷은 젖어서 달라붙어 있었지만 아빠의 냄새는 좋았다. 이 냄새, 아빠만이 간직한 약초와 야크와 버터와 겨드랑이 냄새가 혼합된 아빠만의 냄새다.

밖에 나가 아빠와 같이 걸으며 별을 볼까.

응. 아빠. 좋아요.

별을 보자는 아빠의 목소리는 떨렸고 얼굴은 슬퍼 보였다. 그때 엄마가 불쑥 나타났다. 엄마는 두 다리를 벌리고 팔짱을 단단히 하고는,

이 시간에 애를 데리고 어딜 가려는 거예요?

같이 별을 보려고?

밖은 비가 오고 추워요. 다른 날 가면 안 돼요?

테링은 나와 함께 별을 보고 싶어해. 어서 옷을 입으렴.

네. 아빠.

나는 추울까봐 옷을 겹겹이 껴입고 아빠를 따라 나섰다. 게르 입구에 버티고 서 있는 엄마를 우리는 무심히 지나쳤다. 엄마는 입을 굳게 다물고 눈물을 글썽였다. 밖은 가느다란 비가 내리고 있었다.

우리 테링이 태어난 날도 비가 내리는 날이었지.

아빠, 나 업어줘. 어지러워요.

이리 오렴.

나를 등에 업은 아빠는 목적지가 있다는 듯이 어디론가 방향을 잡았다. 아빠가 사온 신발이 발에 맞지 않아 아빠 허리춤에서 덜렁거렸다.

아빠, 우린 어디로 가는 거예요?

산에 간단다.

마을 뒤쪽 산길로 접어들었다. 아빠는 아무 말도 하지 않았고 나는 점점 졸렸다. 점차 머리와 몸이 옆으로 기울어져 아빠의 등에서 대롱거리는 느낌이었다. 아빠의 등은 비에 젖어 축축했지만 따뜻했다.

아빠, 아직 멀었어요?

(…)

속이 울렁거려요.

(…)

가슴이 답답해요.

(…)

목이 간지러워요.

아빠는 대답하지 않았다. 축축한 아빠의 등에서 울렁, 하는 어지러움을 강하게 느꼈으나 아빠에게 말하지 않았다.

아빠가 우리 딸 사랑하는 거 알지?

응. 나도 아빠 사랑해요.

아빠는 나를 업은 채로 계속 걸었다. 언덕에 올라가려고 아빠가 나의 엉덩이를 두 손으로 추켜세우는데 난데없이 개 한 마리가 나타났다. 한쪽 눈이 일그러진 개였다. 자세히 보니 다리는 절고 눈은 심하게 찌그러져 있는데 그 눈 위로 누런 눈꼽까지 엉겨 붙어 있었다. 그 개는 내가 마음에 들었는지 내 뒤를 졸졸 따라왔다. 아빠는 그 개에 대해 아무 말도 하지 않았다. 나는 아빠의 등에서 뒤를 힐끔거리며 그 개가 따라오는지 계속 확인했다. 개는 다리를 절었지만 포기하지 않고 나를 계속 따라왔다. 무섭기도 했지만 그 개에게 아무말도 하지 않았다. 또 그렇게 한참을 가는데 검은 새 한 마리가 나무 위에 앉아 있었다. 우릴 빤히 쳐다보는 느낌이 들었다. 나는 그 새가 궁금해서 목을 빼들고 보려 했는데 아빠가 나에게 주의를 주었다.

못 본 척하고 눈을 주지 말거라.

왜요?

저 새는 죽음을 책임지는 새란다. 쳐다보면 안 돼.

나는 응, 했지만 너무나 궁금해서 길목을 비켜 지나칠 때, 슬쩍 눈을 돌려 그 검은 새를 쳐다보았다. 그 새는 가만히 앉아서 우리들을 쳐다보고 있었는데 나는 전혀 무섭다는 생각이 들지 않았다. 새가 나를 향해 눈을 껌뻑였다. 새는 눈알을 세 번 꿈뻑였는데 그때마다 흰자가 보였다. 밤에 보는 새의 흰 동공은 멋져 보였다. 저 새가 날개를 펼치고 날면 얼마나 멋있을까. 그런 생각을 하는 사이 호수가 나타났다. 호수 옆 바위에는 어깨를 들썩이는 할아버지가 보였다. 눈을 돌려 자세히 보니 그 할아버지는 담배를 피우며 누군가와 심각한 이야기를 하고 있었다. 할아버지는 무릎을 꿇고 있었는데 반대편에는 머리가 대머리이고 얼굴이 둥근 인자하게 생긴 사람이 그 할아버지를 내려다보고 있었다. 그는 손을 내밀어 할아버지에게 무언가를 주려는 것 같았다. 거리가 너무 멀어 손바닥 안에 있는 것이 무엇인지? 무슨 이야기를 하는지? 들을 수 없었지만 담배를 피우는 할아버지의 얼굴은 무언가를 받아들인다는 얼굴을 하고 있었다.

호수를 지나면서 나는 오줌이 마려워 잠깐 쉬어야 했다. 아빠의 등에서 내려와 나의 엉덩이를 가려줄 무언가를 찾았다. 밤이라 무서웠지만 아빠가 따라오는 것은 싫었다. 나무 뒤에서 오줌을 싸면 문제없을 거란 생각을 하고 잎사귀가 큰 나무를 찾아 잠시 걸었다. 한참을 걷다가 더 이상 참을 수 없는 급함이 몰려와 나는 눈앞에 보이는 나무 뒤로 무작정 돌아갔다. 그런데 그 돌아가는 찰나 내 옆을 무언가가 황급히 뛰어가는 모습이 보였다. 지나간다는 느낌보다 어떤 화가 난 동물이 빨리 뛰어간다는 느낌이 들 정도로 그 모습은 강하게 느껴졌다. 뭐지? 하며 목을 돌리는 순간 흰 치마를 입고 머리가 풀어진 어떤 중년여인이 알 수 없는 소리를 내며 달리는 것을 보았다. 너무도 빨라 무슨 동물인가 했지만 이내 사람임을 알아차렸다. 이 시간에 여긴 무슨 일이지? 그 여인은 빠르게 어떤 목적지를 향해 달려가는 것처럼 보였다. 내 옆을 지나가는 순간 그 여인은 나를 개의치 않고 입에서 어떤 소리를 내었는데, 가만히 생각해보면 오오, 불쌍한 나의 아기! 하는 소리였던 것 같았다. 이상한 느낌을 뒤로한 채 나는 오줌을 싸고 다시 한 번 가볍게 아빠의 등에 올라타 얼마를 갔다. 그리고 어떤 언덕 위에 다다랐다. 비는 멈추지 않고 계속 내렸다. 아빠는 축축한 등에서 나를 바닥에 조심스레 내려놓고 둔덕에 앉아 담배를 한 대 피우며 허공을 응시했다. 그 옆에 앉은 나는 앞을 내려다보았는데 무언가 익숙한 물건이 눈에 들어왔다. 부러진 삽과 구덩이었다.

아빠, 저건 사람을 묻는 무덤인가요?

아니, 저곳은 엄마의 뱃속이란다.

따뜻한가요?

그럼, 따뜻하고 포근하지.

다와야, 저기서 아빠와 함께 누워볼까. 그리고 별을 세어볼까.

좋아요. 아빠.

나는 먼저 구덩이로 들어갔다. 빗물에 축축했지만 구덩이의 바닥과 벽은 따뜻했다. 아빠가 내 옆에 누웠다. 아빠가 사준 헐렁한 신발을 가슴에 올리고 나는 아빠의 팔을 베개 삼았다. 우리 둘은 같은 방향으로 누워 하늘을 바라보았다. 비는 계속 내렸다.

컹. 컹. 컹.

구덩이 밖에서 나를 따라온 개가 짖었다. 나도 그 개를 향해 소리를 질렀다.

짖지 말고 너도 들어와. 여기는 따뜻하고 포근해.

컹. 컹. 컹.

사랑한다. 우리 딸.

나도 아빠 사랑해요.

그 말 이후, 아빠는 어떤 말도 하지 않고 또다시 어깨를 들썩이며 울기 시작했다. 이번에는 소리를 내며 한동안 크게 울었다. 나는 축축한 아빠의 손을 꼬옥 쥐었다.

☾

티베트인은

귀,

눈,

혀,

불알

중에

'귀'를 선택한다.

5

귀를 위하여

방안에 누군가 들어와 있음을 눈치챈 건, 난로의 불이 약해져 몸이 으스스 추워졌기 때문이다. 야크 똥을 몇 덩어리 더 집어넣을 생각으로 일어났는데 문 입구에서 검은 야크가 나를 노려보고 있음을 알게 됐다. 온몸에 털을 늘어뜨린 채 눈알을 부라리고 나를 쳐다보고 있었다. 나는 꿈이라고 생각했는지 야크에게 천연덕스럽게 말을 했다.

이 밤에 무슨 일로? 설마, 너의 똥을 돌려받으려고 온 것은 아니겠지?

입 밖으로 나온 말이 좀 웃겼다. (야크가 알아들을 리 없잖아.) 나는 중얼거리며 최대한 자연스럽게 난롯가로 다가가 바닥에 쌓여 있는 야크 똥 세 덩어리를 집어 난로에 던지며 슬쩍 야크를 쳐다봤다. 이게 네 똥일 리 없잖아, 하는 눈빛을 보냈는데 나는 그제야 야크의 벌름거리는 콧구멍에서 하얀 무언가가 나오는 것을 보고 정신이 들었다. 그럼 이건 꿈이 아닌가 하며 다시 한 번 꿈쩍 않고 나를 쳐다보고 있는 야크를 바라보았다. 야크는 문 입구에 서 있다가 내가 쳐다보자 이때다 싶었는지 두 발을 내저으며 내게 말을 했다. 치켜든 두 발은 허공에서 잠시 멈추었는데 그때 야크의 발바닥에서 뭉개진 거미를 보았다.

당신을 데리고 어디론가 가려고 왔소.

뭐라고? 난 너를 부른 적이 없어. 그리고 넌 야크잖아. 나를 위해 젖을 내주고 짐을 옮겨주는 소라고! 잘못 찾아왔어. 어서 너의 우리로 돌아가서 잠이나 자.

나는 내가 인간이라는 것을 확인시켜주려는 듯 큰 소리로 말했다. 꽤 큰 소리가 게르 안에서 울렸는데도 아내와 아들은 잠에서 깨어나지 않았다. 깨어났는데 짐짓 자는 척하면서 이 상황을 듣고 있는지도 모르겠지만.

조용히 내가 주는 옷으로 갈아입어요.

야크가 한 발자국 다가오며 말했다. 주인님, 물과 풀을 줘요, 하지 않고 나에게 명령하듯 가만히 있으라는 것이었다. 내가 어이없는 얼굴을 하자 야크는 고개를 좌우로 저으며 가만히!라고 위엄있게 말한다. 나는 다소 화가 나서 손을 뻗어 놈의 머리털을 잡으려 하였다. 그랬더니 야크는 가볍게 앞발을 들어 나의 손을 차더니 등 뒤에서 하얀색 옷을 꺼내 바닥에 던졌다.

이 옷을 입어요.

나는 야크가 던져준 흰색 옷을 집어들어 난로에 획 던져버렸다. 그 광경을 본 야크는 코를 벌름거리더니 깜짝 놀랄 만한 소리를 했다.

참나, 죽은 자들이 발버둥치는 모습이란. 참으로 역겨워.
도무지 자신의 죽음을 인정 안 한단 말이지!

야크는 붉고 긴 혀를 내밀어 담배를 물면서 다시 등에서 흰옷을 꺼내 나에게 던졌다.

빨리 입으시오. 시간이 없소.
당신은 이미 죽었소. 당신 몸에서 냄새가 나는 걸 맡아봐.

야크는 머리에서 마구 흘러 내려온 털로 코를 막으며 말했다. 그

말에 놀라 나는 나도 모르게 팔을 들어 냄새를 맡아보았지만 아무런 냄새도 나지 않았다.

• • •

밖은 무척이나 추웠고 눈까지 내리고 있었다. 너무 추워서 두 손으로 귓볼을 부여잡고 목을 구부려 어깨와 가까이 하려는데 갑자기 토끼 두 마리가 수레를 몰고 다가왔다. 코를 벌름이던 야크가 토끼가 몰고 온 수레를 앞발로 툭툭 치며 말한다.

시간이 없다.

풀만 먹는 토끼가 어떻게 나를 끌고 가겠다는 거지? 고작 풀과 당근이나 뜯어먹으면서 무슨 힘이 있다고 나를 끌어? 나는 오히려 토끼가 걱정되어 먼저 체력을 물어보는 것이 순서라고 생각했다. 하지만 두 마리의 토끼는 아무 일 없다는 듯 귀를 세우더니 두 발을 땅에 딛고 수레를 끌기 시작했다. 야크는 앞장서 갔다. 조금 지나자 나는 내가 생각했던 토끼의 체력을 고쳐먹어야 할 만큼 그들은 힘이 강했다. 나를 거침없이 끌고 앞으로 가다가 서로 발을 맞추어 달리기도 했다. 말보다 빠르고 강한 힘이 느껴졌다. 인간을 끌고 달리는 토끼. 나는 이게 '꿈'일 거라 확신했다. 눈발은 점점 더 거세어졌고 눈을 제대로 뜨기 힘들 정도로 바람이 불어왔다. 바람을 피할 요령으로 두 손으로 얼굴을 감싸는데 작은 숲이 나왔다. 나무와 나뭇잎이 붉은 색 천지인 숲이었다. 숲에는 여러 갈래의 길이 나 있었다. 하나를 선택해야 한다고 토끼가 말했다.

왼쪽 길로.

야크가 앞발을 들어 가리키자 두 마리 토끼는 그 길로 다시 뛰기 시작했다. 이런 속도라면 늑대나 사자보다도 뒤질 게 없다는 생각이 들었다. 수레는 요란하게 요동쳤고 나는 그 안에서 이리저리 뒹굴었다. 하지만 나는 몸이 불편할수록 이상하게도 마음이 평화로웠다.

거, 어디로 가는 거요?

나는 앞에 가는 야크의 귀에 대고 소리쳤다. 야크는 못 들은 척 아무런 대꾸도 하지 않았다. 나는 다시 한번 거참, 목적지를 말해주어야 예의가 아니오, 하고 말할까 하다가 그만두었다. 그 순간 무질서하게 생각들이 떠올랐기 때문이다. 아들, 아내, 나무, 벌레, 양, 야크, 친구들의 얼굴들이 흔들리는 수레 안으로 왔다가 간다. 눈은 어느덧 멈추었고, 마침내 나는 어떤 커다란 돌 앞에 와 있었다. 돌은 울퉁불퉁했지만 원형이었는데 붉은색으로 물들어 있었다. 그곳에 도착하자 야크와 토끼들은 임무를 마쳤다는 듯이 돌아온 그 길로 사라졌다. '안녕'이라는 말도 없이 말이다. 뭔가 조금 섭섭했다. 나도 토끼들에게 나를 끄느라 수고했어! 정도는 말하고 싶었지만 그들은 임무를 잘 완수했다는 표정을 짓고는 악수도 없이 사라졌다. 그곳에는 낯선 사람들이 보였다. 붉은 앞치마를 펄럭이며 뭔가를 들여다보는 스님이 보였고 칼과 도끼를 만지작거리는 젊은 청년들이 있었다. 그리고 수백 마리의 독수리들이 언덕에 앉아 이쪽을 쳐다보고 있었다.

여기는 어디일까?

아니 저건 나의 아들 캬라카쵸. 아들이 붉은 앞치마를 두른 스님에게 걸어가는 것이 보인다. 그리고 두 손을 배꼽 쪽으로 끌어당기고 공손히 고개를 숙인다. 스님은 조금 어두운 표정으로 아들의 어깨를 두들긴다. 아들의 얼굴은 슬퍼 보였다. 언덕 위에 군인처럼 앉은 독수리 한 마리가 나를 쳐다보고 있다.

• • •

(할)망구와 아들이 번개 맞은 야크의 얼굴로 나를 내려다보고 있다. 저들 모자(母子)의 표정만 보면 내가 정말 죽은 것이 아닌가 하는 생각이 든다. 나, 여기 있어. 입을 크게 벌려 연거푸 말했으나 알아듣지 못한다. 못 듣는 척일까. 저들은 매가리 없는 눈알만 아래

위로 굴릴 뿐 아무런 대답을 하지 않는다. 안 되겠다. 나는 몸을 움직여 일어나 앉으려 했다. 붕, 하고 몸이 공중으로 가볍게 떠올랐다. 나비와 잠자리 같은 날개도 없이 나는 허공에 날아올랐다. 여전히 누워 있는 나를 바라보는 아들과 망구의 머리꼭지가 보인다.

영혼(魂)이라고 했던가. 사원의 라마승들이 평생을 걸고 공부한다는 것이. 보이지 않는 것을 믿고 일생을 그것에 바친다? 차라리 양과 야크를 키우면 젖이 나오고 털이라도 건지는데… 얼마 전 초원에서 구름처럼 걸어가는 라마승을 불러 세워 물은 적이 있다.

거. '영혼'이라는 게 있는 거요?

그럼요. 할아버지.

게 뭐요?

모든 생명의 몸 속에 있는 죽지 않는 '본질'입니다.

죽지 않는다?

네. 영혼이라는 것은 죽지 않습니다. 인간의 몸이 죽으면 영혼은 새로운 몸을 찾아가야 합니다.

허. 어째 그것이 가능한가? 그럼, 저기 바보처럼 하루 종일 풀만 뜯어먹은 야크와 양도 그 영혼이라는 게 있는가?

그럼요. 숨을 쉬는 생명체는 때가 되면 죽지만 몸 속에 있는 그 영혼이라는 것은 죽지 않아요.

그럼 스스로 나와? 스스로?

아니요. 사원의 라마승들이 춤과 노래를 불러 몸 속에서 그걸 뽑아내어 다른 몸 속으로 옮깁니다. 우리의 성하 달라이 라마는 무려 14번 몸을 바꾸신 분 아닙니까. 그러니까 처음의 영혼이 14번 새로운 몸으로 이동했다는 말이지요.

어떻게 그럴수가 있는가? 토해서 입으로 나오는가?

하하하, 그건 음식이 아닙니다. 할아버지.

그럼, 나 같은 사람은 평생 저것들만(양과 야크) 끌고 다녔는데. 난 내 이름도 못 쓰는데. 어떻게 하지?

걱정 마세요. 저희가 있잖아요.

그럼 죽기 전에 뭘 해야 허지?

가족들에게 천장(天葬)을 유언하세요. 그럼 됩니다.

라마승은 물을 한잔 마시더니 묻지도 않은 이야기를 계속했다. 그는 망구와 아들이 살고 있는 세상을 색(色)의 세계라고 했다. 사람이 죽으면 잠시 머물러 가는 세상이 있는데 그곳을 '빛'의 세계라 했다. 그런데 빛의 세계는 색의 세계를 다 볼 수 있지만, 색의 세계에서는 빛의 세계를 볼 수 없다고 했다. 공간의 울림이 다르기 때문이라고 했다. 내가 알 수 없다는 표정을 지어 보였지만 그는 상관없다는 눈망울을 하고선 계속 이야기했다. 몸에서 나온 영혼은 시간의 제약을 받지 않기 때문에 순식간에 자기가 원하는 곳으로 어디든지 갈 수 있다고 했다. 나는 끝까지 허리를 세우고 열심히 들었지만 사실 무슨 소리인지 하나도 알아듣지 못했다. 담배를 하나 꺼내 이야기를 마친 그에게 내밀었다. 그러면서 아차, 이 사람은 무와 배추만 먹는 수행자인데 이런 담배를 피울 리 없잖아, 하고 생각이 들었지만 금방 아니지, 혹시 피울지도 몰라, 담배는 고기가 아니잖아, 하는 생각이 들어 담배를 건넸다. 라마승은 손을 저으며 웃었다. 그의 손바닥이 노랬다. 나는 겸연쩍어 물 한잔을 더 건네고 그에게 괜찮다면 게르 안에 들어와 쉬라고 했는데 그는 다시 한 번 손사래를 치며 사원으로 가봐야 한다고 했다. 거참, 보이지 않는 걸 어떻게 믿는담? 물, 야크, 양, 소금, 양초, 담요, 밀가루, 보리가 나에게는 그 보이지도 않는 영혼보다 중요했다. 알지도 못하는 영혼, 환생, 윤회, 죽음 따위는 나와는 상관없는 이야기라고 생각했다.

• • •

누워 있는 나를 보면서 망구는 어떤 생각을 하고 있을까. 좋아할지도 모른다. 이곳 초원의 유목민들이 평균 50살 언저리 사는 것에 비하면 나는 그들보다 15년을 더 살았다. 보리 가루로 셈하자면 남들보다 몇백 자루를 더 먹은 셈이고 버터차로 치자면 수천 잔이 될 것이고 야크고기로 치자면 수백 마리를 잡아먹은 것이다. 유목민 치고는 꽤 질기게 오래 산 것이다.

나는 초원에서 태어난 초원인이었다. 계절이 바뀌면 물과 풀이 있는 곳으로 이동을 해야만 목숨을 연명할 수 있는 사람들. 양과 야크, 개와 이동식 천막이 전부인 사람들. 불과 기름보다도 동물의 똥과 가축의 털이 더 소중한 사람들. 숲의 정령과 설산에 산다는 신을 철석같이 믿는 사람들, 그들을 외부인들은 초원사람, 유목민이라 했다. 나도 그들 중 하나였다. 매일 야크 똥을 모아 밤의 연료를 준비해야 하며 계절마다 얼지 않는 물과 싱싱한 풀을 찾아 떠나는 초원인이었다. 몸이 아프면 어디선가 흘러내려오는 물을 마시고 숲의 정령에게 기도하는 사람이었다.

초원에 사는 사람들의 소원은 대부분 달라이 라마가 산다는 라싸까지 오체투지(五體投地)로 기어가서 성전 포탈라 궁을 보는 것이라지만 나는 아니었다. 포탈라 궁보다 나는 파란 바다가 보고 싶었다. 바다 속에 산다는 왕과 물고기들이 더 궁금했다. 태어나서 지금까지 보아온, 그러니까 60년을 보고도 5년을 더 본 녹색의 초원은 이제 지겹고 권태로웠다. 비라도 하루 종일 내리는 날이면 밖으로 나가지도 못하고 우두커니 방 안에 앉아서 우울한 늙은이가 되어버린 느낌은 싫었다. 그런 나를 바라보던 망구는 위로해주기는커녕 고개를 저으며 죽어야지, 하며 한숨을 지었다.

죽기 전에 '바다'가 보고 싶었다. 설산과 같이 고요하고 침묵하는 바다, 넓고 푸른 그 속에는 수많은 물고기들이 산다고 들었다. 거북이를 죽기 전에 보고 싶었다. 바다에서 가장 오래 산다는 거북이는 어떤 모양일까. 나에게는 바다가 이방인들이 보고 싶어하는 초원이었다. 망구는 평상시 조용하고 말이 없는 편이지만 생사의 갈림길이 생길 때면, 이를테면 살기 위해 게르를 언제 이동할 것인가 아니면 굶주린 늑대의 움직임이 있을 때, 양과 야크 중에 어느 것을 내다 팔 것인가를 결정해야 할 순간들이 닥쳐오면 얼굴 하나

변하지 않고 빠른 결단을 해버리는 무서운 할망구로 변한다. 초원의 삶에 적합한 망구에 비하면 나는 아무 생각 없이 어슬렁거리는 야크와 비슷하다. 누구하고도 격렬하게 싸우지 않았으며 무엇을 바라고 소리를 지른 적도 없다. 화가 나면 담배를 물고 초원을 바라보면 된다.

고백하자면, 죽음의 순간이 이런 걸까 하는 생각이 든 순간의 절정에서 온몸에 힘이 들어왔다. 그 순간 눈도 크게 뜨고 손가락에도 힘이 들어왔다. 믿겨지지 않게도 처진 불알에도 어떤 느낌이 왔고 똥구멍도 벌름거렸다. 게르 천장의 문양도 선명하게 보였다. 눈이 환해지고 공중에 붕 뜬 느낌이었다. 그때 어떤 분명한 말을 할 수 있을 것 같아서 입에 힘을 주어 무언가를 말하려는 순간 푸른 호수가 눈앞에 펼쳐졌다. 너무나 놀랐지만 순간적으로 그 호수에 내 얼굴을 비춰보았다. 왜 그랬는지는 모르겠다. 호수에 비친 모습은 신기하게도 늙은 얼굴이 아니라 젊은 시절의 내 모습이었다. 막 소년이 되어 야크 등에 타고 두 손을 벌리는 모습, 천둥 번개 치던 날 게르의 줄을 바닥에 고정시키던 모습, 아들을 받아들고 기뻐하던 모습, 번개에 맞아 양이 죽었을 때 울던 모습, 마을 축제 때 활쏘기를 하던 모습, 초원에 서서 라마승과 영혼에 대해 이야기하는 모습 등이 다 보였다. 저게 나로구나. 나는 마음이 편안해져 호수 속으로 발을 디뎠다. 가슴까지 호수 속에 들여놓고 눈을 감았다. 파란 물은 부드럽고 따뜻했다. 그때 초원에서 라마승이 말한 빛이 정말 저쪽에서 보였다. 몸을 그쪽으로 향하고 양팔을 앞으로 뻗으니 몸이 떠

올라 균형이 잡혔다. 빛 쪽으로 날아갔다. 속도감은 없었다. 얼마를 갔는지 모르게 그 빛을 따라 가보니 거기에는 점처럼 작은 문이 있었다.

• • •

무엇이든 주워오는 남자와 주워온 것을 전부 내다 버리는 여자. 나와 망구의 관계다. 초원에 나가면 주워 올 것이 많았다. 안경, 먹다버린 과자, 알 수 없는 가방, 시계, 신발, 칫솔, 치약, 수건, 옷, 장난감, 깨진 거울 심지어 돈도 발견할 때가 있다. 이곳에 올라온 관광객들이 버리고 간 것들이다. 나는 그걸 줍는 게 즐겁다. 변함없는 무료한 일상에서 그걸 발견하는 것이 아니 찾아다니는 것이 재밌다. 기다란 작대기 하나와 등에 지는 망태기만 있으면 된다. 하루 종일 이곳저곳을 돌아다니며 주워 와 밤에 그 품목들을 늘어놓으면 신기하게도 기분이 좋아졌다. 부자가 된 느낌이었다. 무언가를 거저 줍는다는 게 이렇게 재미있는 줄 몰랐다. 생활에 도움이 되지 않거나 필요하지 않는 것이라도 좋았다.

그런 쓰레기들을 뭐하러?

'쓰레기들'과 '버릴 거야'라는 망구의 말에 기분이 상했지만 못 들은 척 나는 매일 아침 초원으로 나간다. 요즘 나에게 즐거움을 주는 것은 망구가 싫어하는 그 쓰레기들이다. 그 쓰레기들을 보물처럼 껴안고서 으헤헤, 망구 이걸 보라고? 하면 망구는 어라? 또? 하는 표정을 짓고 얼굴을 획 돌려버린다. 그리고 그 다음날이면 보란 듯이 다 갖다 버린다. 어떤 때는 망구가 버린 걸 또 주워 온 적도 있다. 주워 오는 즐거움과 내다 버리는 분노, 어느 것이 더 해볼 만할까.

• • •

'창'(보리로 만든 술)을 한잔 마시니 기분이 좋아졌다. 밤이라 그런지 술기운이 온몸에 금방 번진다. 망구는 자고 있고 아들은 촛불에 기대어 무언가를 쓰고 있다. 약간은 취한 기분이 들어 게르를 나와 호수 쪽으로 걸어갔다. 호수는 제법 먼 곳에 있었지만 술을 마시고 걸어가면 금방 다다른다. 낮에는 푸른색, 밤에는 검은색. 호수는 낮과 밤에 따라 색이 변한다. 가만히 호수를 들여다본다. 불쾌한 내 얼굴이 흐리게 보인다. 차가운 호수의 침묵. 술을 마시고 보는 호수는 예쁘다. 밤의 호수는 냄새를 가지고 있다. 그 냄새는 발가벗고 호수에 뛰어들고 싶은 충동을 일으키기에 충분하다.

누구지?

호수 저편에 누군가 나와 같은 모습으로 앉아 있다. 성하? 달라이 라마? 믿을 수가 없다. 그가 어떻게 이곳에? 그가 맞은편에서 나를 바라보며 미소 짓고 있다. 둥그런 검은 안경과 이마의 주름이 보인다. 황급히 담배를 끄고 그에게로 다가갔다. 바위에 걸터앉은 그를 향해 무릎을 꿇었다.

성하?

(그는 대답 대신 옷에서 담배 한 개비를 불쑥 꺼내 내게 건네준다.)

아닙니다. 감히?

괜찮습니다. 피우세요. 그동안 많이 힘들었지요?

그가 웃으며 커다란 손을 내민다. 그의 검지와 엄지 사이에 담배가 끼여 있다.

피워요.

성하의 손을 쳐다본다. 감히 쳐다볼 수 없는 성하의 얼굴도 훔쳐본다. 안경을 쓴 둥근 얼굴이 달보다 환하게 빛나고 있다. 더없이 부드럽고 온화한 기운이 나에게 전해진다. 주저하다가 결국 성하가 내민 담배를 받아든다. 뭉툭하고 투박한 내 손. 초원의 냄새가 난다. 담배를 깊이 빨아들인다. 폐에 담배연기가 퍼진다. 달다.

성하!

저는 죽은 것인가요?

• • •

그걸로 해줘…

천장(天葬)

마지막으로 의식이 들어왔다고 생각하는 순간 최대한 입을 모아 소리를 냈다. 망구를 보고 말했는데 못 알아들었는지 귀를 가까이 대고. 뭐라고? 다시 한 번 이야기해보라고 한다. 그때 마지막 숨이라고 느끼지는 찰나 눈이 번쩍 뜨이고 몸에 힘이 들어왔으나 정작 어떤 말도 뱉어내지는 못했다. 숨 고르기가 힘들었으나 그 단계를 넘어서니 생각보다 편안해졌다. 다시 힘없는 숨이 들어왔다. 억지로 눈을 떠보니 머리맡에서는 어디선가 본 것 같은 라마승의 얼굴이 보였다. 눈썹이 짙고 입술이 단단해 보이는 그의 얼굴이 들어온다. 그가 무릎을 낮추어 나의 귀에 대고 속삭여준다. 지금부터 내가 무언가를 속삭인 후, 환한 빛이 보이기 시작하면 그 길로 뒤돌아보지 말고 따라가면 돼요. 그럼 됩니다.

아들 카라카쵸가 다가와 잠들지 않은 나를 확인하고 묻는다.

아빠.

(…)

아… 빠…

응?

우리 밖에 나가 걸을까요?

응?

밖에 나…가…서…우리…

그래.

아들이 걷는 동작을 손과 발을 이용해 흉내 낸다. 같이 걷자고 하는 입모양이다. 지금? 어디로? 하려다, 그래, 그러자, 하며 일어났다. 만약 어디로?라고 하면 아들이 또 뭐라고 아주 천천히 또박또박 설명할 것이고 그러면 나는 또 움직임을 멈추고 귀를 집중해야 한다. 들리지 않기 때문이다. 아들이 아무리 큰 소리도 말해도 웅, 웅, 거리는 소리로 들리거나 툭툭 끊어져 들린다. 들리지 않으니 말하기도 싫다. 어제는 하루 종일 아무 말도 하지 않았다. 이러다 귀머거리가 될 것 같다.

파삭

(…)

파사삭.

알 수 없는 벌레가 귀에 들어가 돌아다니는 소리가 난다. 잠자리 날개가 귓속에서 연신 부딪히는 소리가 들린다. 신경이 곤두선다. 귀는 긁으면 피만 날 뿐 소리는 없어지지 않는다. 귀에 정말 뭐가 들어간 것일까. 하루는 초원에서 주어온 기다란 젓가락으로 온종일 귀를 후벼댔는데도 나비나 잠자리의 그 무엇도 나오지 않았다.

스슥.

스스슥.

또 이런다.

당신도 들었지?

무슨?

저 소리. 스슥거리는 소리.

아니.

봐, 방금 들렸잖아? 안 들려?

꿈을 꾼 거 아니요?

아니, 분명히 들었어.

알 수 없는 화와 욕만 늘어간다. 어떤 날은 아무것도 모르는 야크를 보며 욕하다가 울어버린 적도 있다. 야크는 우는 나를 보며 좀 놀라기는 했으나 뜯던 풀을 포기하지는 않았다.

사.

사삭.

바삭

바사삭.

치.

치직.

카쵸에게 물어볼까. 눈을 크게 뜨고 귓속을 봐달라고 할까. 아들은 망구와 달리 말이 없고 착하다. 내년에는 사원에 출가하여 본격적으로 불교공부를 해야 하는 준비된 '수행승'이어서 그런지 내가 보기에는 벌써부터 깨달음에 근접한 얼굴을 하고 있다. 이제 고작 아홉 살인데 말이다. 아들이 앞서가다가 쪼그리고 앉아 돌을 고르고 있다. 안달해봐야 도망가버린 귀가 다시 돌아올 리 없겠다고 마음을 다잡아 보지만 마음은 불안하다. 나에게 이제는 쇠약한 몸이 남았다는 것, 그것이 나를 힘들게 한다. 어디서든 상기된 얼굴로 큰 소리와 몸짓을 해오며 살아온 강한 초원인이었는데 이깟 귀 때문에 이제는 누구 앞에서도 주눅이 들어 어깨를 펼 수 없다는 것이 슬프다. 고작 귀 따위가 나의 기분을 이렇게 지배할 줄은 몰랐다.

어지러워 휘청하면서 야크의 가슴 털을 잡고 간신히 일어선 날, 나는 확실히 귀의 이상함을 느꼈다. 귀 속에는 벌레나 작은 곤충이 들어가 보금자리를 짓는 것이 아니라 늙어서 내 귀의 노화가 왔다는 것을 스스로 인정한 날이었다. 귀 병신이 된 것이다. 이제, 죽는 건가. 아들이 저 앞에서 나를 기다리고 있다. 우리는 정한 목적지가 없이 걷고 있다. 한참을 걸었는데도 초원은 초원이다. 아들이 뒤를 힐끔 보더니 아무 말도 하지 않고 손짓을 한다. 나도 손을 들어 저으며 먼저 가라 했다.

더듬어, 이 늙은…

더듬기라도 하라고.

그러다 정말 벙어리가 된다고…

망구는 내가 아무 말도 안 하고 온종일 누워 있던 날 밤 작정하고 화를 냈다. 그날 망구의 쪼글한 입에서 나오는 말들은 천둥과 번개보다 무섭게 느껴졌다. 매정한 망구 같으니…

스륵.

스르륵

스르르륵.

아들은 두 손을 머리에 대고 비를 가리려 했지만 나는 그냥 맞으며 걸었다. 비를 맞으면 기분이 나아질 것 같았다. 우리는 아무 말도 없이 반나절을 걸어서 푸른 호수에 왔다. 나는 습관적으로 담배를 꺼내 입에 물었고 아들은 호수 물에 자신의 얼굴을 비추어 보고 뭐라 웅얼거린다. 갑자기 알 수 없는 눈물이 나오려 했지만 담배를 물고 꾹 참았다. 정말 눈물을 참을 수 없다면 아들이 안 보이는 곳을 찾아야 한다.

할아버지,

할아버지,

너무 슬퍼하지 말아요.

이건 무슨 소리지? 소리가 나는 곳은 호수 반대편이었다. 그 순간 나는 고개가 획 돌아갈 정도로 검은 색의 무언가가 호수 저편에 있다는 느낌을 받았다. 그곳을 쳐다봤다. 거기에는 한 번도 본 적이 없는 파란 새가 돌 위에 앉아 있었다. 맞은편에서 나를 보고 있다.

저건 뭐지?

뭐요?

저어기, 앉아 있는 새 같은 거?

어디요? 아빠.

저기 말이다.

새는 혀가 보일 정도로 입을 크게 벌려 나에게 말했는데 내 눈에 들어온 새의 혀는 파란색이었다.

카쵸, 너도 들었지?

저 새가 하는 소리?

아니요. 전 아무 소리도 못 들었어요. 무슨 소리요?

정말, 아무 소리도 못 들었니?

아들과 나는 그 대화를 끝으로 또다시 반나절을 걸어 초원의 집으로 돌아왔다. 숨이 가쁘고 다리가 아파 숨도 못 쉴 정도로 힘이 들었으므로 나는 바로 누웠다. 눈을 감고 오늘을 회상하니 아들과 하루 종일 같이 있었는데 말은 고작 몇 마디 하지 않았다는 사실을 알았다. 그래도 좋았다. 아마도 오늘이 아들과 같이하는 마지막 동행이겠지. 어지러움과 피곤이 머리 위에 앉아 있다가 이내 몸으로 덤벼든다. 눈이 감긴다. 내일 다시 깨어날 수 있을까. 혹시 죽어 있을지도 몰라. 숨을 크게 밖으로 몰아내고 편안히 양손을 가슴에 얹었다. 생각보다 평화로운 느낌이 들었다.

☾

사람이 동물을 보듯

동물도 인간을 관찰한다.

6

새의 하루

누군가 나의 눈앞에 있다는 느낌, 어떤 검은 그림자가 나를 보고 있구나, 하는 느낌이 들어서 눈을 뜨려는 순간 멈추었다. 일단 눈을 뜨지 말자, 가만히 있어보자, 했다. 그러면 그 느낌이 사라질지도 모른다는 생각이 들었기 때문이었다. 하지만 얼마의 시간이 지나서도 내 앞에 있는 그 무엇은 사라지지 않는 느낌이었다. 그냥 가만히 쳐다본다는 느낌이 계속 들었다. 불안한 느낌이 들어서 눈을 뜨자, 이건 뭐지? 접혀 있기는 하지만 분명히 깃털을 가진 날개가 보이는데 사람인양, 기다란 두 다리와 뽀얀 얼굴을 한 형체가 눈앞에 서 있다. 하얗게 빛난다. 새의 날개를 가진 소녀라고나 할까. 순간적으로 소녀라고 생각한 것은 머리를 두 갈래로 땋아 단정하게 어깨 위에 올려놓았기 때문이다. 근데 이걸 사람이라고 해야 하나? 새라고 해야 하나? 나의 곤란하다는 표정을 눈치챘는지 새의 날개를 가진 소녀가 고개를 까딱이며 묻는다.

당신은 여기서 산 지 얼마나 됐죠?

(말을 한다는 것에 놀랐다.)

이곳은 살 만한가요?

이건 또 무슨 소리인가. 생긴 건 얌전한 소녀 같은데 하는 말은 할머니 같다. 나는 대답을 하지 않고 날개를 위엄 있게 펼쳐 보였다.

당신은 사람이요? 새요?

둘 다예요. 사람이기도 하고 새이기도 하죠.

(그 소리를 듣자마자 나는 어이없는 질문을 했다.)

그럼, 둘 다면, 뭐가 좋은 거요?

글쎄요. 빨리 걷기도 하고 날기도 하죠. 한번 보여드릴까요.

아니오.

대화가 끊기니 우리는 잠시 멋쩍은 상태가 되어 가만히 있게 되었다. 나는 그 어정쩡한 상태를 참지 못하고 또다시 황당한 질문을 했다.

그럼, 똥은 어떻게 싸요?

네?

그러니까 사람처럼 싸요? 아니면 하늘에서 날면서 싸요?

그것도 둘 다요. 상황에 따라서요. 그러니까 하늘에서 날고 있는데 갑자기 똥이 마려우면 굳이 땅으로 내려와 적절한 장소를 찾아서 싸지는 않아요.

그게 궁금한가요?

소녀의 말에 나는 내가 방금 한 말이 얼마나 유치하고 우스꽝스러운 것인지를 실감했다. 더 이상 묻지 말자, 했지만 또다시 이어진 좀전의 유치한 기분을 만회하고자 나는 또다시 이상한 질문을 하고야 말았다.

인간처럼 걸으면 뭐가 좋소?

걸으면 날 때보다 '천천히'라는 느낌이 좋아요. 아무래도 눈앞에 펼쳐진 풍경을 천천히 볼 수 있죠. 어떤 마을이나 숲이 마음에 들면 멈추어 서서 오래도록 볼 수도 있고 말이죠.

내가 생각하기에도 이번 질문은 괜찮았다. 눈앞의 날개를 가진 소녀가 밝은 표정으로 눈알을 깜빡거렸다. 이번에는 좀 근사한 질문을 해야겠다는 생각이 들었다. 하지만 이번에도 전혀 근사하지 않은 입에서 튀어나오는 말을 그냥했다.

근데 나한테 왜 온 거요?

이유나 목적 그런 특별한 동기는 없어요. 날아가다가 쉬고 싶어서 내려왔는데 당신 집이지 뭐예요. 그래서 천천히 걸어왔어요.

아, 그럼, 이왕 이렇게 만난 거, 그럼 우리 편하게 이야기나 좀 해볼까?

네. 좋아요. 하지만 배가 고프니 먼저 뭘 좀 먹고 이야기했으면 좋겠어요.

나는 딱히 줄 게 없어 순간 멈칫했는데 그때 바닥에 다리가 셀 수 없을 정도로 많은 지네가 어떤 목적이 있는 듯 바삐 가는 것을 발견했다. 그 지네의 다리를 본 순간 나도 침이 고였지만, 날개 달린 소녀가 더 배고파 보여,

그럼, 이거라도 좀 요기를 좀 해요, 하고 정신없이 기어가는 지네의 머리를 가리켰다.

이건? 맛좋고 영양가 높은 벌레죠.

소녀는 한 발을 들어 지네를 바닥에 납작하게 뭉개버리더니 흰 손가락으로 잡아올려 입 속으로 털어넣었다. 엄지손가락 끝에 지네 다리 한 개가 묻어 있었다. 소녀는 기분이 좋은지 날개를 살짝 움직이며 말했다.

우리 무슨 이야기 해볼까요?

'죽음'이라는 거…. 어떻게 생각해요.

죽음? 그게 뭐죠?

죽는 거, 숨이 끊어져 움직이지 못하는 거 말이오.

아, 그거, 그건 방금 내가 먹은 벌레와 같은 운명 아닐까요. 길을 열심히 걸어가다 누군가에 어떤 상황에 의해서 밟히는 거. 예측할 수 없이 느닷없이 찾아오는 거. 그게 '죽음' 아닐까요.

기대했던 것보다 소녀의 대답은 당돌했다.

몇 살이지?

(나는 소녀의 당돌한 대답에 너무 놀란 나머지 순간적으로 '나이'를 물었다.)

저는… 나이를 몰라요. 셀 수가 없어요.

그건? 무슨 말이지? 어떻게 자기 나이를 몰라?

죽지 않는단 말이죠. 한 번도 죽은 적이 없는데 어떻게 나이를 알아요.

정말?

전 태어나서 한 번도 죽지 않고 지금까지 살아왔어요.

어떻게 가능하지?

가능해요. 그곳에 가면.

그곳?

태양 뒤편이요. 그 속으로 들어가면…

태양 속으로 들어가?

네.

태양은 뜨겁지 않나? 날개가 녹을 텐데.

다들 그렇게 생각하죠. 사실 태양 근처에만 가면 그래요. 하지만 태양을 뚫고 그 속으로 들어가면 그곳은 뜨겁지 않아요. 오히려 시원하죠.

정말이라면, 부러웠다. 믿을 수 없지만 그곳에 가보고 싶었다. 그곳은 정말 죽음이 없는 곳일까.

• • •

아내와 딸은 서로 부둥켜안은 채 자고 있다. 딸의 얼굴은 아내의 목에 잠겨 있다. 서로 마주보며 자는 느낌은 어떤 것일까. 상대방의 냄새를 맡으며 얼굴이 안 보일 정도의 가까운 간격으로 밀접하게 붙어 있는 관계, 매일 저렇게 해도 지겹지 않은 관계. 저건 남녀의 애정관계와는 또 다른 느낌의 관계일 것이다. 남녀의 관계는 불안정하고 불투명하다. 지속적이지 않다. 좋기도 하고, 싫을 때도 있고, 아쉬울 때도 있고, 예쁘기도 하다가 상대가 죽어버렸음 하는 때도 있다. 하지만 부모와 자식과의 관계는 그렇게 변덕거리지 않는다.

새벽 이전의 시간. 지금은 어떤 소리도 어둠에 먹히는 시간이다. 어둠이 시커먼 아가리를 벌려 모든 것을 집어삼키는 지금. 이 시간은 하루 중 제일 춥다. 찬 공기가 휘젓고 있기 때문이다. 따뜻한 해가 뜨려면 아직 멀었다. 오늘은 뭘 좀 먹어야 할 텐데… 살려면 무엇이든 먹어야 하는데, 이곳에는 먹을 것이 적다. 기껏해야 벌레, 곤충, 뱀, 쥐 그리고 죽은 그 무엇이다. 그나마 영양분이 있는 뱀과 쥐는 사라진 지 오래다. 추우면 배는 왜 더 고파질까. 좀 더 자두는 게 좋겠다. 날개를 펼쳐 아내와 딸아이의 얼굴을 덮는다.

옴. 나팔소리다. 언제가 사원에서 본 적이 있는데 소라 모양의 나팔에서는 뜻밖의 굉음이 나온다. 사원에 사는 라마승이 입에 대고 힘을 주어 양 볼이 부풀어 오를 정도로 압력을 가하면 그곳에서는 신기하게도 처음 들어보는 소리가 옴, 하고 나왔다. 사원에서 들려오는 나팔의 종류는 다양하다. 손으로 들 수 있는 작은 것에서부터 땅에 걸쳐놓아야 볼 수 있는 큰 것까지, 그 크기와 모양에 따라 소리의 크기도 모두 다르다. 소문에는 사람의 허벅지뼈로 만든 나팔(인골피리)도 있다고 하는데 본 적은 없다. 이 시간에는 낮고 길게 깔리는 저 소리만이 들린다. 아내와 딸은 소리를 못 들었는지 꿈쩍도 하지 않는다. 딸의 머리가 어느새 아내의 겨드랑이 밑으로 파고들어가 있다. 딸은 엄마의 그곳을 좋아한다. 겨드랑이 밑에서만 나는 엄마의 냄새를 좋아한다. 그 냄새를 맡으면 눈이 스스로 감기면서 잠이 잘 온다고 했다. 한번은 친구 집에 놀러갔다가 기어코 밤에 다시 집으로 돌아온 적이 있다.

친구 집에서 자도 된다고 하지 않았니?

네, 알아요. 아빠.

그런데 왜?

폭신하고 부드러운 둥지에 누웠는데도 잠이 잘 오질 않았어요. 뭔가 어색하고 눈만 말똥말똥한 것이 잠이 오지 않는 거예요. 그때 엄마의 겨드랑이 냄새가 생각났어요. 아무래도 엄마의 그곳이 있어야 잠이 올 것 같았어요. 그래서 그냥 왔어요.

• • •

아내가 스르르 눈을 감았다, 떴다. 반복한다. 갈색 테두리의 처진 동공이 보인다. 요 며칠 동안 아내는 통 먹질 못했다. 왼쪽 날개가 다쳐서 날지 못하고 주로 걷기 때문인데, 이곳에서 날지 못하면 먹을 것을 얻기 힘들다. 억세고 강한 동료들에게 힘과 속도에서 밀리면 먹을 것을 차지하기 어렵기 때문이다. 아내의 날개가 생기를 잃고 야위어가는 모습이 눈에 선명하게 들어온다. 머리숱은 점점 빠지고, 깃털의 윤기는 퇴색되고 있으며, 발톱도 빠지기 시작했다. 무엇보다 부러진 왼쪽 날개의 상처가 심해지고 있어 몸이 균형을 잃고 있다.

이곳에서 먹는 영양분은 주로 인간의 시신이다. 골과 뇌, 간과 허파, 부위별 살점과 피, 눈알과 손가락 등을 매일 먹어야 살 수 있다. 인간이 매일 죽어야 우리가 산다. 그들이 죽지 않으면 우리는 굶는다. 근데 실망스럽게도 요사이 인간들의 시신은 줄어들고 있다. 잘 죽지 않는 모양이다. 예전에는 그래도 매일 몇 구씩 시신이 올라왔는데 요사이는 하루에 한 구 올라오면 다행이다. 기능이 상실된 아내의 왼쪽 날개가 바닥을 향해 처져 있다. 너덜너덜한 날갯죽지와 핏덩이가 서로 뒤엉켜 건조하게 말라가고 있다. 메말라가는 날개처럼 아내도 생기가 없이 말라간다. 하루에 몇 마디 하지 않는다. 죽어가고 있는 게 확실하다.

비가 내린다. 살살 조용히 내리는 비다. 이런 비는 싫다. 날개가 젖고 시야가 흐려지기 때문이다. 비에 젖은 몸은 평소의 몇 배로 무거워진다. 몸이 무거울수록 날개는 처진다. 나는 날개를 소중히 여긴다. 날 수 있다는 것은 좋은 점이 많기 때문이다. 경계와 장애물이 없는 하늘을 마음대로 돌아다닐 수 있다는 것, 태양을 가까이서 볼 수 있다는 것, 바람의 소리를 들을 수 있다는 것, 네 발 가진 동물들을 위에서 관찰할 수 있다는 것, 불이 나고 지진이 나도 당황하지 않을 수 있다는 것, 무엇보다도 나보다 강한 놈들에게 공격당하지 않고 하늘로 도망갈 수 있다는 점이 좋다. 날개 덕분이다. 인간에게 날개가 없다는 것은 다행이다. 인간에게 날개까지 있다면 세상에서 가장 무서운 동물이 될 것이다.

돕덴(해부사)이 저만치서 걸어온다. 무표정하고 건조한 얼굴, 크지 않은 키에 비해 상대적으로 긴 팔, 옷이 펄럭일 때마다 짐작할 수 있는 두 다리의 근육과 힘줄, 마른 엉덩이, 견고한 걸음걸이, 한편으로 기울어진 어깨, 저 모습으로 매일 이곳을 지나쳐 간다. 만일 그가 무슨 이유로 나타나지 않는다면 우리는 어떻게 될까. 그가 해주는 시신요리는 우리에게 절대적이다. 그는 우리가 잘 먹을 수 있도록 시신을 잘게 잘라주는데 마치 입 크기와 부리의 상태를 잘 알고 있는듯 딱 알맞다. 다행인 것은 그가 아주 성실하다는 것이다. 그는 매일 하는 해부를 마다하지 않는다. 조용하면서도 자신의 임무를 일상적으로 반복하는 삶, 그에게서 싫은 표정을 본 적이 없다. 그런 그를 마을사람들은 좋아한다. 나도 그를 좋아한다. 그런데 오늘 그의 발걸음과 표정이 심상치 않다. 오늘은 다듬어야 하는 시신이 오지 않은걸까. 그럼 안 되는데. 아내는 오늘 반드시 무어라도 먹어야 하는데… 똑, 하고 비가 부리에 떨어진다. 그가 나를 보았는지 먼저 눈인사를 보낸다. 신뢰를 주는 저 눈빛과 걸음을 보며 나도 반갑게 날개를 반쯤 폈다 오므리며 아는 체했다. 그가 볼 수 있게 눈알을 크게 세 번 굴려주었다.

만약 그가 나에게 다가와, 어떤 종류의 시신을 좋아하지요? 하고 친절하게 묻는다면, 뚱뚱하고 살집이 많은 남자, 엉덩이와 허벅지 살이 통통한 여자, 눈동자가 크고 흰자가 많은 그런 시신이라고 말할 것이다. 하지만 오래도록 안경 쓴 눈알, 근육이 퇴화된 노인, 어린아이의 얼굴, 오토바이에 치여 광대뼈가 함몰된 그런 시신은 별로라고 솔직히 대답할 것이다.

• • •

아내가 가시처럼 말라가고 있다. 등뼈만 남은 물고기처럼 휑한 몸을 하고 있다. 아내는 눈에 띄게 야위어갔고 동공의 깜빡이는 속도가 느려졌다. 이곳에서 목적 없이 돌아다니던 어떤 개에게 날개가 물린 이후로 더욱 그렇게 되었다.

어제 오후는 자랑스런 날개를 가진 내가 어이없게도 어떤 물고기에게 잡혀 죽을 뻔한 날이었다. 아직도 기억이 선명하다. 신의 눈물로 만들어졌다는 호수가 있다. 그곳에는 다양한 물고기가 있다는 소문이 돌았다. 누구는 마치 본 것처럼 허리 위는 사람이고 그 아래는 물고기의 모습을 하고 있는 이상한 물고기도 있다는 이야기를 했다. 그곳은 이 세상의 모든 물고기가 다 있을 거라 했다. 죽음이 없는 호수, 경쟁과 질투가 없는 호수, 그 호수는 멀지 않은 곳에 있다고 했다.

아내의 힘없는 눈동자가 노란 눈곱에 가리던 것을 보고 나는 아내가 죽어가고 있다고 확신했다. 그 호수에 가야겠다고 생각했다. 그곳에 사는 물고기는 얼마나 평화로울까. 입을 아무리 크게 벌려 마셔도 줄지 않는 물과 아무런 경계 없이 유영(遊泳)할 수 있는 물속, 서로가 말을 하지 않고 눈만 껌뻑이며 꼬리만 비켜나가면 되는 관계, 그러다 가끔 호수 위로 얼굴을 내밀어 따뜻한 햇살과 청량한 공기냄새를 맡고 다시 들어갈 수 있는 평화로운 곳, 그곳은 내가 날아다니는 하늘보다 더 안락하고 더 자유롭고 더 평화로울 거라는 생각이 들었다. 그곳에는 아내가 먹을 만한 통통한 물고기가 있을 거라는 생각이 들었다. 평화로운 곳, 불안이 없는 곳, 자유가 있는곳, 그곳에 사는 생물은 분명히 먹기좋게 살이 올라 있을 거란 생각이 들었다.

나무춰(纳木错)호수. '신이 흘린 눈물'이라는 뜻을 가진 호수, 나는 그곳으로 향하고 있다. 그곳에 산다는 물고기를 먹으면 아내가 살 수 있을 거라는 소망과 상상을 하면서 날고 있다. 경쟁과 질투가 없는 곳에서 자란 물고기는 어떤 몸매와 탄력을 가지고 있을까. 신이 지켜주는 호수, 그곳은 어떤 불안과 초조, 걱정이 없을 것이다. 그래서 그곳의 물고기는 분명 통통하고 평화로운 눈망울을 하고 있을 것이다. 그런 놈으로 한 마리만 건져 올리면 된다. 그럼 된다.

푸르고 하얀 그리고 때로는 회색인 하늘을 직선으로 뚫고 지나간다. 흔적이 남지 않는 길, 어떤 표지판과 이정표도 없는 길, 심심하고 무료한 길, 그 길을 나는 가고 있다. 그곳은 들었던 것보다 멀었다. 한 번도 쉬지 않고 속도를 줄이지 않았는데도 황량하고 주름진 산을 다섯 개나 넘어야 했고, 녹색의 초원을 일곱 개를 지나야 했고 김이 모락 나는 온천을 세 개나 내려다보아야 했다. 그리고도 아무런 풍경이 없는 지역을 한참이나 지나고서야 도착할 수 있었다. 신이 지켜준다는 그 호수는 그렇게 먼 곳에 있었다.

저어기, 호수가 보인다. 하늘 위에서 본 호수는 그야말로 넓고 평온해 보였다. 날개를 가슴 쪽으로 끌어들여 바닥에 천천히 앉는다. 아직 물고기는 보지도 못했는데 모든 힘을 다 긁어다 쓴 기분이다. 호수에는 수호신인 '너를 지켜주마'가 산다고 했다. 열 개의 손과 다섯 개의 다리를 가지고 있는 수호신이라 했다. 그녀는 오른손에는 108개의 눈알이 달린 염주, 왼손에는 무엇이든 보여주는 거울을 들고 있으며 하얀 용을 탄다고 했다.

뭐지?

시커먼 벌레 두 마리가 느리게 기어간다. 지렁이인가? 그것치고는 크고 형체가 이상하다. 팔과 다리를 이용해 엎드렸다 일어섰다를 반복하며 앞으로 나아간다. 저런 벌레는 처음 본다. 혹시 저 벌레를 잡을 수 있을지 몰라. 먹을 부위가 더 많을지도. 그런데 두 마리를 어떻게 잡지? 벌레 쪽으로 날아갔다. 그런데 이건, 사람. 내가 살고 있는 마을주민들과 같은 사람이었다. 그들은 손과 발 무릎에 딱딱한 나무를 대고 열심히 기고 있었다. 이마가 바닥에 쓸린다. 까지고 까지는데도 계속 이마를 바닥에 쓸며 기어간다. 어째서, 호수 주위를 기고 있는 것일까? 하루 종일 기어야 저 속도로는 얼마 가지도 못할 것 같은데. 끔찍하게 같은 동작을 반복하고 있다. 얼굴은 인간이라고는 알아볼 수 없을 정도로 뭉개져 있다. 두 발이 있는데 왜 기어가는지 알 수 없다. 저 벌레들은 포기해야 할 것 같다.

호수의 수호자인 '너를 지켜주마'에게는 미안한 일이지만 나는 이제 물고기를 어떻게 잡을 것인가에 대해 구체적으로 생각해야 했다. 물고기도 살아 있는 놈인데 태연히 **나, 맛있게 생겼지? 어서 나를 먹어봐!** 하고 자기 몸을 내줄 리 없다는 생각이 들었다. 빠르고 강력하게 시간을 줄여야 성공의 기회가 올 것이다. 물고기가 눈치채고 물속으로 숨어버리면 곤란하다.

먼저, 호수 위를 아무 일 없다는 듯이 선회(旋回)하는 것이다. 납짝 말라붙은 개구리의 뒷다리도 발견할 만큼 시력은 좋은 편이어서 물속의 물고기가 어떤 그림자를 보이면 금방 발견할 자신은 있다. 햇볕을 쬐려 수면에 올라오는 그림자를 발견하면 우선 아무 일 없다는 듯이 계속 호수 위를 빙빙 돈다. 그러다가 눈치채지 못하게 서서히 내려가는 것이다. 물고기가 호수 수면 위로 올라와 입을 뻐끔거리는 그 순간을 포착해 몸통과 꼬리의 상태를 파악하면서 하강하는 것이다. 이때 발톱과 부리는 바짝 세워 각을 만들어야 한다. 그리곤 미끄러지듯이 재빨리 낚아채서 돌 위에 힘껏 내동댕이치는 것이다. 헐떡이는 아가미와 튀어나올 것 같은 눈만 외면하면 된다. 그럼 된다. 그렇게 하면 아내는 살 수 있다. 확신이 서자 힘이 났다. 날아올랐다. 호수 위에서 원을 그리며 조금 전의 작전을 다시 한 번 생각했다. 아직 물고기의 그림자는 보이지 않는다. 푸른 호수만이 침묵을 마시고 있다. 호수의 물은 어디로 가는 것이 아니라 그 자리에서 멈춘 것 같다.

인내심과 체력이 바닥날 정도의 오랜 시간이 흘러가 버렸지만 여전히 나는 호수 위를 돌고 있다. 기어가던 인간 벌레들이 일어서서 나를 쳐다본다. 저들도 나처럼 어떤 목적이 있어 이곳에 온 것일까. 나에게 고개를 숙이는 그들에게 눈알을 두 번 굴려주었다. 그 때, 물속에서 유선형의 검은색 그림자가 나타났다. 저거다. 저게 물고기일 거야. 아니 물고기가 아니래도 상관없다. 지금은 무엇이든 잡아가야 한다. 여기 호수에 사는 고기면 된다. 날개를 비스듬히 하여 수면 쪽으로 천천히 내려갔다. 조금 전 미리 생각해두었던 동작을 떠올렸다. 부리와 발톱에 힘을 주며 내려갔다. 시커먼 물체가 눈앞 가까이 들어왔다. 번들거리는 머리를 낚아챌까. 등을 발톱으로 찍어 들어올릴까. 생각이 멈추지 않는다. 검은 물체는 아직 나의 살기를 의식하지 못했는지 전혀 긴장감 없이 평화롭게 앞으로 나아간다. 경쟁과 파괴가 없는 곳에서 사는 생물은 저럴까. 내가 자신을 향해 가는데도 전혀 개의치 않는 몸동작을 보여준다. '너를 지켜주마'의 신이 나타나지 않길 바랄 뿐이다.

콱.

물 속 검은 그림자의 정수리를 부리로 찍었다. 발톱은 등에 꽂았다. 깊게 박히는 느낌이 들었다. 이 정도면 빠져 나가지 못할 것이다. 이제 날개를 위아래로 세차게 흔들어 위로 날아오르면 된다. 중심을 잡고 몸을 위로 향한다. 그런데 이상하다. 날개를 힘차게 위아래로 움직이는데 물고기는 물속에서 좀처럼 나오지 않는다. 오히려 내가 물속으로 끌려가는 느낌이다. 물고기는 자존심이 상했을까? 나는 날개를 좀 더 크게 위아래로 움직였다. 웅차, 하고 소리도 냈다. 그래도 물고기는 물 밖으로 나오지 않는다. 고통의 소리를 내며 오히려 나를 물속으로 끌어당기기 시작했다. 내 몸이 물속으로 끌려감을 느낀다. 감히 나를, 화가 났다는 듯 물고기는 속도를 내며 나를 자신의 세상으로 끌어들인다. 날개의 반이 이미 물속으로 들어간 상태다. 불길한 생각이 들었다. 내가 죽는 것인가. 아내의 부러진 날개와 풀린 눈동자를 생각하며 온몸에 힘을 주어 버텼다. 이대로 빨려 들어가면 안 된다. 이대로 들어가면 내가 물고기의 밥이 된다. 내가 먼저 죽는 것일까. 마지막 남은 힘을 모아 부리로 물고기의 정수리 옆부분을 강하게 찍었다. 어떤 뼈 같은 딱딱한 것이 느껴졌다. 그곳을 계속 찍었다. 순간 놀랬는지, 아팠는지 검은 그림자는 더욱 고통스러운 소리를 지르며 몸을 흔든다. 등에 박혀 있던 발톱이 빠졌다. 본능적으로 위로 날아올랐다. 검은 그림자는 알 수 없는 소리를 내며 유유히 호수 속으로 사라졌다. 나는 숨을 고르며 호수 위를 몇 바퀴 돌았다. 아쉽다는 생각이 들어야 하는데 다행이라는 생각이 들었다. 집으로 돌아오는 길은 더욱더 멀고 힘들게 느껴졌다. 둥지로 돌아와 바닥에 쓰러졌다. 아내가 나의 젖은 날개와 부러진 발톱을 쳐다본다. 나를 향해 고정된 두 눈동자, 그 사이 아내는 노란 눈곱이 두텁게 늘었다.

• • •

얼마 전까지만 해도 우리는 먹을 것을 발견하면 동료들을 불러서 같이 먹었다. 하늘을 빙빙 돌다가 죽은 동물을 발견하면 곧바로 쿠, 쿠, 하며 소리를 냈다. 쿠, 쿠, 여기에 먹이가 있다는 신호다. 반갑고 친절한 소리였다. 그 소리를 요사이는 누구도 하지 않으며 듣지도 못한다. 먹을 것이 부족하기 때문이다. 신호를 보내기는커녕 누가 올까봐 얼른 부리로 찍어 둥지로 가져가기 바쁘다. 산토끼, 들쥐, 뱀, 물고기, 살찐 곤충 같은 것들이 예전에는 많았는데 요즘에는 보이지 않는다.

• • •

해부사 등 뒤로 개 한 마리가 나타났다. 네 발인데 세 발인양 균형을 잡지 못하고 비틀거린다. 저 개는 본 적이 있다. 한쪽 눈이 별처럼 찌그러진 개. 바로 내 아내의 날개를 물어뜯은 그 개다. 개새끼. 날아가서 나머지 한쪽 눈마저 찍어주고 싶지만 지금은 그럴 때가 아니다. 힘을 비축해야 하는 시간이다.

오늘의 첫 번째 시신, 노인이 누워 있다. 가족들이 들으면 섭섭하겠지만 노인은 먹을 것이 별로 없다. 질긴 근육과 늘어진 피부, 한평생 노동을 책임진 팔과 다리, 동공은 물컹하고 피부는 처져 있다. 영양이 제일 부족한 부류다. 두 번째 시신, 노인 옆에 여인이 누워 있다. 사고를 당했는지 몸이 엉망인데 얼굴 쪽이 특히 심하다. 왼쪽 광대뼈 쪽이 돌로 맞은듯 깨져 있고 오른쪽 귀도 잘려나가 있다. 맹수에게 물린 것일까. 사람에게 공격당한 것일까. 그 옆에 누워 있는 세 번째 시신도 보인다. 여(女)아이. 시취(屍臭)가 공기를 타고 떠다닌다. 저 냄새는 저항할 수 없는 강력한 냄새를 가지고 있다. 강한 냄새는 깊은 사연을 가지고 있다. 해부사와 제자들이 소녀의 몸을 보며 주저한다. 해부사의 얼굴은 사랑하던 짐승이 죽었을 때의 표정이다. 침묵과 무거운 공기가 원형을 그리며 퍼진다. 모두들 해부사의 손만 쳐다보고 있다. 그가 언제 어떻게 시작할 것인가? 그가 완료됐다는 손짓이 있어야 우리는 저 시신을 먹을 수 있다. 이건 오래된 규칙이다. 언젠가 해부사가 신호를 주기도 전에 성질 급한 우리의 친구가 날아올라 시신의 팔을 물고 달아난 적이 있었는데 그날 유족들은 그동안 한 번도 본 적이 없는 애통한 눈물을 보였으며 해부사는 난감한 표정을 지으며 유족에게 계속 용서를 빌었다. 그 독수리를 막지 못한 일은 다 자신의 책임이라며 빗물처럼 흐르는 땀을 닦으면서 미안해했다. 그날 이후로 우리는 아무리 허기지고 배가 고파도 그의 됐다는 신호를 기다리고 또 기다린다.

소녀의 몸에 번진 문양을 따라 해부사의 눈이 움직인다. 종아리에서 배, 배에서 팔, 팔에서 목, 얼굴에서 정수리까지 천천히 살펴본다. 몸 전체에 퍼져 있는 보라색 문양은 아이가 피부병이나 전염병에 걸렸음을 알려준다. 해부사는 소녀의 몸을 옆으로 세워 갈비뼈의 상태를 확인한다. 투명한 살에 드러난 갈비뼈는 가시처럼 그 존재감을 드러낸다. 그는 양 손바닥을 마주대고 특유의 습관대로 아홉 번 비비더니 오른쪽 검지로 아이의 갈비뼈에 댄다. 그리곤 아이의 얼굴과 가슴을 바닥으로 향해 놓는다. 얼굴을 보지 않고 해부하려는 것일게다. 가끔 저런다. 그의 손놀림이 시작됐다. 팔과 다리, 골반과 척추, 손가락과 발가락, 뼈와 신경이 하나하나 잘리고 분리된다. 할아버지의 불알과 여자의 젖가슴도 따로 잘려나간다. 그것들은 우리들 사이에서 인기가 많다. 왜 그것들은 두 개씩밖에 없을까.

휘릭.

그의 손가락이 허공에서 힘없이 돌았다. 누구보다도 내가 먼저 보았다. 먹어도 된다는 신호다. 자, 이제 빠르게 날아가 먼저 눈알을 찾아야 한다. 아직 온기가 남아 있는 내장도 가져가야 한다. 그래야만 한다. 아내가 죽어가고 있다. 우리들은 기다렸다는 듯이 모두 날개를 펼치고 피와 살점으로 언덕을 이룬 그곳으로 날아갔다. 먼지가 일고 날개 부딪치는 소리가 유족들을 놀라게 할 정도였다. 원하는 부위를 먼저 부리로 찍으려고 날개와 발톱은 서로 부딪치고 깨지고 깃털은 허공에서 춤을 추듯 여기저기 날아다닌다. 발톱이 뾰족한 돌에 걸려 뒤로 몽땅 꺾였음에도 불구하고 나는 눈알을 집요하게 찾고 또 찾았다. 어딘가에 있을 그것을 찾으려 나의 날개는 쉬지 않고 퍼덕거렸다. 다른 건 몰라도 그것만은 반드시 필요했다.

간신히, 바위틈에 걸려 있는 깨진 눈알 하나를 찾았다. 노인. 여인. 소녀. 누구의 눈알인지는 알 수 없다. 상관없다. 먼저 가져가면 된다. 아내는 이걸 먹어야 기운을 차릴 수 있다. 살점과 눈알을 부리와 발톱으로 찍어 둥지로 돌아왔다. 아내 옆에는 이미 딸아이가 돌아와 있었다. 아내는 무언가를 입에 물고 천천히 씹고 있었는데 자세히 보니 눈알이었다. (하얀 점과 까만 점의 경계가 없어진 깨진 눈알이었다.) 딸이 물어다 준 것이다. 아내는 눈물을 글썽이며 멀쩡한 한쪽 날개를 애써 퍼덕였다.

눈알을 먹고 잠이 드는 아내를 확인하고 나는 다시 날아올랐다. 구름이 보일 때까지 수직으로 날아올라 평형을 유지했다. 해부의 현장으로 날아갔다. 붉은 숲을 내려다보며 하늘을 몇 바퀴 돌았다. 같은 궤도 같은 속도감으로 돈다. 오늘은 괜찮은 날이었다. 유족 중 한 명이 나를 발견하고 두 손을 모아 고개를 숙인다.

다시 태어난다는 것을 믿는 사람들. 나는 인간이 아니라 모르겠다. 해부사와 제자들의 모습이 작은 점처럼 보인다. 커다란 나무 밑에서 늦은 점심을 먹고 있다. 그들이 있는 나무 위로 내려가며 크게 한 바퀴 돌았다. 해부사의 검붉은 손이 보인다. 만두를 집어 입안에 넣고 있다. 검고 뭉툭한 손가락. 붉은 손톱도 보인다.

내 몸으로 들어온 인간의 몸을 가지고 나는 날고 있다. 내 안에 할아버지, 중년의 여인, 소녀를 저장하고 설산 위의 태양으로 날아간다. 이곳의 날개 있는 짐승들은 모두 저 붉은 점을 향해 날아가고 싶어한다. 이글거리는 붉은 점을 향해 내가 얼마나 가까이 갈 수 있을까. 몸에 힘을 빼고 날개에 힘을 주어 더 높이 올랐다. 붉은 점에 가까울수록 심장은 두근거린다.

해부사의 집이 보인다. 그는 혼자(獨居) 산다. 그도 언젠가는 죽을 터인데. 죽으면 어떻게 하려나. 그때까지 내가 살아 있으면 그의 몸도 내 안으로 들어올까. 그가 내 몸에 들어오면 어떤 느낌일까. 나를 위해 매일 시신을 다져주던 그의 손과 발이 내 몸에 들어온다면 나는 어떤 느낌이 들까. 평생을 이렇게 인간을 먹고 살다가 언젠가는 내가 인간이 될지도 모른다는 생각이 든다. 인간이 되면 어떤 기분이 들까.

태양 쪽으로 턱을 든다. 몸은 뜨거운데 눈은 시리다. 숨이 차고 날개가 바람을 타지 못한다. 붉은 점은 뜨거움을 발산하고 있는데 몸은 춥다. 영원히 녹지 않는 눈의 산, 주름진 설산이 태양 밑에 살고 있다. 왜 붉은 점은 저 설산을 녹이지 못하는 걸까. 그럴만한 이유가 있다면 설산은 언제나 저 자리에 있지만 붉은 점은 아침에 나타나 저녁이면 어김없이 어디론가 사라지기 때문일 것이다. 하얀 설산 위에 박혀 있는 붉은 점. 감동적이고 아름답다. 저 속으로 빨려 들어가고 싶다. 저 점은 나의 신(神)이다.

• • •

사방이 어둑하다. 날개를 비스듬히 잡아 바람을 탄다. 사람들, 양, 야크, 개, 그리고 네 발 달린 짐승들이 보인다. 집으로 돌아가는 모습이다. 이 시간, 생명을 가진 동물들은 모두 집으로 돌아간다. 아내의 어지러움은 사라졌을까. 찢어진 한쪽 날개는 다시 새것으로 돋아날 수 있을까. 사실 그 상처는 딸아이에게 뭐라도 먹이려고 아침 일찍 해부의 현장으로 가던 중 우연히 마주친 어떤 개에게 물어뜯긴 상처다. 그 개 역시 이곳에서 먹을 것이 별로 없어 우리가 먹다 남은 시신의 찌꺼기로 배고픔을 달래는 굶주린 동물이었다. 이곳에 돌아다니는 개들은 날로 공격성을 보인다. 이빨을 드러내고 으르렁거리지는 않지만 눈빛은 사람이라도 씹어먹을 기세다. 매일 시신의 피와 살점을 핥아서일까. 사원에서 기르는 개라면 경전을 먹고 살기에 물지 않았을 것이다.

아내를 물어뜯은 개는 숲속에 사는 들개였다. 누군가로부터 보살핌을 받지 못한 개다. 스스로 걷고 눈을 부라려 먹을 것을 찾아야 했을 것이다. 이른 아침 배가 고파 코를 땅에 박으며 킁킁거리다 나의 아내와 마주친 것이다. 그들의 목적은 같았을게다. 배고픔에 허기져 허옇게 눈이 돌아간 개의 눈에 나의 아내는 먹음 직한 새로 보였을 것이다. 침이 고였고 바닥으로 늘어져 있던 배가 출렁했을 것이다. 그날 그 장소에서 아내가 아닌 곰이라도 그 개의 눈에 박혔다면 남은 기력을 다해 덤볐을 것이다. 배고픔의 끝은 간절함과 폭력이다. 연민과 동정, 이 모든 것은 배고픔 앞에 고개를 들 수 없다. 굶주림은 존재의 바닥을 보여준다. 그날 그 개는 아내의 날개를 물어 이빨이 박히고 침이 흘러내렸지만 놓지 않았다. 하지만 일방적인 그 개의 공격만 있었던 것은 아니다. 나의 아내도 배는 고파 있었다. 으르렁거리며 어깨를 들썩이는 개에게 아, 배가 고프시군요. 화내지 마시고 천천히 저를 드세요, 하고 사원의 구도자처럼 공손히 몸을 내줄 수 없었던 아내는 달려오는 개의 눈을 침착하게 발톱으로 찍어볼 수 없게 만들었다. 그렇지 않았으면 나의 아내는 두 날개를 다 잃었을지도 모른다. 그날 개의 왼쪽 눈은 아내의 발톱 자국이 별처럼 선명히 박혔다. 구겨진 별처럼 말이다.

집으로 돌아오는 길에 목이 짧은 낯선 사람을 만났다. 처음 보는 사람이다. 수상하다. 그는 매일 이곳에 나타난다. 수행하는 라마승도 아니고 마을사람도 아니고 정체를 알 수 없는 사람이다. 낯짝은 둥글고 검은 것이 사원의 라마승들과 비슷한데 냄새가 다르다. 이 사람은 반질거리는 가죽 냄새가 난다. 하지만 상관없다. 이 사람도 언젠가는 죽을 것이다. 고맙게도 내일 죽을지도 모른다. 몸을 보니 먹음 직하다. 엉덩이는 살이 통통 올라 있다. 허벅지도 제법 넓적하다. 눈알도 투명하다. 맛있겠다고 생각이 드는 순간 그가 언제 봤다고 인사를 한다. 나에게 한 것인가? 웃고 있는 그를 쳐다보았다. 그가 두려움을 느꼈는지 다리에 힘을 주고 주먹을 쥔다. 나는 눈알을 연달아 두 번 돌려주었다. 세 번 굴려줄까 하다가 놀라서 주저앉을까봐 두 번만 가볍게 도르르 굴려주었다. 그래도 놀랐는지 그는 뒤로 주춤하더니 빠른 걸음으로 가버린다. (두 발 달린 겁쟁이 같으니.) 다시 가려는데 개 한 마리가 불쑥 나타났다. 아내의 날개를 물어뜯은 그 개 같다. 맞다. 그 개새끼다. 눈에 별 자국이 있다. 개는 저만치서 오지 않고 힘없이 비스듬히 서 있다. 개 앞으로 날아갔다.

죽여주마.

(개가 운다.) 미안해요. 그땐 배가 너무 고파서 그랬어요.

울고 있는 개를 부리로 찍을 수는 없었다. 둥지로 돌아오니 밤이 되었다. 아무 소리도 들리지 않는다. 아무런 움직임도 보이지 않는다. 이 시간은 그렇다. 모든 것이 까맣고 적막이다. 오늘도 작은 소리가 들린다. 작지만 여럿의 혼합된 목소리다. 라마승들의 목소리다. 그들이 약속이나 한듯 동시에 무언가를 읽는다. 매일 이 시간이 무렵 그들은 같은 소리를 내며 같은 리듬과 호흡으로 무엇을 읽는다. 그들만의 소리를 별에게 쏘아 올린다.

압. 사니. 팟. 둘. 샤. 까. 바. 라. 하.

깊은 산속. 수백 명의 사람들이 이 시간만 되면 똑같은 무언가를 읽고 있다. 이 캄캄한 밤에 어떻게 읽을까. 이 시간은 아무것도 보이지 않는다. 이 시각은 암흑만이 존재한다. 하지만, 그들은 같은 목소리로 같은 경전의 같은 행간을 또박또박 읽고 있다. 어떻게 하는 것일까? 외운 것이다. 낮 동안 외운 것을 입을 통해 밤마다 저런다. 잠들기 전 자장가를 불러주는 엄마처럼 저렇게 소리를 낸다. 그들의 소리가 점점 커지자 산이 움직인다. 침묵하던 공기가 떠오른다. 나의 날개도 들썩인다.

☾

새의

뼈는

가벼워

7

너의 뼈가 필요해

R은 뼈가 필요했다. 히말라야 어딘가에 산다는 독수리의 뼈. 천 년 동안 인간의 신경줄과 살점을 먹고 산다는 그 새의 뼈가 필요했다. R은 쇠줄, 망치, 줄자, 톱, 망원경, 낚싯줄이 든 배낭을 메고서 설산으로 들어갔다. 하늘 아래 여러 마을을 돌아다녔으나 그놈의 독수리는 한 마리도 보이지 않았다. 눈이 초승달처럼 찌그러진 개와 절름발이 표범은 만난 적이 있었으나 그놈들의 뼈는 필요하지 않았다. 시간은 잘도 흘러갔다. R의 몸은 가늘어져 갔고 발바닥은 곰의 그것처럼 굳어졌다. R이 곰의 그것처럼 굳어진 그것을 만지며 곰의 그것을 생각하고 있을 때, 한 무리의 사람들이 양떼를 몰고 지나가며 하는 이야기를 들었다.

빨리, 사원에 가서 알려야 해요.

뭐라고 해야 하죠?

사람이 죽었다고. 그럼 돼요.

그 다음은?

별거 없어요. 날짜를 정해주고 시신을 가져오라고 할 겁니다.

그럼?

보리 가루와 담배, 소금을 준비하고. 시신을 메고 가면 되고.

시신? R은 그들이 하는 말을 듣자 발바닥을 만지며 곰의 그것을 생각하는 것을 비로소 멈추었다. 배낭에서 새로 꺼낸 양말을 두 겹으로 신으면서 R은 직감적으로 그들이 말한 사원에 가면 독수리를 볼 수 있을 거란 생각이 들었다. (죽은 몸은 그 독수리가 먹지 않은가.) 종아리까지 올라오는 양말에는 곰이 그려져 있고 캘리포니아라고 쓰여 있다. R은 양을 몰던 사람들이 말한 그 사원을 수소문했다. 사원은 높은 곳에 있었다.

이곳에 있을 거야!

R은 목에 늘어진 망원경을 눈으로 가져가 주위를 둘러보았다.

어디에 숨어 있는 것일까?

R은 사원에서 하늘이 가장 잘 보이는 곳을 찾았다. 그곳에는 어

울리지 않는 둥그런 바위가 있었다. 사람이 누울 만한 크기였다. R은 걸어가 바위 위에 앉았다. 바위 여기저기에 피 같은 붉은 색이 묻어 있었다. 피 같은 커피가 생각났다. 잠시 뭔가를 생각한 후 R은 반쯤 벌어진 주머니에 손을 넣어 작고 뾰족한 물건을 꺼냈다. 면도칼이었다. 칼날을 잠시 노려보던 R은 엄지손가락에 칼끝을 살짝 대어보았다.

피를 좋아한다고?

다시 그 벌어진 바지 속으로 손을 집어넣은 R은 이번에는 작은 상자를 꺼냈다. 거기에도 곰이 입을 벌리고 있는 모습과 캘리포니아라고 쓰여 있다. 나비 날개 모양으로 자란 콧수염을 한번 쓰다듬더니 R은 그 작은 상자를 열었다. 다섯 개의 시가가 나란히 누워 있었다. R은 그중에 하나를 뽑아 코에 대고 냄새를 맡았다. 그리고 입에 물고 깊숙이 빨아들였다. 연기가 코로 나왔다. 기분이 좋아진 R은 이제 시간이 됐다는 표정으로 칼끝을 자신의 허벅지 쪽으로 가져갔다. 빠르게 그었다. 잠시 후 피가 실룩 나왔다. R은 바위 위에 천천히 눕고 눈을 감았다.

너무 조금인가? 피가.

독수리는 오지 않았다. R은 다시 일어나 앉았다. 약간의 현기증이 돌았다. 허벅지의 피는 검붉은 색을 띠며 굳어가고 있었다. R은 웃옷을 벗고 자신의 배를 내려다보았다. 훌렁한 배와 잡풀처럼 자라난 털. 배꼽 주위를 손으로 가볍게 비볐다. 시가를 한 대 더 빨까, 생각했지만 시간이 없었다. 칼을 배에 조준했다. 이번에는 넓고 깊게 베어야 한다. 한 번에 성공해야 한다. R은 얼굴을 돌리고 칼로 배꼽 주위를 그었다. 피는 좋다구나 나오기 시작했다. R은 흘러나오는 피를 보며 흡족하기도 했지만 두렵기도 했다.

이거, 너무 많이 나오는 거 아닌가?

피는 정강이를 타고 복숭아뼈에 잠시 머물더니 바위로 흘러가기 시작했다. R은 다시 누웠다. 다리를 V자로 벌리고 양팔도 머리 뒤로 했다. 이번에는 더 빠르게 잠이 들었다. 몸에서 피가 빠져 나가는 느낌이 수면제를 먹었을 때와 비슷한, 몽롱한 감정이 들어왔다. 한참이 지났다는 생각이 들었을 때 눈이 저절로 뜨였다. 새들이 보였다. 날개가 너무나 커서 시조새같이 보였다.

저놈들인가?

배는 따끔거렸지만 창공을 비행기처럼 나는 새들을 보니 R은 감격스러웠다. 새들은 하늘을 뒤덮고 있었다. 저 많은 새들은 어디서 온 것일까? 그때 한 마리가 천천히 내려오는 것이 보였다. 커다란 원을 그리면서 먹이를 발견한 것처럼 내려오고 있었다.

그래, 어서 오너라.

R은 미동도 없이 새를 기다렸다. 어느새 자신의 얼굴 앞까지 내려온 새가 독수리임을 확인하자, R은 순식간에 독수리의 오른쪽 다리를 붙잡았다. 그러자 독수리는 그럴 줄 몰랐다는 듯이 외마디 비명을 지르며 도망가려 했다. 커다란 날갯짓으로 완강하게 버티며 하늘로 올라가려 퍼덕거렸다.

어딜?

R은 몸이 땅에서 질질 끌려가면서도 움켜쥔 독수리의 다리를 놓지 않았다. 끌려가면서도 허리춤에 준비해두었던 낚싯줄을 꺼내들어 독수리의 양발을 묶는 순발력을 발휘했다. 그러는 동안 독수리의 발톱은 꺾이거나 빠져버렸다. 석양이 물러가자 지친 독수리는 바닥에 고꾸라졌다. R은 주의를 살피며 늘어진 독수리의 목을 잡고 절벽 끝의 작은 동굴로 들어갔다. 그 동굴은 자신이 며칠 동안 머물던 곳이었다. 성취한 자의 미소를 띠며 독수리를 질질 끌고 들어갔다. 독수리는 입을 벌려 고통스런 여자의 소리를 냈지만 아무도 듣지 못했다. 햇빛이 들지 않는 습기 가득한 동굴 속으로 들어오자 독수리의 목소리는 변했다. 무언가를 포기한 소리를 냈는

데 아기가 엄마를 찾는 소리 같았다. 그럴수록 R은 신경이 솟고 흥분됐다. 크악. 노란 가래를 힘차게 뱉으며 R은 혼잣말을 했다.

네가… 이곳의… 신이라며?

작은 망치를 꺼내든 R은 나뭇가지를 치듯 독수리의 날개를 내리쳤다. 망치의 손잡이 부분에는 LA라고 쓰여 있었다. 독수리는 사람처럼 비명을 질렀으나 R은 아랑곳하지 않았다. R은 탄력을 받은 듯 망치 추의 뒷부분에 못을 뽑을 수 있는 노루발을 이용해 독수리 입안에 있는 깔쭉깔쭉한 이빨들을 때리고 뽑아냈다. R은 시간이 촉박한듯 망치를 바닥에 던지고 바로 톱을 꺼내 들었다. 손으로 허공에다 몇 번 써는 동작을 하면서 쓱싹쓱싹 소리를 내보았다.

좀 아플 거야.
하지만 너는 신이잖아.

켜는 톱니와 자르는 톱니로 양날을 가진 톱의 각도를 들여다보던 R은 눈이 허옇게 돌아간 독수리의 다리에 대고 몇 번 움직이자 뭔가 딱딱한 것이 닿는 느낌이 들었다. 뼈인가? R은 걸쭉한 침을 바닥에 퉤, 뱉더니 손목에 힘을 주어 속도를 내기 시작했다. 단단한 것이 갈리는 느낌이 손에 전해졌다. 독수리는 노란 거품을 입에 물고 목을 바닥에 늘어뜨렸다. 이번에는 어떤 소리조차 내지 못하고 눈알만 힘없이 껌벅거렸다.

너의 뼈가 필요해.

R은 흔들리는 자신의 두 다리의 중심을 잡으며 톱질에 몰입했다. 톱의 손잡이에는 San Jose 활톱이라고 작게 쓰여 있었다. 툭, 하고 다리 한쪽이 잘렸다. R은 침을 삼키며 자신의 배를 갈랐던 면도칼로 바닥에 떨어진 독수리의 다리 껍질을 벗겨내니 흰 뼈가 나왔다. R은 너무 기뻐 소리를 지르고 싶었다.

이거야!

R은 시가가 피우고 싶어졌다. 진한 커피가 마시고 싶어졌다. 불알이 축축했다. 섹스가 하고 싶어졌다. 이 모든 것을 지금 다 하고 싶어졌다. R은 잘린 뼈를 집어 들고 코에 갖다 댔다. 비릿한 냄새가 들어왔다. 다른 한쪽도 마저 잘라야 했다. 이번에는 좀 길게 자르려 줄자를 꺼냈다. R은 검은 침을 바닥에 쏟아내고 있는 독수리의 부리를 발로 밟고 허리를 굽혔다. 그때 갑자기 동굴 밖에서 시끄러운 소리가 들렸다. R은 자신이 부르지도 않았는데 어찌된 일인지 한 무리의 사람들이 몰려드는 것을 보고 어리둥절했다. 그 사이 동굴에 몰려든 사람들은 날개가 꺾여 바닥에 쓰러져 있는 독수리를 보았다. 그 광경을 보고 사람들은 너무 놀라 아무 말도 하지 못했다.

R은 순간적으로 잘린 뼈를 들고 있던 손을 등뒤로 숨겼다. 그때 누군가 소리를 지르며 R을 향해 손을 번쩍 들었다. 알아들을 수 없는 소리였다.

사람들은 뾰족한 돌을 집어 R의 머리를 번갈아 가며 내리 찍었다. 억, 하는 소리와 함께 쓰러진 R은 어떤 말도 하지 못하고 바닥에 고꾸라졌다. 바닥에 쓰러졌지만 입을 벌려 뭔가 말을 해야겠다고 생각한 R은 몸을 움직여야겠다고 생각했다. 그때 톱날처럼 생긴 날카로운 돌이 자신의 입을 향해 날아들었다. 이빨이 작살나고 입에서는 피가 뭉텅이로 흘렀다. 그 초대하지 않은 사람들은 R이 움직일 수 없는데도 계속 돌을 집어 머리를 찍었다.

R은 자신의 눈앞에 늘어져 있는 독수리의 얼굴을 마주 보았다. 독수리의 흰 동공이 어느새 노란 동공으로 변해 작게 깜빡거리고 있었다. R은 자신의 눈 깜빡임이 눈앞의 독수리보다 더 느리다고 생각했다. 동굴 안의 사람들은 여전히 큰 소리로 알 수 없는 소리를 계속 지껄였다. R은 손에 쥔 뼈를 놓지 않았다.

피리를 만들고 싶었을 뿐인데.

R은 피리를 만들고 싶었다. 설산을 날아다니는 독수리의 뼈로 피리를 만들고 싶었다. 그놈의 뼈는 강하고 속이 텅 비어 있어서

고막이 찢어질 정도의 고음을 낼 수 있다고 생각했다. R은 세상에서 단 하나뿐인 피리, 가장 높은 음과 천년을 낼 수 있는 독수리의 뼈피리(骨笛)를 R은 만들고 싶었을 뿐이었다.

22센티

한 뼘 크기

다섯 개의 구멍

흰

뼈피리, 그걸 만들고 싶었을 뿐이었다.

☾

시신

유족

독수리

이방인

모두

그를 향해 간다.

8

해부마스터

아직 컴컴하다. 다시 눈을 감는다. 바지 속으로 손을 넣어 더듬어보니 끈적거리는 정액이 배꼽 주위와 허벅지에 눌러붙어 있다. 정액은 몸에서 나오자마자 죽음을 맞이한다.

눈(雪). 여름인데 눈이 온다. 이곳은 여름과 겨울의 구분이 없다. 아침에 비가 오는가 싶더니 오후에는 눈이 내린다. 눈 냄새가 덜렁거리는 문틈으로 살포시 들어온다. 눈 냄새를 타고 찬바람도 들어와 얼굴을 핥는다. 이 시각 바람은 얼음과 바늘처럼 차고 날카롭다. 입에서는 하얀 입김이 모락 나오고 코끝은 시리다. 누운 채로 몸에서 열을 끌어올리는 호흡을 시도한다. 스승님이 이곳에서 살려면 체온을 스스로 조절하는 법을 알아야 한다고 가르쳐주셨는데 한 번도 몸이 따뜻해진 적은 없다. 그냥 일어날까. 지금 일어나 앉으면 되돌아 갈 수 없는 생의 하루가 시작된다. 이불을 눈밑까지 끌어올린다. 밖이 푸르스름하다.

몸을 벌레처럼 둥글게 오므렸다. 손을 또 바지 속으로 넣는다. 성기 아래 숨어 있는 두 알을 손으로 감싼다. 손바닥이 따뜻해진다. 세상에서 여기가 제일 따뜻한 곳이다. 정신이 몽롱해지는 느낌이 들어, 더 잘까 하다가 일어나 앉았다. 새우처럼 구부정하게 앉아 이불을 목과 등에 두르고 창밖을 본다. 새벽 공기가 얼굴을 더듬는다. 신음이 나올 정도로 어지럽다. 오른쪽 어깨에서 미세한 통증이 시작된다. 어깨와 어깨 사이를 가시가 있는 벌레가 기어가는 느낌이다. 척추에 힘을 주고 허리를 곧게 편다. 어제를 생각한다. 시신, 유족, 낯선 사람, 스승님, 제자들, 해, 달, 별, 나무, 숲, 곤충, 식물, 호수, 독수리가 나타난다. 어제의 그들은 죽었고, 살았고, 날았고, 기었고, 헤엄쳤고, 뛰었다.

『해부의 서(書)』. 접힌 곳을 펼쳐 소리 내어 읽는다. 오늘 처음 내는 소리다. 침이 고일 때까지 중얼거리다 소리를 점점 높여간다. 따뜻한 침이 혀 밑에서 돈다. 이렇게 이 상태로 좀 지나면 서서히 잠은 깨어나고 의식은 맑고 투명한 상태로 돌아온다. 끈적거리는 침이 혀 밑에서 올라와 입안에서 부풀기 시작한다. 침을 삼킨다. 몸의 깨어남이 느껴진다. 혀를 좌우로 움직여 이빨을 닦는다.

옴~. 마을사람들에게 염소의 소리가 있다면 이곳은 나팔소리가 있다. 일어나라는 소리다. 방을 나선다. 짙은 안개에 젖은 습한 공기가 얼굴을 감싼다. 어둠 속에서 붉은 천으로 몸을 둘둘 감싼 라마승들이 앞뒤에서 불쑥불쑥 나타난다. 빨간 망토를 두른 유령들 같다. 이 새벽 저들과 나, 지렁이와 개미, 바람과 공기는 같은 목적지를 향해 나아간다. 법당은 이미 자리를 잡은 라마승들로 빈자리를 찾을 수가 없다. 새벽 공기보다 찬 바닥은 수백 명의 엉덩이와 숨소리로 데워지고 있다. 모두들 자리를 잡고 오늘의 켄보(불교경전의 선생)를 기다린다. 그는 우리들의 소중한 '멘토'다. 해와 달과 같은 존재다. 걸어 다니는 불교경전(經典)이다. 하루에 한 번밖에 볼 수 없는 존재, 그 살아 움직이는 경전을 보기 위해 매일 나는 새벽의 어둠을 뚫고 이곳에 온다. 켄보는 이곳에서 특별한 존재만이 받을 수 있는 칭호다. 그 존재로 불리는 순간, 그는 특별한 사람으로 분류된다. 그가 특별한 이유는 분노, 화남, 통증, 질투, 경쟁, 욕망, 탐욕의 감정 상태가 없기 때문이라고 한다. 그런데 나는 그 감정의 상태가 어떤 것인지 아직 모른다.

어린 동자승 다섯 명이 자기들 머리통보다 큰 주전자를 들고 나타났다. 양손으로 주전자를 잡고 있는데 걸을 때마다 어깨는 뒤로 몸통은 좌우로 기우뚱한다. (저러다 넘어지면 안 되는데.) 주전자가 움직이는 방향으로 눈알이 간다. 저 주전자에 나의 아침이 걸려 있다. 다섯 아이들은 서로의 방향으로 민첩하게 움직인다. 켄보가 오기 전, 저 동자승들은 여기 모인 수백 명의 라마승들에게 버터 차를 돌려야 한다. 모두들 목을 빼들고 주전자를 기다린다. 다행히도 주전자는 안전하게 내 앞까지 왔다. 주전자 부리로 김이 모락모락 새어나오는 뜨거운 버터차가 내 이름이 새겨진 둥그런 사발에 부어진다. 호, 불며 혀를 사발에 담근다. 조금씩 나누어 마신다. 텅 빈 배 속에 따끈한 버터차가 들어가니 내장이 꿈틀거리며 말한다. 한 사발만 더 줘.

스승님이 물은 적이 있다.

우리 몸에서 가장 끈질긴 감각이 어디인지 아는가?

모르겠습니다.

'혀'다.

여기서는 '혀'를 모시고 사는 사람들이 없다. 이곳에 들어오는 날부터 먹는 것에 대한 욕구와 경쟁을 포기했기 때문이다.

스승님이 물은 적이 있다.

음식을 입에 넣었을 때, 가장 먼저 느끼는 맛은 무슨 맛인지 아는가?

모르겠습니다.

쓴맛이다.

양파와 오이, 버섯과 야채를 듬뿍 넣은 걸쭉한 죽을 먹고 싶다. 힘이 나고 몸의 통증을 가라앉힐 수 있는 죽을 하루 종일 떠먹고 싶다. 양배추 우려낸 물은 잠자는 데도 도움이 된다는데 그것도 먹었으면 좋겠다. 그걸 먹고 요상한 꿈을 꾸지 않았으면 좋겠다. 하지만 이곳에는 영양이 있을 것 같은 감자나 호박, 콩, 버섯, 양파, 양배추 같은 것은 없다.

혀가 매일 자란다면 어떻게 될까? 자라난 혀가 입 밖을 나와 얼굴을 감싸고 정수리까지 핥을 수 있다면 얼마나 좋을까. 아침마다 따뜻하고 부드러운 혀로 얼굴을 닦아준다면 얼마나 편할까. 혀를 내밀어본다. 분홍빛 혀는 두 콧구멍 밑에서 멈춘다. 혀끝을 날름거리는데 순간 법당이 조용해진다. 특별한 존재, 그가 오셨다. 수백 개의 눈알들이 그에게 박힌다. 그의 등장은 언제나 우리를 긴장시킨다. 인간이 인간을 긴장시키는 힘은 어디서 나오는 것일까. 특별한 존재가 법당 중앙에 상좌(上座)한다. 언제나 그렇듯이 그의 얼굴은 주름과 미소가 펴져 있다. 아무리 보아도 해독할 수 없는 불경과 진언처럼 신비스러운 얼굴을 하고 있다. 아무런 질투와 탐욕이 없는 상태의 얼굴은 저런 것일까? 자리에 앉자마자 켄보 입에서 천년의 주술이 시작된다. 그는 두 손을 들어 열 개의 손가락을 움직인다. 마치 손가락으로 말을 하는 듯한 움직임, 대수인(大手印). 손가락으로 경전을 읽는 방법, 이곳에서 전통적으로 내려오는 고승들의 설교방식이다.

꿈을 꾼다는 건 욕망하는 것에 대해 끊임없이 생각하고 있다는 증거입니다. 그러나 왜 욕망은 항상 억제를 만나게 되는 걸까요? 그의 당당한 입술을 쳐다본다. 질문 있습니다. 밤마다 요상한 꿈을 꾸는데. 그런 꿈에서 빠져나오는 방법이 있을까요? 손을 들어 물어볼까 하다가 관뒀다.

• • •

죽이 보글보글 끓고 있다. 손으로 배추를 털고 잘라 넣는다. 흰 방울이 귀엽게 올라와 수면에서 터진다. 벌어진 부엌 창문 틈 사이로 새 한 마리 날아가는 것이 보인다. 현장으로 가야 할 시간이다. 오늘은 시신이 많으니 좀 일찍 가서 유족들과 인사도 해야 하고 시신의 상태도 점검해야 한다. 어제 보니 도끼와 칼이 많이 무뎌져 있었다. 가는 길에 스승님 방에 잠시 들러 인사도 해야 한다. 스승님께 죽은 시신의 전생을 들여다보는 공부를 몇 년째 배우는데 도무지 진척이 없어 조바심이 나고 있다. 죽을 먹고 밖을 나오니 마당 장대에 걸어놓은 빨래가 눈에 들어온다. 해부할 때 두르는 흰 앞치마와 노란색 모자다. 앞치마와 모자가 햇살을 받는 것을 보면 기분이 좋아진다.

어제 밤에 꿈을 꾸었습니다.

꿈?

요사이 잠을 자면 꿈을 꾸는데 항상 비슷한 꿈입니다.

시신이 나오나?

아니요.

그럼 독수리가 나와?

아니요.

그럼 유가족이 나와서 뭐라 하던?

아니요.

그럼?

언제나 제가 벌거벗고 누워 있다는 것입니다.

벗어?

네. 제가 생각하기에는 잘 때, 벌거벗고 자는 버릇 때문인 것 같습니다. 그렇게 자면 잠도 잘 오고 편안합니다.

현장으로 먼저 가겠다던 제자 나왕누메가 빨래를 받치고 있는 장대 옆에서 나를 기다려 한 말이다. 그런데 나왕누메가 정작 하고 싶은 말은 그게 아니었나 보다. 벗고 잔다는 말을 마치자마자 뜻밖의 말을 이어서 한다.

저, 스승님 어제 밤 사원에서 노양깔무가 사라졌답니다.

사라져?

그게, 밤에 사라져서 친구들이 찾아봤는데, 글쎄…

뭔가?

알고 계셔야 할 거 같습니다.

(…)

그가 숲속에서 발견됐답니다.

숲?

네. 죽었답니다. 숲에서 죽은 채 발견됐답니다.

그런데 좀 이상한 점이 있답니다.

뭐지?

혀가 없어졌답니다.

혀?

그게 다들 모르겠답니다. 다른 데는 멀쩡한데 왜 혀만 없어졌는지?

그럼 시신은?

지금 법당 뒷마당에 놓여 있답니다. 내일 천장(天葬)을 하지 않을까요?

천장을 한다는 것은 시신의 몸 속에서 '영혼'을 꺼낸다는 것이다. 꺼낸 영혼을 다른 새로운 몸 속으로 이동시킨다는 것이다. 그건 이곳에서 나만이 할 수 있다. 죽은 노양깔무의 얼굴을 떠올리며 걸어가는데 길에 앉아 있는 독수리 두 마리를 만났다. 고개를 숙이며 눈인사를 건넸다. 총을 든 병사처럼 단단하게 목을 고정한 한 마리는 나를 보자 눈알을 연거푸 세 번 굴린다. 저 길로 지나가야 하는데. 다른 한 마리는 알았다는 듯이 커다란 날개를 살짝 펼쳐 보이며 뒤뚱 비켜선다. 독수리는 이곳의 신조(神鳥)다. 어느 누구도 저 독수리를 만질 수 없고 똑바로 쳐다볼 수도 없다. 그저 두 손을 모으고 고개를 숙이며 경의를 표할 뿐이다. 죽으면 주저 없이 그의 입속으로 들어가야 한다. 숨이 멎은 시신이라도 죽은 것이 아니다.

신조의 뱃속으로 들어가야 비로소 죽은 것이다. 그래야만 다음 생을 기약할 수 있다. 고개를 숙이고 숨을 죽이며 신조 옆을 조심스레 지난다.

보란 듯이 방문이 반쯤 열려 있다. 스승님! 하고 부르려는데 방 안에 앉아 있는 사람이 눈에 들어온다. 노구의 스승님이 누군가에게 몸을 굽혀 정성스럽게 절을 하고 있다. 오, 저런 모습은 처음이다. 스승님이 머리를 굽힐 정도로 존엄한 사람이 이곳에 또 있을까. 도대체 누구일까? 스승님이 잠시 자리를 비켜서는 순간, 나는 깜짝 놀라 주저 앉을 뻔했다. 스승님의 맞은편에 가린 사람은 놀랍게도 어린아이였다. 몸이 작은 한 아이를 앞에 두고 스승님은 다정한 미소를 지으며 사탕을 손수 집어 입에 넣어주고 있다. 저 어린아이에게 스승님은 무얼 하고 있는 거지?

들어와도 돼.

저, 손님이 계시면… 내일 다시…

아니, 괜찮아, 괜찮아. 들어와서 절을 올려.

누구신지?

나의 스승님이네.

(…) 나는 순간 당황했지만 공손히 무릎을 끓고 사정을 들어보고 싶었다.

이분은 나의 스승이시네. 전대 나의 스승님이 임종하고 이분으로 환생하신 거지

(…)

6년 전 임종하신 나의 스승님이 환생하셔서 이곳에 오신 거지. 나는 단박에 알아봤네.

(…)

그런데 무슨 일로 왔나? 이 시간은 바쁠 터인데.

현장 가는 길에 들렀습니다.

오늘 해부할 시신은?

세 구입니다.

가랑비가 내린다. 비는 좋으면서도 싫다. 비의 냄새는 좋지만 시신을 처리할 때, 피가 번지면 시간이 지체된다. 비오는 날 피 냄새는 평소보다 진하게 퍼진다. 비를 맞으며 인간의 몸을 도려내는 기분은 별로다. 비는 시원하긴 하지만 시신에 집중하기 어렵게 만든다. 몰입과 순서가 뒤틀리기 일쑤다. 하지만, 비가 오건 안 오건 거의 매일, 이곳에는 시신이 올라온다. 저 아래의 평지로부터 이곳 하늘사원에 시신은 매일 배달된다. 시신이 매일 올라온다는 건 매일 인간이 죽는다는 뜻이기도 하다. 그것은 또한 매일 새로운 인간이 태어난다는 신호이기도 하다. 아, 이건 아닐지도 모른다. 인간이 죽어서 또다시 인간으로 세상에 나온다는 규칙은 없다. 지렁이나 도마뱀으로 태어날 수도 있다.

이곳에 올라오는 시신의 종류는 다양하다. 불의의 사고로 머리가 터지거나 팔다리가 뒤엉켜 올라오는 사람이 있는가 하면, 깊은 주름과 갈색반점의 검버섯을 하고 노년의 죽음을 맞이한 사람도 있다. 매일 그들의 시신을 보고 있노라면 나의 죽음도 생각하게 된다. 가장 마음이 걸리는 시신은 어린아이의 경우다. 축축한 긴 머리카락을 땅에 늘어뜨린 여자아이 시신을 볼 때면 마음이 안 좋다. 아기 새처럼 조그맣고 여린 몸뚱이를 끈으로 꽁꽁 묶은 모습을 보면 이 아이는 무슨 이유로 이리도 일찍 죽었을까? 배가 꾸르륵거리고 욕지기가 난다.

나무 옆에서 물을 마시는 숨마추제가 보인다. 손짓으로 공구함을 가져오게 했다. 공구함을 열어 도구를 살펴본다. 큰 도끼, 작은 도끼, 칼, 망치, 톱, 드라이버, 자, 가위, 나팔, 주걱, 노끈, 성냥 등이 정렬되어 있다. 도끼의 날은 역시 좀 갈아야 할 것 같다. 이런 상태로 뼈를 내리치면 어긋나기 쉽다. 삐끗하면 손과 다리에 상처를 입을 수 있다. 나도 처음 이 일을 시작할 때, 무딘 도끼로 시신의 갈비뼈를 손질하다가 내 발등을 찍은 일이 있었다. 순식간에 벌어진 일이기에 방어할 만한 순발력은 나오지 않았다. 그때 새끼발가락 하나가 잘려 나갔다. 팔자형의 가위는 주로 머리카락과 몸의 털을 제거할 때 쓰고, 날카로운 삼각형 주걱은 내장을 긁어낼 때 사용한다. 작은 손도끼는 팔, 다리, 엉덩이와 골반을 분리할 때, 그보다 작고 단단한 사각형 해머는 뼈를 균등하게 부술 때 유용하다.

오늘 세 구지?

네.

유족들은?

저기, 나무 아래에 있습니다.

나팔사는 오셨나?

아직입니다.

얼른 가서 모셔 와라.

도르륵. 돌 구르는 소리가 난다. 언덕 위 독수리 한 마리가 앞발로 작은 돌멩이를 톡톡 차며 아래로 굴리고 있다. 어서 시작하라는 신호다. 손으로 이마에 차양을 하고 그쪽을 바라보니 어느새 수백 마리의 독수리가 일렬로 앉아서 이쪽을 보고 있다. 자, 어서 시작하시오. 우리들의 밥을 준비하시오! 하는 날갯짓을 보인다. 그들은 참을성이 많다. 배는 고프지만 덤벼들지 않을 것이다. 그들은 멀리 날아갈 필요도, 위험을 자초할 필요도, 애쓸 필요도 없이 인내심을 가지고 나의 해부만을 기다릴 것이다. 제자들에게 말한다.

피가 튀는 것을 두려워하지 마라.

해부 중에는 서로 이야기하지 마라.

내가 신호를 주기 전까지 독수리들이 다가오지 못하게 해라.

허락 없이 중간에 마음대로 쉬지 마라.

뼈를 내리칠 때는 몸동작을 작게 해라.

얼굴에 시신의 뼈가 튀지 않게 조심해라.

• • •

첫 번째 시신. 살집은 없고 뼈와 근육만이 앙상하게 드러나 있다. 아들에 의하면 할아버지는 죽기 얼마 전부터 귀가 좋지 않아 말귀를 못 알아듣고 말수가 적었다고 한다. 귀(耳)라? 중년에 일을 지나치게 많이 하거나 큰 병을 앓은 사람들은 나이가 들면 귀에 문제가 생긴다. 심하면 귀가 가렵고 알 수 없는 벌레 우는 소리가 나기도 한다. 그 소리는 매미가 우는 것 같기도 하고 종이 울리는 것 같기도 하고 천둥번개가 치는 소리가 나기도 한다. 귀는 단지 소리를 듣는 것만이 아니라, 남의 말을 듣는 힘이기도 하다. 따라서 청력이 약하면 잘 듣지 못한다. 사람들과의 만남에도 문제가 생기게 마련이다. 귀에 문제가 생기면 결국 마음의 병으로 옮아간다. 『해부의 서(書)』에서는 분노가 많은 사람은 좌측 귀에 문제가 생기고 색욕이 많으면 우측 귀에 문제가 생기고 기름지고 단 음식을 많이 먹으면 양쪽 귀에 문제가 생기는 것으로 이야기하고 있다. 그래서 노년이 오기 전에 달고 기름진 음식을 삼가고 색욕을 조절하라고 씌어 있다. 이 노인의 몸은 말랐다. 마른 몸은 발라내기 어렵지 않다.

두 번째 시신. 몸에서 나는 냄새가 심상치 않다. 남편 말에 의하면, 사흘 전 집 앞에서 오토바이에 치여 죽었다고 한다. 몸을 감싼 빨간 담요 속에서 냄새가 뿜어져 나온다. 조심스럽게 담요를 펼쳐보니 예상한 대로 얼굴은 반 정도가 뭉개져 있고 코는 어디 갔는지 보이질 않는다. 얼굴에서 코는 천기가 드나드는 통로다. 코는 냄새와 관련이 있다. 만약 바람의 냄새를 맡을 수 있는 사람이라면 그는 코가 좋은 사람이다. 뭉개진 시신을 가만히 내려다보다가, 양손을 모아 아홉 번 비빈 후, 그녀의 양미간 사이에 오른손 중지를 가만히 댄다. 눈을 감고 정신을 집중한다. 아무것도 보이지 않는다. 이 여인의 죽음이 보이지 않는다. (스승님으로부터 배운 공부는 언제쯤 드러날까.) 부서진 시신일수록 조심히 다루어야 한다. 무심코 팔이라도 당겼다간 어깨와 목이 뒤틀려 엉킬 수 있다. 이런 객사의 경우는 시신의 이마에 문양(별, 달, 점)과 세 개의 붉은 점을 나란히 그려 넣어 슬픔을 애도해야 한다. 문양을 새겨 넣을 위치를 잡기 위해 두 손으로 여인의 목덜미를 고정시키려는 순간, 함몰된 그녀의 얼굴이 눈에 들어왔다. 보라색을 띠며 풍선처럼 부풀어 올라 있는 얼굴, 고통과 통증의 시간조차 느끼지 못한 채 즉사한 얼굴이다.

세 번째 시신. 감싸고 있는 노란 보자기를 보는 순간, '아. 이건 어른이 아닐 것 같다' 는 직감이 들었다. 꽃무늬가 알록달록한 보자기를 천천히 걷어 올렸다. 맞다. 제기랄. 어린아이. 소녀. 멍인지 반점인지 분간이 안 되는 진한 보라색의 점들이 마치 기린의 그것처럼 몸 전체에 간격을 두고 번져 있다. 피부병? 전염병인가? 알 수 없는 독이 몸에 퍼진 것 같다. 이곳에서 전염병이 돌면 속수무책이다. 그저 차가운 물을 하루 종일 마시는 것이 처방이다. 이런 경우, 스승님의 말씀으로는 카일라스의 주변의 돌가루와 금가루를 섞여 먹이면 효과가 있다고 하셨는데 초원에서 금을 구하기는 쉽지 않다. 이 아이는 자신의 몸에 번지는 독을 보며 무슨 생각을 했을까.

'독'보다는 '문양'이라고 생각하지 않았을까? 소녀의 몸에서 초원의 냄새가 난다. 야크, 양, 말, 풀 그리고 똥 냄새가 난다. 아이의 입을 벌려 혀를 빼보았다. 혀는 사람 몸 중에서 가장 신령스런 뿌리다. 입과 혀에서 나오는 소리로 자신의 몸과 운명을 바꿀 수도 있다. 혀는 신체적으로 심장과 연결되어 있다. 그래서 심열이 있으면 혀가 헐고 위열이 있으면 입에서 냄새가 나는 것이다. 입 냄새는 열기가 흉격 사이에 쌓인 후 열을 끼고 입으로 치고 올라와 생기는 것이다. 아이의 혀 상태가 이상하기는 하다. 혀가 오그라들어 목구멍 방향으로 말려 있다. 벙어리였나? 이런 혀의 상태라면 말을 하기조차 힘들었을 텐데. 혀는 이미 굳은 지 오래 된 상태다.

해부는 노동이다. 살아 있는 몸이 죽은 몸을 대하는 중노동이다. 아주 작고 단순한 해부라 하더라도 그 안에는 죽음의 이유, 해부 방법, 뼈와 살의 분리, 다듬기, 부수기, 모으기, 정리하기 등 모든 과정이 들어 있다. 매일 크고 작은 시신들을 이런 방식으로 처리하고 늦은 점심을 먹고 방으로 돌아오면 완전 녹초가 돼 정신을 잃은 적도 있다.

오늘 해부는 순조롭게 진행된다. 칼 쥔 손에 힘을 주어 원형으로 돌리자 할아버지의 뼈와 근육, 살 발라지는 감촉이 몸 전체로 번져온다. 손아귀 속 전율이 오장육부까지 작은 원을 그리며 퍼진다. 할아버지의 간을 만지면 내 간이, 그의 심장을 도려내면 나의 심장이, 그의 성기를 잘라내면 나의 성기가 움찔한다. 죽은 것을 또다시 죽이는 일, 살아 있는 내 몸에 희열과 혐오가 인다. 할아버지는 근육이 질기고 단단한 편이다. 한평생 가축을 몰고 다닌 유목인의 몸일 터이니. 갈비뼈 다듬기가 끝나자 해부는 속도가 나기 시작했다. 아직 아침이라 할 만하다. 점심을 넘기면 힘들어진다. 흘러내린 땀이 눈에 흘러 들어가 눈알이 쓰라리다. 볼까지 흘러내린 땀을 혀로 먹는다. 시간이 지날수록 허기지지만, 정신은 몰입된다. 찍고, 가르고, 두들기고, 잘라내고의 반복된 동작은 집중을 올려준다. 투명한 몰입의 상태로 들어서게 해준다. 태양은 본격적으로 자신의 위치를 잡더니 잘려나간 팔과 다리, 뼈와 근육들을 선명하게 비춘다.

노양깔무라? 그 아이를 몇 번 본 적이 있다. 새벽 법문시간에 찬 바닥에 앉아 나를 똑바로 쳐다보던 그 까만 눈망울, 눈이 당나귀 같고 쌍꺼풀이 있던 아이, 가는 목소리, 긴 허리, 그에 대해 제자들이 말하는 것을 들은 적이 있다. 사원에 알 수 없는 이방인이 올라와 거주하고 있는데 아침마다 그를 위해 노양깔무가 보온병에 물을 담아준다는 것이다. 경계와 의심의 눈초리를 거두고 낯선 이방인에게 다가섰던 노양깔무, 그 아이가 죽었다니 믿어지지가 않는다. 사원에서 천장을 결정하면 나를 부를텐데. 그의 얼굴을 어찌 본단 말인가. 그의 몸에 어떻게 도끼질을 한단 말인가?

피로 물든 앞치마를 갈아입고 작고 뾰족한 칼로 바꿔 쥔다. 어디든 밖에서 안으로 들어가는 것이 설레고 긴장되는 법이다. 비록 죽어버린 몸이라 할지라도 칼과 주걱이 살을 비집고 몸 안으로 들어가는 것은 역시 어렵다.

스으윽. 머리카락을 미는 것으로 이 여인의 몸으로 들어가는 작업은 시작된다. 땀이 포도알처럼 맺혀 양 볼을 타고 흘러내린다. 피로 축축한 장갑을 벗고 손등으로 땀을 닦는다. 뭉텅거리는 피 냄새가 코 속으로 들어온다. 피 냄새는 지문처럼 사람마다 다르다. 이 여인의 피 냄새는 허망함이 가득하다. 허리를 펴고 여인의 가족을 둘러본다. 저쪽, 나무 밑에 남편이 보인다. 그는 땡볕 아래서 조용히 이쪽을 쳐다보고 있다. 애통과 슬픔이 교차하는 얼굴이다. 시신을 나에게 인도하면서 그는 아무런 요구도, 원망도, 울음도 없었다. 그저 모든 것을 나에게 맡긴다는 표정이었다. 저쪽에서 거리를 두고 서 있을 뿐이다. 저 남편에게 내 감정을 담지 않은 얼굴을 보이기는 쉽지 않다. 걱정하지 마세요. 잘 되고 있어요!라는 표정을 보여주어야 한다. 독수리들이 이쪽을 쳐다보고 있다. 배식을 기다리는 허기진 군인들처럼 당당하지만 간절한 자세들을 하고서. 톱으로 바꾸어 들었다. 팥처럼 붉은 젖꼭지가 보인다. 토할 것 같다. 이걸 어떻게 잘라낸다 말인가. 잠시 쉬어야겠다. 그늘이 있는 나무 쪽으로 걸어간다. 앞치마를 탁탁 털며 방금 내가 있었던 현장을 바라본다. 개울물같이 졸졸 흐르는 피가 햇빛에 반사되어 빛난다. 인간 몸 속에는 피의 양이 많다.

아버지의 권유로 일곱 살에 이곳에 올라온 노양깔무. 목숨처럼 아끼던 야크 두 마리를 팔아 돈뭉치를 손에 쥐어주며 아버지는 아무 걱정 말고 넌 공부만 열심히 해라. 아들이 셋인 집안에서 불교

공부를 하는 자식은 한 명쯤은 있어야 한다. 엄마랑 일 년에 한 번씩은 찾아오마! 하며 눈만 껌뻑이는 아들을 이곳에 놓고 아버지는 가 버렸다. 처음 일 년은 먹는 것도 똥 사는 것도 힘들어했던 노양깔무. 그 다음 일 년은 공부를 힘들어한다는 소리도 들었다. 그리고 또 그 다음 일 년은 많이 외로워한다고 했다. 온다던 아버지는 삼 년 동안 한 번도 찾아오지 않았다. 그렇게 우울하고, 울적하고, 시무룩하게 삼년을 보내더니 사년 되던 해부터는 작정한 듯 언행이 변했던 노양깔무. 공부도 열심히, 걷는 것도 씩씩하게, 밥도 맛있게, 똥도 잘 싸더니 어느 날은 명랑한 미소까지 보였던 노양깔무. 혹시 구루가 되겠다고 결심을 한 것일까. 야크 판 돈으로 올라온 어린아이는 성실한 청년 수행자로 거듭나고 있었다. 그런 아이가 죽은 것이다.

꽃무늬가 엉겨 있는 노란 보자기 사이로 희고 투명한 발가락이 삐죽 나와 있다. 발목을 견인해주던 뼈는 으스러졌는지 발가락은 늘어질 대로 늘어져 있다. 다듬지 못한 발톱 사이로 갈색의 피가 엉겨 붙어 있다. 차가운 발가락은 햇빛을 받아 따뜻해진다. 발가락이 나 아직 안 죽었어요, 하고 꿈틀거릴 것 같다. 보자기를 걷어내니 오그라든 소녀의 몸이 눈에 들어온다. 목말라하는 아기 새 같다. 검붉은 보라색 멍이 온몸에 간격을 두고 번져 있다. 그 검붉은 문양이 나에게 무언가를 하소연하고 있는 것 같다. 소녀의 눈은 감겨 있는데 나를 쳐다보는 것 같다. 마음이 일렁인다. 도저히 쳐다볼 수가 없다. 시신을 바닥에 엎어놓고 자리를 떴다. 차가운 물을 한잔 마셔야겠다. 앞치마를 새것으로 갈아입고 다시 섰다. 그 사이 소녀의 몸은 더 오그라들었다. 소녀의 보라색 입이 움직이며 말한다.

아저씨, 난 괜찮아요.
새의 몸 속으로 들어가 보고 싶어요.

비틀거리지 않도록 두 다리에 힘을 주고 왼손은 목덜미를 잡고, 칼을 잡은 오른손으로 양 어깨를 먼저 가른다. 칼끝이 뼈와 살점 사이의 틈으로 들어가 자리를 잡는다. 하얀 살에서 보라색 피가 꿀룩 나온다. 당황하면 안 된다. 손은 리듬과 호흡을 따라가야 한다. 칼이 뼈에 걸리면 내 손이 다친다. 도끼로 척추뼈를 칠 때마다 반동으로 내 몸이 뒤로 밀린다. 소녀의 형체는 점점 인간의 모습을 잃어간다. 속이 또 울렁거린다. 입을 다물고 참는다. 손을 움직이는 만큼 아이의 몸은 줄어든다. 머리카락과 손톱, 이빨은 따로 보관해 둔다. 아이의 부모에게 돌려주어야 한다. 소녀의 몸은 작아 해부는 금방 끝났다. 잘려나간 귀가 흙에 누워 있다. 고개를 돌려 외면한다. 도끼를 바닥에 던지며 언덕을 쳐다본다. 독수리들이 움직이기 시작한다. 참을 수 없다는 몸짓이다. 땀에 젖은 모자를 벗어 공중에서 세 번 돌렸다.

스승님이 물은 적이 있다.

환생을 원하는가?

네.

인간?

아니요.

그럼?

전, 새로 태어나고 싶습니다. 새가 되어 태양 가까이 가고 싶습니다. 태양 속으로 들어가고 싶습니다.

새가 되는 방법이 있다면 어찌하겠는가?

네에?

있다. 생각해보라.

새를 생각한다. 가슴, 날개, 깃털, 부리, 발톱이 떠오른다. 몸이 가벼워야 할 것 같다. 그래야 하늘을 날 수 있을 것 같다. 인간이 새보다 무거운 이유는 무엇일까. 뼈다. 새는 뼛속까지 비어 있기 때문에 잘 날 수 있다는 이야기를 들은 적이 있다. 그래 맞다. 인간의 몸속에는 뼈가 정말 많다. 발뼈, 발목뼈, 아랫다리뼈, 무릎뼈, 넓적다리뼈, 엉덩뼈, 두덩뼈, 척추뼈, 어깨뼈, 목뼈, 머리뼈 등 온몸이 뼈로 연결돼 있다. 갓난아이의 뼈는 450개고 어른은 206개 정도 된다고 해부학 책에서 본 기억이 있다. 이렇게 뼈가 많으니 날 수가 없는 것이다. 맞을 것이다. 스승님께 마치 달과 별의 차이를 아는 것처럼 뼈의 무게 차이라고 말씀드렸더니 인간이 가지고 있는 욕심, 욕망, 탐욕의 관계와 속박이 뼈보다 더 무겁다. 그것들부터 줄이고 없애야 한다.

그렇게 말씀하시는 스승님은 몸무게가 얼마나 나갈까? 이곳에서는 스승님과 나의 몸무게를 비교할 방법이 없다. 욕망을 줄이고, 뼈의 무게를 줄였는데도 하늘을 날지 못하면 어떻게 해야 할까? 최후의 방법은 있다. 그냥 새의 몸 속으로 들어가는 것이다. 죽어서 독수리의 밥이 되어 그의 몸 속으로 들어가는 것이다. 그러면 새가 되어 날 수 있다. 태양 속으로 들어갈 수 있다.

• • •

오늘의 해부가 끝났다. 얼굴이 불에 덴 것처럼 따갑다. 두껍고 텁텁한 바람이 불어온다. 이 바람은 지친 몸을 더 힘들게 한다. 더운 바람은 피 냄새를 한 번 더 맡게 한다. 유족들이 준비해 온 음식을 제자들에게 건네준다. 늦은 점심을 먹기 위해 나와 제자들은 나무 밑 그늘에 자리를 잡았다. 옷을 벗어 나뭇가지에 걸어놓고 얼굴과 손을 시간을 들여 씻는다. 유족들이 다가와 고맙다며 연신 고개를 숙인다. 허기가 몰려왔으나 때를 놓친 점심은 맛을 음미하기 어렵다. 뜨거운 차로 입속의 만두를 녹여 삼킨다. 유목민 할아버지의 아들이 떡을 건네주며 나의 손을 유심히 쳐다본다. 안다. 그가 왜 내 손을 빤히 쳐다보는지. 나의 손톱 밑에는 팥색 핏자국이 끼어 있기 때문이다. 얼핏 보면 손톱이 검붉게 멍든 것처럼 보인다. 그동안 시신들이 나에게 선사한 선물이다. 이 피때는 좀처럼 없어지지 않는다. 오히려 시간이 지날수록 손톱 밑을 파고든다. 한번 달라붙은 죽음의 피는 나의 살이 된다. 만두를 집어 입에 밀어 넣고 오물거린다. 떡을 건넨 아들은 나의 손을 계속 쳐다본다.

제자들에게 뒷정리를 맡기고 방으로 돌아왔다. 방문에 씌어 있는 2356을 지운다. 2357로 쓴다. 긴장이 풀리자 어깨의 통증이 또 몰려온다. 심한 날은 손이 저리기도 한다. 밤마다 뜨거운 물수건으로 덮어보지만 뭉친 근육은 쉽게 풀리지 않는다. 오늘같이 시신 해부의 양이 많은 날은 잠을 못 이룰 정도로 어깨와 허리의 통증이 심하다. 이런 날은 등을 벽에 기대고 손을 늘어뜨리고 휴식을 취해야 한다.

벽에 기댄 허리가 아파 눈을 떴을 때, 어떻게 된 노릇인지, 내 눈앞에는 어떤 할머니가 허리를 반쯤 구부린 채 나를 쳐다보고 있었다. '할머니구나' 하고 짐작한 이유는 머리가 하얗고 허리는 구부정했으며 얼굴은 진한 주름으로 가득했기 때문이었다. 또한 야크뿔 모양의 낮은 지팡이를 짚고 서 있었는데 그 지팡이를 잡은 손은 알 수 없는 반점들로 얼룩져 있었고 손목에는 검은 묵주가 감겨 있었다. 그런 생각이 드는 와중에도 이 할머니가 어떻게 언제부터 내 방에 소리도 없이 들어와 서 있는지는 알 수 없었다. 내가 눈을 뜨자 할머니는 기다렸듯이 한 걸음 다가와 주름진 이마를 내 얼굴에 디밀었다. 그리고는 무언가 할 말이 있다는 듯 입술을 오물거렸지만 끝내 무언가는 말하지 않고 쳐다보기만 할 뿐이었다. 나 또한 최대한 자연스럽게 무덤덤한 표정을 지어 보이며 할머니를 쳐다보았다. 먼저 말을 하면 안 될 것 같았다.

그런데 기다렸던 말은 하지 않고 할머니는 한 손으로 나를 끌어 세우려 했다. 나는 순간 벌떡 일어섰다. 그리고 뒤로 약간 물러서며 할머니를 구체적으로 쳐다봤다. 좀 화난 표정으로 나를 쳐다보던 할머니는 지팡이를 들어 방문 밖을 가리켰다. (나가자는 말인가?) 벽에 기댄 채 일어서자 어지러움을 느꼈지만 애써 차분하게 자세를 고쳐 잡았다. 할머니는 나에게 동의도 구하지 않은 채 먼저 밖에 나가서 당연한 듯 나를 기다리고 서 있었다. 방에서 보이는 할머니는 지팡이가 필요 없을 정도로 허리가 꼿꼿했다. 저, 할머니 무슨 일이세요? 무슨 말씀을 하셔야지요? 하고 싶었지만 어찌된 일인지 나의 몸은 이미 밖으로 나와 할머니 앞에 서 있었다. 신발을 신을 시간도 주지 않고 할머니는 굳은 표정을 하고 앞서 가기 시작했다. 걸어가는 할머니의 뒷모습을 보니 역시 지팡이가 필요 없을 정도로 빠른 속도감이 느껴졌다. 흰 치마에 가려졌지만 걸을 때마다 실룩거리는 엉덩이도 할머니의 그것이라고 보기에는 곤란스러웠다. 나는 좀 두려웠고 어이없었지만 호기심과 자존심이 불쑥 올라와 일단 할머니의 뒤를 따르기로 했다.

하지만 이거 낮잠이 아닌가라는 생각은 들었다. 왜냐하면 내 방은 아무도 찾아오지 못할 정도로 외진 곳에 있고, 그렇기 때문에 기껏해야 해부를 돕는 제자들 혹은 스승님 정도가 올 뿐이지, 일반인들은 도저히 내가 사는 곳에 올 수가 없는 절벽 끝자락에 있었기 때문이다. 아무리 생각해봐도 정확히 '아, 그 마을 그 집의 그 할머니로군' 하며 딱 생각나지 않았다. 그래서 나는 '그래, 이 할머니는 어떤 초원에서 양을 기르는 그냥 어떤 할머니일 뿐이야' 하고 생각했다. 하지만 몽롱하고 이상한 기분은 나아지지는 않았다. 혹시 벙어리인가? 내가 누구인지 알고 데려가는 것일까? 나는 혼자 중얼거리며 어느덧 한 번도 본적이 없는 숲을 지나고 있음을 알아챘다. 숲은 신기하게도 붉은 색을 띠고 있었는데 내가 지나가자 나뭇잎이 부르르 떨렸다. 바람도 불지 않는데 어떻게 잎이 흔들리지? 나는 약간 무서운 마음이 들어 일부러 휘파람을 불어보았다. 내가 소리를 내자 숲도 알 수 없는 소리를 보내왔다. 처음 들어보는 소리였다. 나는 돌멩이 하나를 주워서 손에 쥐었다. 그러면서 앞서 걸어가는 할머니의 뒤통수를 노려보았는데 할머니는 아무런 소리도 듣지 못했는지 여전히 빠른 걸음으로 앞을 향해 걸어갔다. 저기, 할머니 어디로 가시는 거예요? 하고 물어보고 싶은 마음이 자꾸 올라왔으나 결국 그만 두었다. 대답은커녕 뒤를 돌아보고 인상을 찌푸리고 욕을 할 것 같은 느낌이 들었기 때문이다.

이상한 건 내가 방에서 잠들었을 때는 해부를 마치고 태양이 펄펄 끓는 오후였는데 밖은 컴컴한 밤이라는 것이었다. 방은 낮인데 밖은 밤이라? 이건 틀림없이 꿈일거야. 그게 아니라면 이게 뭐겠어? 설마 내가 죽은 것인가? 낮잠을 자다가 나는 그대로 죽은 것이고 저 할머니는 나를 데리러 온 죽음의 사자인가? 하는 생각을 하며 걷는데 느닷없이 한쪽 눈이 별 모양으로 으깨진 개가 나타나 나를 향해 짖기 시작했다. 이건 또 뭐지? 하면서 나는 나도 모르게 개의 일그러진 눈에 손에 쥐고 있던 돌을 던질까 하다가 그냥 할머니의 뒤를 바짝 쫓아갔다. 그런데 개 같지 않은 그 개는 나를 쫓아오는 모양이 좀 이상했다. 고개를 돌려 보니 그 개는 한쪽 발을 절뚝이고 있었다. 찌그러진 눈에 절름발이 개라니? 나는 걸음을 멈추고 그 자리에 서서 개를 기다렸다. 어찌된 일인지 물어보고 싶었기 때문이다. 그런 나를 눈치챘는지 할머니는 갑자기 걸음을 멈추고 뒤를 획 돌아보고는 나를 노려봤다.

할머니는 잠시 나를 기다리더니 다시 고개를 돌려 빠른 걸음으로 앞을 향해 걸어갔다. 나는 내가 왜 따라가야 하지? 여기서 돌아가면 되지 않아? 하는 생각이 들어 몸을 돌리려는 순간, 너무 놀라 주저 앉고 말았다. 할머니가 호수 위를 걸어가는 것이 보였기 때문이었다. 할머니는 검은 호수 위를 마법사처럼 가뿐히 걸어가고 있었다. 믿어지지 않게도 할머니는 물속에 빠지지도 물방울도 튀지 않았다. 나는 그 모습을 보자, 혹시 나도 될까? 하는 기대감이 생겨 호수 앞까지 뛰어갔다. 호수는 잔잔했다. 잠시 생각하다가 오른발을 살짝 들었다가 이내 내려놓았다. 아니야, 이건 할머니의 계략일지도 몰라. 빠지면 난 죽을지도 몰라. 아무래도 뛰어가는 것이 좋겠다는 생각이 들었다. 나는 호수 옆길을 빠르게 뛰어갔다. 숨이 찼지만 밤에 호수의 주위를 열심히 뛰는 기분은 별로 나쁘지 않았다.

호수에서 눈과 손바닥 뒤통수에 눈이 달린 여신이 한번쯤 나왔으면 더 좋을 텐데, 하는 생각이 들었다. 그때 호수의 냄새가 코로 들어왔는데 시신의 뭉텅거리는 신경과 근육의 냄새였다. 간신히 할머니를 따라잡아 기분이 좋아지려는 찰나 눈앞에 갑자기 초원이 나타났다. 그런데 초원에는 양이나 야크가 단 한 마리도 보이지 않았다. 대신 하나의 작은 게르가 보였다. 할머니는 점처럼 서 있는 그 게르 안으로 사라졌다. 나는 마음이 급해졌다. 저건 또 뭐지? 게르 앞까지 단숨에 뛰어갔다. 하지만 막상 게르 앞에 도착하니 성큼 들어가지 못하고 주저되었다. 여러 가지 생각이 떠올랐다. 이 안은 뭐가 있을까? 나는 게르 앞에서 한참 동안 서 있었다. 초원의 냄새와 곤충들이 우는 소리가 사방에서 들려왔다. 기분에 젖어 고개를 들어 하늘의 별을 보는데 게르 안에서 할머니의 얼굴이 불쑥 나오더니 나를 노려봤다. 할머니는 나를 향해 눈알을 세 번 굴리더니 다시 게르 안으로 사라졌다. 나는 좀 망설이다가 어쩔 수 없네, 하고는 게르 안으로 따라 들어갔다.

할머니는 누군가를 내려다보고 있었다. 남편으로 보이는 할아버지였다. 화로 옆 담요 위에서 할아버지는 누런 얼굴로 누워 있었다. 숨소리가 죽음을 향해 가고 있었다. 하지만 전체적인 느낌은 편안했고 어디선가 본 것 같은 얼굴이었다. 어디서 봤을까? 하고 팔짱을 끼는데 여태까지 한 마디 말도 없던 할머니가 나를 보며 말했다. 영감 귀에다 대고 편안한 말 한마디만 해줘. '천장' 해주겠다고. 할머니의 목소리는 부드럽고 간절했다. 그때 내가 놀란 것은 할머니의 표정이 아니라 벙어리가 아니라는 사실이었다. 나는 좀 놀랐지만 아무렇지 않다는 듯이. 그러죠, 하고 할아버지에게 가 얼굴을 마주했다. 역시, 죽음의 냄새가 났다. 나는 무릎을 꿇고 '죽음에 임한 사람을 위한 노래'를 불러주었다. 할머니는 나와 누운 할아버지를 번갈아 쳐다보며 서 있었다. 화로의 불씨가 껌뻑이며 작아지고 있었다.

잠시 후, 호흡이 멈춘 할아버지를 확인하고 나는 밖으로 나왔다. 문 입구에서 할머니는 두 번째 목소리로 나에게 고마워요! 했다. 할머니의 목소리는 낮고 침착했다. 난 내 본분을 다했다는 느낌이 들어 사원으로 돌아가고 싶었다. 그래서 돌아온 길을 되짚어 가면 되겠지 하고 뛰어갔다. 그런데 이상하게도 올 때 보았던 초원과 호수는 보이지 않았다. 혹시 내가 길을 잘못 든 것은 아닐까, 하는 생각에 밤새도록 돌아다녀도 초원과 호수 그리고 그 절름발이 개는 그 어디에도 보이지 않았다. 나는 울음이 날 것 같았지만 참았고 칠흑 같은 어둠을 계속 뛰어다녔다.

• • •

카이슬(시작)!

작은 별 다섯 개가 그려져 있는 빨간 국기의 끈을 쥔 사람이 명령을 하자 수백 명의 군인들은 일사불란하게 숲과 나무를 향해 돌진했다. 그들은 마치 연습이라도 한듯 능숙하게 각자의 역할에 몰입했다. 톱으로 썰고, 도끼로 찍고, 줄을 지어 나르고 기름을 뿌려 나무를 불태웠다. 숲 타는 연기가 하늘을 뒤엎고 냄새는 진동했다.

불타는 숲과 연기를 본 마을사람들은 울며 사원에 올라갔다. 해부사를 찾아갔다. 별 국기를 들고 온 사람들이 숲을 태웠다고 했다. 마을사람들은 해부사를 붙잡고 엉엉 울었다. 우리는 이제 어디서 시신을 해부해야 하냐고, 신성한 독수리는 다 죽을 것이라고. 손바닥을 바닥에 내리치는 사람도 있었고, 정신을 잃는 사람도 있었다. 해부사는 그 말을 듣자마다 벌떡 일어나 숲으로 달려갔다. 숨이 찼으나 쉬지 않았다. 사원에 들어온 후로 이렇게 빠른 속도를 내며 계속 뛴 적은 없었다. 터질 것 같은 심장을 손으로 누르며 숲에 다다랐다. 허리를 잡고 가쁘게 숨을 내 쉬었다. 허허벌판이 보였다. 시커먼 그을음과 회색의 잿덩어리들이 공중에서 날아다니고 있었다. 아무것도 없었다. 해부사는 그 자리에 서서 드러난 숲을 한동안 쳐다만 보았다.

다음날 사원으로 돌아온 해부사는 울다가 쓰러졌다. 며칠을 그렇게 방에서 울다 토했다. 그 후 해부사는 사라졌다. 그의 방 입구에 쓰여 있던 2357의 숫자는 그 후로 멈추었다. 어떤 마을사람이 그가 동굴로 들어가는 뒷모습을 보았다고 했다. 어깨가 기울어져 비척거리는 모습이 확실히 그라고 했다. 절룩거리는 사슴 같다고 했다.

에필로그

◈

문이 열린다. 설마? 생선 가시처럼 삐쩍 마른 몸매에 스님 같은 짧은 머리, 거기에 어깨에 둘러멘 헐렁한 가방. 그 빛바랜 회색 가방엔 빨간 글씨로 བོད་라고 쓰여 있다. 검정색 뿔테 안경을 썼고, 광대뼈가 많이 도드라진, 마치 어떤 동물같이 생겼는데 정확히 생각이 나지는 않는다. 저 사람이? 아닐 거야. 문을 열고 들어온 사람이 이 수업의 교수님이 아닐 거라는 생각이 든 이유는 단순하게 그가 입은 옷 때문이었다. 줄이 풀린 검은색 운동화에 헐렁한 양복. 무엇보다 압권인 것은 양복바지의 끝자락이 회색 양말 안쪽에 돌돌 말려 들어가 있다는 것이었다. 그것도 왼쪽만 그렇게 말려 있어 오른쪽과 완전한 불균형의 옷맵시를 자랑하고 있다는 것 때문에 나는 그가 이 수업을 담당하는 교수라기보다는 이 수업에 호기심을 가진 동네 아저씨쯤으로 생각했다. 하지만 문을 열고 걸어들어오는 그의 얼굴표정은 이상하게도 이 수업을 책임질 교수 같은 어떤 여유로움이 엿보였다. 그가 교단에 선다. 불길하다. 그는 눈을 동그랗게 모으고 명상하는 듯한 표정을 짓더니 교실을 둘러본다. 천천히 고개를 좌우로 돌리던 그가 따지아 하오!(모두들 안녕!) 한다. 맞나 보다. 고등어를 발라놓은 가시처럼 서 있는 저 사람이 우리의 티베트어를 가르칠 선생님인가 보다. 저 기괴한 패션과 머리모양으로 나타난 사람이 나의 티베트어 수업 교수라니. 나는 실망했다. 예측이 어긋난다는 것은 때로는 좋다. 위험이 있지만 스릴을 느낄 수가 있기 때문이다. 하지만 사람의 경우는 좀 당황스럽다. **'교수'라고 부르지 마세요. 그냥. 라오스(선생님). 하면 됩니다.**

시아오진송(簫金松). 선배들에게 그에 대해 들은 적이 있다. 대만의 살아 있는 부처라든가, 현존하는 14대 달라이 달라가 대만에 오면 공항으로 직접 영전을 나가 통역할 수 있는 대만 유일의 학자라든가, 불교경전을 너무 통달해서 움직이는 경전이라고 하는 선배도 있었다. 티베트 신화와 전설 속에 나오는 거싸얼 왕처럼 신비롭고 존경을 받는 교수라고. 거의 내가 만난 모든 사람들이 그랬다. 신기한 건 그래도 사람인데 한 명쯤은 **그 교수님 좀 그래, 목소리가 너무 작아, 신경질 난다니까** 하는 정도의 불평은 나올 줄 알았는데 교실에 들어오기 전까지 그 어떤 선배에게도 그에 대한 가십거리나 유치한 농담조차 듣지 못했다. 모두 그를 그냥 최고!라고 했다. 그가 최고라는 찬사의 반열에 오른 결정적 이유는 그의 얼굴 때문이었다. 그는 인도에서 13년 동안 유학한 명상가이자 티베트불교의 일인자라고 했는데 그걸 증명하듯 얼굴은 언제나 평화로운 표정을 짓고 있다는 것이었다. 마치 양과 염소의 얼굴을 섞은 표정이라고 했는데 그건 그가 콩과 두부 시금치만 먹고 살기 때문이라고 했정실 조교 샤오롱이 말해주었다.

교실에는 나를 포함한 티베트어 수업 수강생 40여 명이 앉아 있었다. 대부분 설산 속에 숨어 있는 티베트의 역사와 문화, 티베트어, 담당선생님에 대한 신비감과 호기심으로 수강신청을 한 학생들이었다. 아마 그들도 지금 나와 같은 심정이 아닐까. 저 사람이 교수라니? 그가 아무 말 없이 칠판으로 돌아선다. 홀쭉한 등이 보인다. 뚫어져라 보면 등뼈도 훤히 보일 것 같다. 무언가를 천천히 쓴다. 아주 느리고 정성스럽게. 마치 그림을 그리듯이 쓴다. 세상에 태어나서 처음 보는 글자다.

저 글자들이? 티베트어? 공책을 꺼내 따라 쓰는 학생들도 있고 나처럼 그냥 바라보는 학생들도 있다. 정말 양과 염소의 표정을 혼합한 얼굴로 교수님은 **이 수업 끝까지 갈 수 있는 사람?** 하며 다소 우스꽝스러운 질문을 했다. 아무도 손을 들지 않는다. 선생님은 미소를 지으며 말씀하셨다. **티베트어는 배우기는 힘들어도 배우면 성취감이 있습니다. 못해도 상관없습니다. 알아듣는 사람 별로 없어요,** 하고 농담을 한 것 같은데 나를 비롯한 학생들은 아무도 웃지 않았다. 선생님은 끝내 바지에 끼인 양말을 무시한 채 교실을 나가셨다. 오늘의 분위기라면 폐강이 될 거라는 느낌이 왔다.

• • •

일주일 후.

선생님은 수업시간에 들어오자마자 출석도 부르지 않고 칠판으로 돌아섰다. 등으로 보는 그의 몸은 확실히 저번보다 더 말랐다. 커다란 멸치가 서 있는 느낌이랄까. 폐강은 되지 않았지만 확실히 학생 수의 변화가 느껴졌다. 첫날에 비해 반은 잘려 나간 듯했다. 오늘은 대략 20명 정도다. 괜찮다. 이 정도 속도라면 한 달안에 폐강이다.

까-카-가-아

짜-차-자-냐

따-타-다-나

빠-파-바-마

짜-차-자-와

자-자-하-야

라-라-샤-사

하-아

자아, 무조건 따라 읽으세요! 큰 소리로 계속 반복해서 나를 따라 읽으세요!

까-카-가-아

짜-차-자-냐

따-타-다-나

빠-파-바-마

짜-차-자-와

자-자-하-야

라-라-샤-사

하-아

놀랐다. 책을 읽을 때 선생님의 목소리는 몸과 상관없었다. 굵고 저음인데 목소리가 교실을 울렸다. 호수에 돌멩이가 떨어져 바닥에 가라앉는 것처럼 소리는 잔잔한 파동을 일으키며 교실 안에 퍼져 나간다. 한 시간 내내 처음 보는 글자를 따라 읽었다. 목이 따끔거리고 끈적거리는 가래가 고였다. 아마 나는 한 달을 넘기지 못할 것 같다. 40분 읽고 중간에 15분 정도 쉬고 나머지 40분을 또 읽기만 했다. 다른 아무것도 없었다. 교수님은 읽기만 하고 우리는 따라만 읽었다. 다음 주 폐강이 확실하다.

• • •

또 일주일 후.

폐강이 안 된 모양이다. 학과 조교의 공지가 없다. 오늘은 어림잡아 10명 정도의 머리통이 보인다. 오늘도 읽기만 하면 나도 이 수업을 그만둘 생각이다. 무슨 수업이 리딩만 해? 선생님이 조교 샤오링을 통해 수업교재를 선물했다. 선생님이 직접 출판사에서 구입한 것이고 책값은 이미 지불됐다고 했다. 연한 녹색 책표지에 『라싸 구어 독본』(拉萨口语读本)이라고 씌어 있다. 책 안을 펼쳐보니 온통 중국어와 티베트어뿐이다. 그림 한 장 없이 도표와 글씨뿐이다. 책의 앞부분을 펼쳐보니 티베트어는 산스크리트어에서 왔고 문자는 표음문자이고 자음 30자 모음 4자로 구성되어 있다고 설명돼 있다. 선배의 이야기가 생각났다. 이놈의 글자를 하나라도 완성하려면 위에서 아래로 좌에서 우로 고개를 숙이고 대단한 인내심을 가지고 천천히 그려야 한다고 했다. 다행이다. 우리 수업은 아직 쓰기보다는 읽기에 매진하고 있다.

오늘은 청바지를 입고 갈색 구두를 신으셨다. 일관성 있는 조화다. 선생님은 단 몇 초의 농담도 없이 출석도 없이 바로 수업에 들어간다. 처음부터 저번 시간까지 배운 부분을 먼저 읽겠다고 하신다. 그러니까 저번 시간에 1~12페이지까지 배웠으니까 그 부분을 다시 리딩하겠다는 소리다. 먼저 선창하신다. 선생님을 따라 입을 벌린다. 쉬는 시간에 학생들 대부분이 차(茶)나 물을 마셨다. 얼굴 표정은 비슷했다. 지진이나 홍수를 맞은 얼굴들은 아니지만 이걸 계속해야 하나? 하는 표정들이다. 사실 나도 그랬다. 선생님은 재미있는 이야기는 일절 없다. 단 한마디의 유머나 사소한 농담도 없다. 오로지 읽을 뿐이다. 눈이 어질하고 지친다. 재미가 없다는 것이 홍수나 가뭄보다 재앙이라는 것을 느껴가는 중이다. 다음 주에도 나는 이 자리에 앉아 있을까?

• • •

또. 또. 일주일 후. 생각보다 이 수업은 금방 돌아오는 느낌이다. 어, 하는 순간에 나는 이 교실에 앉아 있다. 오늘도 이 수업에 맥없이 들어와 앉아 있다. 수업을 그만둘 결정적 사건을 아직 만나지 못했다. 가령 너는 발음이 왜 그 모양이니? 혹은 너는 외국인이니? 하는 어떤 나의 감정을 건드리는 사소한 시비를 아직까지 듣지 못했다. 그 비슷한 게 나오면 나는 그걸 명분으로 수업을 안 들을 것이다. 보아하니 학생들이 또 줄어든 느낌이다. 맨 앞과 맨 뒤, 그리고 창가에 퍼져 앉은 학생들의 배치 때문에 교실은 가운데가 뻥 뚫린 운동장처럼 뭔가 썰렁하고 휑한 느낌이다. 대략 일곱 명 정도. 이 학생들은 뭔가? 정말 티베트어를 배우고 싶어 환장한 애들인가? 아님 오기인가?

허리를 펴세요!

등뼈를 곧추세우세요!

입안에서 좌우로 혀를 아홉 번씩 돌리세요.

오늘도 출석 확인 없이 수행자가 참선하듯 또다시 처음부터 저번까지 배웠던 부분을 다시 리딩한다. 아니 근데 왜 매번 처음부터 시작하는 거지? 어떻게 매번 1페이지부터 배운 부분까지 반복적으로 리딩을 하지? 무슨 수업이 이래? 나는 읽지 않고 생각하며 선생님의 얼굴을 바라보았다. 선생님은 책을 들고 열심히 읽으신다. 그의 입술에서 하얀 침이 보글보글 죽 끓듯이 생겼다가 사라진다. 쉬는 시간에 학생 몇 명이 가방을 들고 교실을 나가는 것을 목격했다. 어, 나가는 것인가? 그럴 만도 하지. 이런 수업을 어떻게 시험을 치고 점수를 받겠어? 아직 한 달이 안 지났으니까 폐강은 아직 가능성이 있어. 그러고 보니 선생님은 아직 한 번도 출석과 성적에 대한 이야기가 없으셨다. 첫날부터 지금까지 한 것은 리딩뿐이다. 지금이 찬스인가. 그렇다면 애들이 나갈 때 나도 가방을 챙겨서 자연스럽게 나가야 한다. 타이밍이 중요하다. 도저히 이 무료한 수업을 끝까지 들을 자신이 없다. 마음이 갑자기 급해졌다. 지금 나가야 한다. 가방을 메고 문으로 방향을 잡는 순간 선생님이 빠른 걸음으로 들어오신다. 자, 다시 시작합시다! 나는 어깨에 둘렀던 가방을 책상 끝 모서리에 조용히 걸어두고 다시 책을 폈다. 성실하고 착한 학생의 눈동자를 만들었으며 척추를 바로 세워 선생님을 쳐다보았다. 다음 주에는 정말 오지 말아야지.

• • •

또. 또. 또. 다시 일주일 후. 이제는 눈으로 얼핏 보아도 셀 수 있을 정도의 학생들만 남았다. 정수리가 뻥 뚫린 대머리같이 한 눈에 봐도 알 수 있다. 여섯 명. 나를 빼고 여학생 넷, 남학생 하나. 수업 조교는 아직 폐강을 결정하지 않은 모양이다. 선생님이 들어오신다. 변함없는 복장과 염소와 양을 섞어놓은 표정, 불교공부를 많이 하거나 명상을 오래하면 저런 얼굴이 나올까? 신나게 읽어볼까요? 모두 목소리를 크게 합시다. 오늘도 출석체크는 없고 어떤 학생과의 시시덕거림도 없이 바로 수업 시작이다. 이젠 몸도 정신도 별로 당황스럽지 않다. 기대하지 않으면 놀라거나 당황하지 않는다. 날씨가 더워지기 시작해 창문을 열어놓았는데 참새들이 이쪽을 쳐다보고 있다. 나란히 앉은 세 마리의 참새가 이런 수업은 처음인 걸? 하는 표정으로 쳐다보고 있다. 1페이지부터입니다. 또 1페이지부터라고? 매주 1페이지부터 시작이다. 회화건 문법이건 모조리 그냥 읽는다. 문법은 설명을 들은 적이 없다. 그냥 싹쓸이 리딩이다. 마치 커다란 고래가 입을 벌려 한꺼번에 수많은 물고기를 삼키듯, 선생님은 우리들에게 입만 벌리고 소리내기만을 요구한다. 그럴 줄 알고 오늘은 물을 충분히 준비했다. 1.5리터. 뜨거운 우롱차도 준비했다. 쉬는 시간에 물을 충분히 마셔야 한다. 안 그러면 목이 아프고 입에서 하얀 침이 고여 입 주위로 흘러내릴 지경이다. 그만둘까! 하는 생각은 사라졌다. 대신 오히려 얼마나 버틸 수 있을까? 끝까지 갈 수 있을까? 하는 생각이 더 들었다.

• • •

칠판에 휴강!이라고 쓰여 있다. 약간의 간격을 두고 학생들이 왔다가 칠판을 보고는 바로 나간다. 어느 누구도 이런, 아쉬운걸, 하는 표정을 하지 않았다. 나는 뭔가 섭섭한 기분이 들어서 내가 앉던 자리로 가 앉았다. 맨 앞줄. 오늘은 몇 명이 올까. 지금까지 네 명이 왔다갔다. 그러니까 나까지 합치면 오늘은 다섯 명이다. 나는 교본을 펴놓고 늘 하던 대로 리딩을 했다. 처음부터 76페이지까지 읽었는데도 더 이상 학생은 오지 않았다. 이러면 다음 주는 내가 더 선명하게 선생님의 눈에 띄일 텐데. 외국인 학생, 더듬거리는 발음, 눈치 보는 얼굴, 선생님이 한눈에 알아볼 텐데. 어쩐다. 애들이 포기하면 안 되는데. 5명 남짓의 학생들이 어떻게 두 시간 가까이 리딩만 할 수 있단 말인가. 생각만 해도 아찔하다. 교실을 나와 입에 물컹거리는 쩐주나이차 주스 두 개를 사서 학과 사무실에 갔다. 입에 물컹거리는 알갱이를 씹으며 나머지 한 개를 조교 샤오링에게 내밀었다.

저기, 오늘 소 교수님 휴강 있잖아요?

응? 왜?

혹시 무슨 일? 있으신가요? 다음 주에도 휴강인가요?

글쎄. 다음 주에는 수업하실걸. 오늘은 공항에 중요한 손님이 오셔서 어쩔 수 없었어.

공항. 중요한 손님.

기숙사 지하에 있는 빨래기계에 옷을 구겨 넣고 탁구대에 걸터앉아 TV를 틀었는데 어디서 많이 본 듯한 사람이 보였다. 생선가

시 같은 몸매와 두드러진 광대뼈 그리고 출처를 알 수 없는 복장과 걸음걸이. 어, 저건, 우리 시아오 선생님? 아닌가. 목을 고정하고 화면의 자막을 읽어보니 인도, 14달라이 라마, 대만 방문, 티베트불교 민간 법회 등의 빨간색 글자가 눈에 들어온다. 그리고 다음 장면에서는 시아오 선생님이 달라이 라마의 곁에서 무언가를 이야기하며 걸어가는 투샷이 잡혔다. 멸치 같은 몸매, 짧은 머리숱. 가느다란 팔과 다리. 헐렁한 정장. 그리고 까만 안경. 맞다. 우리 선생님이다. 그가 '대만행정부'라고 쓰인 간판을 향해 들어가는 장면이 보인다. 그리고 옆에 (아, 저분이 달라이 라마인가) 붉은 치마를 입은 노인의 등이 보인다. 허리가 약간은 앞으로 굽은 채 우리 시아오 선생님과 무언가 이야기를 하며 행정부 건물입구로 들어간다. TV 화면 맨 밑에 달라이 라마 대만 법회 일정과 장소가 공지되고 있다. 그럼 다음 주에도 휴강인가? 저것 때문이었구나 오늘 휴강하신 이유가. 그럼 저 붉은 옷을 입고 커다란 염주를 손목에 낀 할아버지가 바로 그 달라이 라마란 말이지. 티베트인들의 정신적 수장, 1959년 중국의 암살 작전을 눈치 채고 인도로 망명한 그분. 나는 빨래를 그냥 두고 도서관으로 향했다. 달라이 라마에 관한 책을 빌려 펼쳐보니, 1933년 중국 청해성에서 13대 달라이 라마의 환생자로 발견, 1951년 중국 침입, 1959년 인도 망명, 1989년 노벨평화상 수상, 이라고 설명이 돼 있다. 사진을 보니 평범한 할아버지처럼 생겼는데 티베트에서는 '왕'이라고 쓰여 있다. '구루'라고 불리며 영적 깨달음에 도달한 '성하'라고 했다. 티베트인들은 그를 신처럼 떠받친다고 했다. 그의 똥과 오줌을 황금보다도 신성시한다고 쓰여 있다. 그의 집은 방이 천 개나 되는 라싸의 포탈라 궁이라고 했다. 사람이 천 개의 방이 있는 궁에서 살다니? 대단한 걸. 그곳에서 밥 먹고 공부하고 티베트인들의 평화와 안전을 책임진다고 했다. 그에 관한 책을 몇 권 빌려 기숙사로 돌아왔다. 책에는 선생님과 매주 읽던 글자도 보였다. 뜻은 알 수는 없었지만 왠지 반가웠다.

• • •

교실의 문을 여는 순간 나는 놀라 기절할 뻔했다. 사실 나도 모르게 입이 벌어지고 알 수 없는 소리가 나와서 손으로 입을 막아야 했다. 교실에 앉은 학생이 덜렁 세 명뿐이었다. 이를 어쩌지? 가슴이 뛰고 불안했다. 오늘 수업은 어쩌지? 나까지 네 명인데 선생님이 보고 실망하지 않으실까? 수업 시간 전까지 10여 분은 남아 있으니 몇 명은 더 오겠지? 했지만 끝내 더 이상의 학생은 들어오지 않았다. 40명이 넘게 출발한 수업이 네 명으로 줄어든 것이다. 이래도 폐강은 안 되는 것일까? 선생님이 들어오신다. 그리고 잠시 뒤 선생님 뒤로 누가 따라 들어온다. 빨간 옷을 몸에 둘둘 말고 소눈알만한 염주를 손에 쥔 할아버지가 몸을 드러낸다. 그런데 저 사람은? TV에서 봤던 도서관에서 책을 빌려 밤새 읽었던, 티베트인들의 왕이라 불렸던 그 할아버지다. 성하. 믿을 수 없다. 선생님이 그동안 한 번도 보여주지 않은 함박웃음을 보이며 말씀하신다. 오늘은 특별히 우리 수업을 참관하시고자 귀한 분이 오셨습니다. 여러분들의 발음을 듣고 싶어하십니다. 내가 자랑을 많이 했어요. 선생님의 선분홍 잇몸이 다보인다. 달라이 라마가 두 손을 합장하며 우리 앞으로 성큼 다가온다. 나는 내 앞으로 올까봐 고개를 들지 않았다.

티베트어를 배우는 학생들이 궁금했어요.

긴장하지 말고 마음껏 읽어봐요!

놀란 것은 그 할아버지의 덩치가 TV보다 훨씬 컸고 목소리가 쩌렁쩌렁 울려 퍼진다는 것이었다. 학생이 10명쯤 되면 다같이 리딩을 할 생각이었는데 오늘은 몇 명 안 되니 한 명씩 해보자고 선생님이 제안하셨다. 우리 네 명은 서로 눈치를 보며 처음 순서를 하지 않으려고 필사적으로 고개를 들지 않았다. 나는 치열한 손사래 덕분에 세 번째로 물러날 수 있었는데 먼저 하는 것도 나쁘지 않다는 생각이 들었다. 그래봤자 내 앞에 두 명뿐이다.

나의 리딩 순서가 되었다. 그분이 내 앞에 오셔서 나를 내려다본다. 검은 눈망울에 걸쳐 있는 커다란 안경, 무엇이든 들어줄 거 같은 표정에 나는 빠져들고 있었는데 순간 정신이 돌아온 건 그의 옷과 몸에서 어떤 냄새가 맡아졌기 때문이다. 처음 맡아보는 냄새였다. 투명한 우유 냄새 같기도 하고 정신을 몽롱하게 만드는 어떤 향 냄새 같기도 했다. 읽어보세요. 나는 그래, 어쩔 수 없잖아, 하며 가장 자신 있는 페이지를 펼쳤다. 입안에서 혀를 좌우로 아홉 번씩 돌리고 난 후, 읽기 시작했다. 그런데 읽으면서도 이상하다는 걸 느낄 정도로 리딩은 엉망진창이었다. 한번 꼬인 숨과 혀는 끝까지 풀리지 않았다. 얼굴은 붉어지고 울고 싶을 정도로 발음이 엉망이었는데 선생님과 달라이 라마는 끝까지 듣고 있었다. 거기까지. 수고했어요, 했으면 했다. 그러나 그들은 끝까지 그런 소리를 내게 하지 않았다. 내가 다 읽었다는 표정을 짓자 달라이 라마는 어린아이를 달래는 표정으로 보더니 나에게 자신을 따라 읽으라 했다. 나는 힘없이 고개를 끄덕였다. 그의 목소리는 선생님과는 달랐다. 좀 더 우렁차고 넓게 퍼지는 느낌이라고 할까. 단 두 문장을 읽는데도 속도의 강약이 있었고 높고 낮음이 있었다. 호흡은 부드러웠고 길었다. 인간의 목소리가 저럴 수 있나? 싶을 정도로 처음 들어보는 멋진 목소리였다. 그날의 수업은 그걸로 끝났다.

• • •

어느 새 두 달이 지났다. 이제 남은 학생은 네 명. 그 속에 나도 포함돼 있다. 중간고사 기간이 되었다. 선생님은 오늘은 수업을 쉬고 모두 같이 밥을 먹자고 하셨다. 잘 아는 채식집이 있다고 하셨다. 콩, 시금치. 오곡밥. 토마토 국, 청경채. 붉은 김치도 있다고 하면서 나를 쳐다보았다. 동물의 왕국에서 본 표범이 사슴을 보는 그런 눈빛이었다. 나는 빠질 수가 없었다. 가게는 작고 좁았다. 그리고 정말 한 마리의 생선도 심지어 계란 프라이도 없었다. 미역을 입에 잔뜩 머금은 선생님이 물어보신다. 혹시 폐나 호흡기 안 좋은 학생 있나요? 저요! 하고 손을 들고 싶었지만 콩나물을 씹고 있던 터라 말을 할 수가 없었다. 그때 항상 내 앞에 앉던 대만 여학생, 우페이쩐이 자신은 목이 안 좋아서 기침이 시작되면 오래한다고 손수건으로 입을 가리며 말했다. 선생님이 우페이쩐을 잠시 보더니 그럼 이번 학기 끝까지 수업을 해봐요. 끝까지 리딩을 따라 해봐요! 하시고는 무언가 더 말씀하실 줄 알았는데 거기서 멈추고 우리를 데리고 학교 정문 맞은편에 있는 유명한 우롱차집에 데려가 주셨다. 100년 전통의 찻집이라고 간판에 쓰여 있었는데, 매년 대만에서 열린 차 대회에서 여섯 번이나 우승했다고 기념사진이 벽에 걸려 있었다.

나는 우페이쩐이 그렇게 말하면 선생님이 아, 그럼 수업에 그만 나와도 돼요! 할 줄 알았다. 하지만 선생님은 오히려 끝까지 버티라고 하셨다. 차를 마시며 왜 그래야 하는지 물어보고 싶었지만 우페이쩐이 입을 다물고 있는 바람에 나도 물어보지 못했다. 찻집에서도 선생님은 웃기만 할 뿐 자신의 어떤 이야기도 해주지 않으셨다. 그나마 좀 웃겼던 건 한참 차를 마시며 이야기를 하던 중 선생님이 전화를 받고 밖으로 잠깐 나가셨는데 그때 우리들은 창밖으로 어떤 아이가 오토바이를 타고 불량스러운 자세로 선생님과 이야기를 하는 걸 목격했다는 것이다. 창밖으로 보여진 그 모습은 한눈에 봐도 학생이었는데 파마 머리에 갈색 점퍼를 입고 껌을 씹고 있는 모습이 불량스러워 보였다는 것이다. 그 거만해 보이는 학생은 오토바이에서 내리지도 않고 부릉부릉 하면서 선생님에게 뭐라 이야기하는 모습이 보였다. 선생님은 꾸부정하게 서서 듣기만 했다. 얼핏 보면 동네 불량배가 지나가는 아저씨를 불러 세워 돈 좀 내놓으라고 시비를 거는 것처럼 보였다. 나는 누구냐고 물어보았다. 아들입니다. 대학생인데 이번 가을에 결혼해야 한다고 해서… 그래서 알았다고 했다는 것이다. 그 이야기를 듣고 나는 좀 놀라기도 했지만 솔직히 좀 웃겼다. 그래서 선생님을 보며 꽤나 큰 소리로 웃었는데 무례인 거 같아 금방 웃음을 멈추었다.

• • •

종강이 다가오고 있었다. 네 명. 우리는 이제 수업이 시작되면 그동안 앞에 배웠던 것을 처음부터 리딩하는 것을 당연하게 받아들였다. 리딩하는 시간은 점점 길어졌다. 우리는 배고픈 아기새처럼 입을 벌려 리딩을 했다. 네 명이서 해야 했기 때문에 30명이 하는 것보다 배는 더 고프고 갈증이 났다. 반복적인 리딩은 색다른 힘을 발휘했다. 자연스럽게 암송이 되었고 낭송이 되었다. 책은 펼치고 있었지만 보지 않고도 읽을 수 있었다. 페이지만 넘길 뿐 우리들의 눈은 책에 고정되지 않았다. 입에서 술술 나왔다. 서로가 다른 목소리 톤과 호흡으로 시작하지만 시간이 지날수록 우리는 합창하는 기분을 느끼게 되었다. 목소리가 하나로 모아지는 느낌, 나의 목소리를 하나의 목소리로 가려는 노력, 그건 더 큰 목소리와 더 감동적인 호흡을 이끌었다. 리딩이 한 시간이 넘어가면 힘들어

하던 우페이쩐도 지치지 않는 기색을 보여주었다. 400미터 수영에서 자신만의 페이스와 리듬을 잃지 않으려는 선수처럼 그녀는 배에 힘을 주고 소리의 높낮이와 장단을 조절하고 있었다. 그녀가 멋지다는 생각이 들었다. 나는 리딩을 하면서도 친구들의 목상태를 점검하는 기술을 익혔다. 누가 오늘은 목상태가 제일 좋은지, 어제 밤에 누가 술을 마셨는지, 수업 전 누가 담배를 피웠는지 그들의 리딩을 들으면 추측이 됐다. 이것은 수영을 하면서 옆라인의 선수들의 팔과 얼굴을 자연스럽게 훔쳐보는 것과 같은 이치라는 생각이 들었다. 이제는 이 수업을 포기할 수 없는 지경에 이르렀다.

• • •

6월의 세 번째 주. 마지막 수업. 결국 세 명만 남았다. 기침을 꾸준히 하던 우페이쩐과 역시 기관지가 안 좋았던 나 그리고 한 학기 내내 한 번도 이야기를 나누어보지 못한 철학과 학생 리우저안. 그렇게 세 명만 남았다. 한 명은 어디로 사라졌는지? 지금 와서 왜 그만두었는지? 알 수 없었다. 우리들은 교실 맨 앞줄에 참새처럼 나란히 앉아 선생님을 기다렸다. 창밖에 참새들은 보이지 않았다. 아마도 우리들이 재미없어서 날아갔을 것이다. 선생님이 들어오셨다. 여름의 가운데로 들어섰는데도 처음 수업의 그 옷에 그 양말과 함께 나타나셨다. 선생님의 눈알이 오늘따라 야크처럼 착해 보인다. 오늘은 그동안 배운 부분을 처음부터 끝까지 암송하고 마칩니다. 그걸로 충분합니다. 우리들은 기다렸다는 듯이 입을 벌려 외우기 시작했다. 책은 펼치지도 않았다. 1페이지부터 시작된 리딩은 한 시간을 좀 넘어서 100페이지까지 이어졌다. 비록 세 명이서 암송하는 소리였지만 우리들의 목소리는 하나로 이어졌고 교실에 넓게 퍼졌다. 우리들이 내는 소리는 명랑했고 밝았다. 우리가 입을 벌려 낭송을 하는 동안 선생님은 창문가로 가셔서 듣기만 하셨다. 가끔 손을 들어 턱을 만지기도 했다. 나는 선생님의 길고 가는 등을 보면서 암송을 이어나갔다. 그때 어학은 뇌가 아니라 몸이 기억하는 것 같다는 생각이 들었다. 하얀 침이 보글거리기 시작했다. 배고픔의 신호다. 얼굴이 빵처럼 부풀어 오르고 어깨의 근육이 이완되는 느낌이 들었다. 146페이지에 이르니 제정신이 아니었다. 몸이 공중에 붕 뜬 기분이 들었고 둔중한 어질함이 몰려왔다. 마지막 페이지는 어떻게 읽었는지 잘 모르겠다. 끝났다는 느낌이 들었을 때 선생님은 우리들을 보며 한 학기 동안 수고했어요! 하시더니 바로 나가신다. 나는 복도로 쫓아가서 선생님의 등에다 대고 불렀다. 라오슬! 선생님은 걸음을 멈추더니 나를 기다리셨다. 나는 빠른 걸음으로 다가가 선생님의 눈을 쳐다보며 물었다.

저, 선생님, 한 학기 동안 왜, 읽기만 하신 건가요?

• • •

다음 학기 강의 시간표가 나왔다.

담당교수: 시아오진송

교과명: 〈불교의 냄새 이야기〉 (전공 선택, 3학점)

시간: 금, 오후 3-5시.

장소: 사유관

학과 사무실에 들려 샤오링에게 물었다.

이 수업 어때요?

왜, 들으려고?

생각중이에요.

나도 들은 이야기인데 이 수업 좀 특이한가봐. 그러니까, 그 수업은 한 학기 동안 말을 한 마디도 안 한대. 선생님이 정해준 불교고사(故事)책을 수업시간마다 베낀다나봐.

네?

그러니까 말이야. 이런 건가봐. 선생님이 책을 세 권정도 지정해주는데 한 학기 내내 그 책을 수업시간에 교실에서 그대로 베껴 쓰는 거래.

수업시간 내내요?

응. 천천히.

원문의 모든 글을, 문장을, 마침표를, 따옴표를, 심지어 공간의 여백까지 그대로 베껴쓰는 거래.

사경(寫經)?

응. 그런 건가봐.

시험은요?

없어.

한 번도요?

그래서 폐강이 다반사이고 몇 명이 신청해도 끝까지 간 학생이 없다나봐. 아, 3년 전에 심리학과 여학생이 끝까지 버텨서 기말고사 시험을 본 적이 있긴 있다는데.

그래서요?

시험문제가 좀 황당하다는 거야?

어떻게요?

딱 한 문제 나왔는데 그동안 베껴 쓴 책의 저자가 어째서 그런 제목을, 왜 거기서 그런 생각을, 왜 주인공이 그런 말을 했는지? 탄식을 왜 했는지?를 쓰고 저자가 바라보는 인간세상의 냄새를 쓰라고 했더래.

그래서요?

뭘, 그래서야?

그래서 결과가요?

나야, 모르지. 그냥 그런 이야기를 들었을 뿐이야. 그 이후로는 그 수업이 매년 폐강이라서 몰라.

• • •

나는 행정실을 나갔다가 다시 들어와 물었다.

이 수업 몇 명이면 개설이 되나요?

저자 후기

◈

왜, 읽기만 하는 거죠? 매우 오래된 기억이지만 고개를 들어 미간에 힘을 주니 당시의 수업풍경이 떠올랐습니다. 1998년 봄에 시작된 첫 수업부터 그해 6월의 마지막 수업까지 오로지 듣기와 낭송만 하다가 끝난 수업을 전 지금도 잊을 수가 없습니다. 퍽이나 오래된 일이지만 그때의 교실과 수업, 선생님과 친구들을 생각하면 지금도 생생히 기억이 납니다. 재미없고 배고팠던 그 수업이 왜 잊히지 않을까요? 생각해보면 강한 경험은 뇌에 스치는 것이 아니라 뼈에 각인되기 때문입니다. 이 책을 쓴 이유 중 하나입니다.

왜 소리가 중요한지? 왜 듣는 것이 중요한지? 자신이 내는 소리가 자신의 삶과 몸을 어떻게 변화시킬 수 있는지 생각해봅니다. 저는 대만 유학시절 건강이 좋지 않았습니다. 대만의 기후와 날씨를 무시하고 저의 몸을 과신한 덕분에 겨울만 되면 간질간질한 잔기침이 시작되어 새해 봄이 될 때까지 코를 훌쩍이고 가래를 뱉어내느라 지치고 힘들었습니다. 처음에는 대수롭지 않게 생각했는데 가슴이 아프고 숨이 가쁘고 갈비뼈에 통증이 있어서야 기침이 그토록 무서운 줄 알았습니다.

그러던 중, 시아오진송(簫金松) 선생님을 만나 티베트어(藏語) 수업을 들었는데 한 학기 동안 정말 이상한 경험을 했습니다. 선생님 따라 읽기, 낭송, 암송의 반복이 전부였습니다. 문법이나 문장의 독해는 없었습니다. 한마디로 '소리의 수업'이라고 할까요. 당시는 너무도 이상하고 재미없어서 매주 그만둘까 고민을 했습니다. 그러다가 고비를 넘기고 간신히 최후까지 남았는데 그때는 기분이 참으로 묘했습니다. 그 과목을 담당했던 선생님은 정말 양과 염소의 얼굴을 섞어놓은 얼굴이었는데 그는 인도에서 티베트불교를 전공으로 학위를 받으셨습니다. 대만에 달라이 라마가 오시면 그 선생님이 대만 대표로 통역과 번역을 담당해주실 정도로 학문적으로 대단한 선생님이신데, 실제로 수업은 너무도 재미없고 지루했습니다.

수업시간 내내 큰 소리로 반복해서 읽고 또 읽고, 그리고 그 다음 주에도 또 읽는 것으로 시작해서 읽는 것으로 끝났습니다. 아무리 생각해봐도 정말, 다른 건 없었습니다. 오죽하면 티베트어에 신비감을 느끼고 왔던 수많은 학생들이 다 떨어져 나갔을까요. 한 학기 동안, 그러니까 대략 120일 동안 지구에서 가장 신기한 언어 중 하나인 티베트어 수업을 오로지 읽기만 한 겁니다. 요즘도 그 수업이 가끔 생각나고 심지어 첫 문장은 입에서 암송이 될 지경입니다. 어떻게 그럴 수 있을까요. 생각해보면 그것이 소리의 위력이라고 여겨집니다. 반복적인 리딩을 하면 그 문장들은 뇌에 기억되지 않고 몸에 기억된다고. 뼈에 각인된다고 선생님은 말씀하셨습니다. 사실 그 말을 믿지 않았습니다. 그런데 시간이 지나도 마음먹고 생각하면 그때 배웠던 단어나 문장들이 기다렸다는 듯이 입에서 쏟아져 나왔습니다. 몸 어딘가에 숨어 있던 단어들, 뼈에 각인되어 있던 문장들이 명령을 받은 듯, 각자의 위치에서 박차고 나와 소리를 내곤 했습니다.

참으로 신기한 일입니다. 소리 낭송을 한 후로 저는 몸이 조금씩 좋아졌습니다. 매년 겨울이면 걸리던 기침 감기도 사라져버렸고 무엇보다 호흡이 길어지고 기분도 좋아졌습니다. 경전을 소리내어 읽으면 몸과 뇌, 얼굴을 바꾸어버린다는 선생님의 말씀이 떠오릅니다. 당시 겨울만 되면 호흡 불편증세를 겪고 있던 대만 소녀 우페이쩐과 저는 당시 소리 낭송을 통해 치유를 받았다고 생각됩니다. 그 수업이 끝난 후로도 저는 기숙사에서 아침저녁으로 티베트어 리딩을 반복했습니다. 몸이 좋아졌고 호흡도 많이 편해졌던 것으로 기억합니다. 소리도 울림이 있었고 얼굴은 밝아졌으며 귀(耳)도 항상 쫑긋한 느낌이었습니다. 밥도 잘 먹고 똥도 잘 쌌습니다. 그렇습니다. 소리내어 리딩하면 몸이 달라집니다. 지금도 몸이 안 좋거나 가을이 오면 집중적으로 낭송을 하는 버릇이 있습니다. 저에게는 소리내어 책을 읽는 것이 보약이나 다름없습니다. 소설의 한 부분을 리딩하거나 중국 시경(詩經)을 낭송합니다. 스스로 소리내어 자신의 목소리를 듣는 것, 타인의 소리를 경청하는 것, 자연의 소리를 듣는 것, 이것은 확실히 몸과 뇌에 좋은 영향을 준다고 생각합니다.

티베트 불교사원에서 수행하는 라마승들이 수십 년을 매일같이 불교경전을 반복적으로 리딩하는 이유도 같은 맥락이라고 생각합니다. 그들은 경전의 전승(傳乘)을 기록에만 의존하지 않습니다. 정말로 내밀한 영혼의 전통은 구전(口傳)으로 이어갑니다. 스승과 제자 간에 오로지 '소리'로서 정감을 주고받고 영혼의 계보를 전승하는 것입니다. 소리와 듣기를 통해 스승의 정신을 그리고 스승의 스승을 찾아가는 교학방법, 그것이 티베트 천 년의 비밀입니다. 문자보다 소리를 통한 구전의 힘은 정확하고, 비밀스럽고, 안전하며, 영속성을 가지고 있다고 그들은 믿습니다.

티베트의 라마승들은 '존재의 최소화'를 수행의 기본조건으로 생각합니다. 자신의 존재를 작고 작게 만들어야 타인을 볼 수 있고 자연과 우주의 소리를 들을 수 있기 때문입니다. 자신을 부풀리거나 드러내고자 할 때, 인간은 욕망과 소유의 고리에서 벗어날 수 없다고 생각합니다. 감각적인 눈과 혀보다는 명상과 침묵을 통한 내면의 소리 듣기를 추구합니다. 그것이 건강한 몸과 깨달음의 첫 걸음이기 때문입니다.

오늘날 현대인들은 소리가 자신들의 몸과 인생에 얼마나 중요한지 모르고 있는 것 같습니다. 눈(看)과 혀(舌) 위주로 살아갑니다. 디지털 세상에서는 눈과 혀가 중요하기 때문입니다. 보이지 않는 것보다 환히 보이는 것이 환영받고 혀를 만족시켜주는 것이 대접을 받는 시대입니다. 이런 세상에서 귀는 소홀해지기 쉽습니다. 하지만 잊지 말아야 할 것은 인공지능과 디지털이 제아무리 우리 삶에 깊숙이 들어와도 변하지 않는 것이 있습니다. 그건 우리 인간의 몸입니다. 스마트폰이 업데이트된다고 우리 몸 속의 오장육부(五臟六腑)가 같이 개선되지는 않습니다. 수천 년 이래로 인간의 몸과 몸의 구조는 동일합니다. 그러므로 몸을 소중히 하며 건강하게 사는 방법은 눈과 혀보다는 귀를 사용하여 자신과 타자의 소리를 듣는 것입니다. 그 안에서 우리는 보이지 않는 것의 가치와 아름다움을 찾을 수 있습니다.

그해 여름, 저는 마지막 수업을 마치고 나오면서 선생님께 물었던 질문이 있습니다. 선생님은 왜? 한 학기 내내 읽기만 하신 건가요? 그것에 대한 대답은 책 안에 있습니다.

감사의 말

◈

죽음을 앞둔 생명(존재)들은 어떤 내면을 가지고 있을까? 당장은 죽지 않는다고 생각하는 내가, 이미 죽어버린 또는 숨이 간당하는 존재의 내면을 들여다보는 것은 가능한 것일까. 그건 아마도 착각이고 오만일 것이다.

하지만 나는 숨이 가늘어지는 그들의 내면으로 들어가고 싶었다. 안 되는 줄 알면서도, 벌어진 구멍 속으로 들어가 죽음을 맞이하는 뼈와 살, 폐와 창자를 헤집고 싶었다. 어떤 소리와 냄새가 날까. 그 속에는 어떤 또 다른 풍경이 펼쳐지고 있을까. 그들은 다시 어디로 가고 싶어할까.

글을 받아주신 궁리출판사. 덧셈을 못할 것 같은 대표님과 내 글에 애정을 보여준 편집부에 티베트의 별을 넣은 라면을 끓여주고 싶다. 글도 시간을 만나야 하고, 주인을 만나야 하고, 사랑해주는 사람을 만나야 비로소 온전히 세상에 나올 수 있다는 것을 이 책을 쓰면서 알았다.

절대 그럴 리 없을 거라고 나의 아내는 손가락을 저을 테지만 나는 정말 이 책을 쓰면서 자다가 한밤중에 일어난 적이 있다. 새벽에 일어나 컴컴한 허공을 멍하니 바라보고 있으면 책 속의 다와가 지팡이를 짚고 걸어와 나의 머리를 쓰다듬어주었고 해부사는 그 붉고 뭉툭한 손으로 나에게 악수를 청하였다. 손을 내밀어 그와 악수를 하면 영영 작별하는 것일까.

책 속의 유목민 할아버지처럼 몸이 점점 쇠락해지고, 귀에 이상이 왔는데도 매일 새벽 수행하는 라마승처럼 일을 나가시는 나의 아버지, 심덕유 님께 이 책을 바친다. 아버지의 귀. 이 책은 아버지의 귀를 보며 쓴 것이나 다름없다.

주

◈

1 · 텐진갸초(1935년 7월 6일~)는 티베트불교 겔룩파(格魯派, dge-lugs-pa)의 14대 달라이 라마다. 그는 1935년 중국 청해서의 동북부 암도(Amdo) 지방의 작은 마을에서 농부의 아들로 태어났다. 두 살 때 13대 달라이 라마, 툽텐갸초(Thubten Gyatso)의 환생으로 인정받아, 종교 지도자인 14대 달라이 라마가 되었다. 1959년, 인도 다람살라로 망명길에 오른 그는 1989년, 노벨 평화상을 수상했다. 앨런 제이콥스(Alan Jacobs) 편 이문영 역, 법왕 달라이 라마, 지와사랑, 2012.

2 · 노블링카(ནོར་བུ་གླིང་ཀ', 罗布林卡). 티베트어로 노블은 '보물'을 링카는 '뜰'을 뜻한다. 달라이 라마의 여름 별궁이다.

3 · 제뿡사원(འབྲས་སྤུངས་དགོན་པ', 哲蚌寺)은 티베트 4대불교종파 중 겔룩파(格魯派)에 속한다. 겔룩파는 티베트불교 종파에서 가장 늦게 창건됐지만 가장 대중적이며 티베트 신도들의 절대 신뢰를 받는 종파이다. 사원의 엄격한 교학과 계율을 중시한다. 賽倉.羅桑華丹, 王世鎮 譯註, 藏傳佛教格魯派史略, 宗教文化出版社, 2002, 21쪽. 王森, 西藏佛教發展史略, 中國社會科學出版社, 1997, 190쪽.

4 · 옴마니밧메훔. '연꽃 속의 보주'란 뜻으로, 관세음보살을 부르는 티베트불교의 진언이다. '옴'은 천상도, '마'는 아수라도, '니'는 인간도, '반'은 축생도, '메'는 아귀도, '훔'은 지옥도를 이르며 이 육자진언을 외우면 육도윤회의 길을 막아 실상에 이를 수 있다고 한다. 신정민, 티벳만행, 헥사곤, 2012, 47쪽. 고미숙, 낭송의 달인: 호모 큐라스, 북드라망, 2015.

5 · 서정록, 듣기: 잃어버린 지혜, 샘터, 2007, 187-188쪽.

6 · 헤르만 헤세 저, 박병덕 역, 싯다르타, 민음사, 2002.

7 · 아라이 지음, 전수정, 양춘희 옮김, 소년은 자란다. 아우라, 2009.

8 · Bar-do는 '둘(do)-사이(Bar)'라는 뜻이고 Thoedol(Thos-gdol)은 '듣는 것을 통해(thos) 영원한 자유에 이르기(gdol)'라는 뜻을 가지고 있다. 冉光榮, 中國藏

傳佛教史, 文津出版, 1996, 65쪽.

9 · 저자는 파드마삼바바(蓮華生上師)다. 14세기에 카르마 링파에 의해 처음 발굴되었고, 티베트 일대 국가에 전파되었다가 20세기 초 옥스퍼드대학 교수였던 W. Y. 에반스 웬츠에 의해 서구사회에 소개되었다고 전해진다. 심리학자 카를 융(Carl Gustav Jung, 1875~1961)은 '가장 차원 높은 정신의 과학'이라고 극찬하며 직접 장문의 해설을 쓰기도 했다. 로버트 A. F. 서먼, 정창영 옮김, 티베트 사자의 서, 시공사, 2000.

10 · 심혁주, 鳥葬: 티베트, 죽음의 모양, 도서출판한강, 2018

11 · 서정록은 프랑스의 알프레 토마티의 말을 인용하여 다음과 같이 말하고 있다. 태아는 수정된 지 며칠 내에, 겨우 0.9mm의 크기에 불과할 때, 벌써 초보적인 귀를 발달시키기 시작한다고 한다. 그리고 달팽이관은 수정 후 4개월 반 만에 완전한 크기로 성장한다. 우리 몸의 다른 부분들이 10대 후반까지 계속 성장하는 점을 고려할 때, 달팽이관은 불과 135일 만에 다 자란다는 것이다. 서정록, 듣기: 잃어버린 지혜, 샘터, 2007, 39쪽.

12 · 志磐, 天台宗系列:佛祖统纪校注(套装共3冊), 覺世經說證, 上海古籍出版社, 2012

13 · 월간금강 편집부, 사바세계 모든 중생의 어머니 '관세음보살', 선여당필기(善餘堂筆記), 금강신문, 2017.12.05.

14 · 일귀 역주, 수능엄경(首楞嚴經), 샘이깊은물, 2008

15 · 서정록, 잃어버린 지혜 듣기, 샘터, 2017, 139쪽. 홍정식, 반야심경/금강경/법화경/유마경, 동서문화사, 20008.

16 · 서정록, 잃어버린 지혜 듣기, 샘터, 2017, 137-138쪽. 정찬주 역, 관세음보살이야기, 해들누리, 2001.

17 · 티베트 중부지역 중심도시 장체(江孜)는 인도와 티베트를 연결하는 요충지다.

18 · 알렉산드라 다비드넬 저, 김은주 역, 티베트 마법의 서: 티베트의 밀교와 주술의 세계, 르네상스, 2004.

19 · 曼苛, 西藏神秘的宗教, 台湾: 文殊出版社, 1998.

20 · 티베트의 명상악기 주발(Tibetan Singing Bowl)소리는 깊은 명상 상태로 유도하여 자연 치유력을 극대화시키는 사운드 마사지 도구로 널리 알려져 있다. 싱잉 보울(Singing Bowl)이라고도 한다. 싱잉 보울은 놋주발이다. 놋주발을 막대

로 문지르거나 두들기면 공명과 강한 파동이 발생한다. 주발의 진동소리는 마음을 안정시키고 잡념을 떨치게 하며 원기를 충전시켜준다. 쇳소리는 자연계의 많은 소리 가운데 가장 빛에 가깝다. 쇳소리에는 각성의 기운이 있다. 티베트의 싱잉 보울 명상에서는 이 각성의 기운을 이롭게 한다. 싱잉 보울의 진동을 주의 깊게 듣고 몸으로 느끼는 것이 핵심이다. 명상음악 평론가 김진묵의 글에서 인용. 양인정, 티베트 악기재료에 나타난 상징적 의미-티베트의 다마루(Damaru)와 캉링(Kangling)을 중심으로, 音樂論壇 제29집, 2013 한양대학교 음악연구소, 2013.

21 · 심혁주, 티베트의 활불(活佛)제도: 신을 만드는 사람들, 서강대학교출판부, 2010.

22 · 2015년 7월, 중국 청해성(青海省) 옥수티베트자치주(玉树藏族自治州)의 니종사(尼宗寺)를 방문했다. 사원의 책임자이며 환생된 활불인 쒀바(索巴)와 인터뷰를 진행했으며 수행중인 라마승들의 일상과 불교경전 리딩을 참여했다.

23 · 사원의 책임자이며 환생자인 그와의 인터뷰는 그의 방에서 오후 3~6시 사이에 이루어졌다.

24 · 티베트 불교사원에서 하는 변론(토론)방법 중 하나다. 둘 또는 셋이서 서로 손바닥을 마주치며 밀교의 기본원리에 대한 질문과 답을 한다.

25 · 그는 경전리딩을 깨달음으로 가는 첫 번째 방법이라고 했으며 그것이 티베트 불교의 전통적인 특징이라고 했다.

26 · 랑목사(郎木寺)는 아바티베트자치주 녹곡(碌曲)현 관할의 조그마한 진(镇)에 있다. 蔣桂花, 郎木寺, 大衆文藝出版社, 2013, 10쪽.

27 · 그의 방에는 달라이 라마의 사진이 숨겨져 있었다.

28 · 타얼스(塔尔寺)는 칭하(青海)성 시닝(西寧)시 황종(湟中)현 루샤얼쩐(鲁沙尔镇)에 위치한 종교성지다. 티베트 불교개혁의 중심인 총카파(Tson kha pa, 1357~1419)의 탄생지로 유명하다.

참고문헌

• 엘런 제이콥스(Alan Jacobs) 편, 이문영 역, 법왕 달라이 라마, 지와사랑, 2012.
• 신정민, 티벳만행, 헥사곤, 2012.
• 서정록, 듣기: 잃어버린 지혜, 샘터, 2007.
• 헤르만 헤세, 박병덕 옮김, 싯다르타, 민음사, 2002.
• 아라이, 전수정, 양춘희 옮김, 소년은 자란다. 아우라, 2009.
• 류시화 옮김, 티베트 死者의 書, 정신세계사, 1995.
• 고미숙, 낭송의 달인: 호모 큐라스, 북드라망, 2015.
• 로버트 A. F. 셔먼, 정창영 옮김, 티베트 사자의 서, 시공사, 2000.
• 심혁주, 鳥葬: 티베트, 죽음의 모양, 도서출판한강, 2018.
• 일귀 역주, 수능엄경(首楞嚴經), 샘이깊은물, 2008.
• 홍정식, 반야심경/금강경/법화경/유마경, 동서문화사, 20008.
• 정찬주 옮김, 관세음보살이야기, 해들누리, 2001.
• 알렉산드라 다비드넬, 김은주 옮김, 티베트 마법의 서: 티베트의 밀교와 주술의 세계, 르네상스, 2004.
• 심혁주, 티베트의 활불(活佛)제도: 신을 만드는 사람들, 서강대학교출판부, 2010.
• 양인정, 티베트 악기재료에 나타난 상징적 의미-티베트의 다마루(Damaru)와 캉링(Kangling)을 중심으로, 音樂論壇 제29집, 2013 한양대학교 음악연구소, 2013.
• 志磐, 天台宗系列:佛祖统纪校注(套装共3册), 覺世經說證, 上海古籍出版社, 2012.
• 冉光榮, 中國藏傳佛教史, 文津出版, 1996.
• 賽倉.羅桑華丹, 王世鎮 譯註, 藏傳佛教格魯派史略, 宗教文化出版社, 2002.
• 王森, 西藏佛教發展史略, 中國社會科學出版社, 1997.
• 曼苛, 西藏神秘的宗教, 台湾: 文殊出版社, 1998.
• 常霞青, 西藏的宗教文化, 浙江人民出版社, 1988
• 蔣桂花, 郎木寺, 大衆文藝出版社, 2013.